格尔木文学丛书

（第四辑）

槐影阁随笔

王嘉民　著

青海人民出版社

图书在版编目（CIP）数据

槐影阁随笔 / 王嘉民著 . -- 西宁：青海人民出版社，2023.10
（"昆仑圣殿"格尔木文学丛书 / 李明主编 . 第四辑）
ISBN 978-7-225-06601-1

Ⅰ . ①槐… Ⅱ . ①王… Ⅲ . ①随笔 — 作品集 — 中国 — 当代 Ⅳ . ①I267.1

中国国家版本馆 CIP 数据核字（2023）第181917 号

"昆仑圣殿"格尔木文学丛书·第四辑

李　明　主编

槐影阁随笔

王嘉民　著

出 版 人　樊原成
出版发行　青海人民出版社有限责任公司
　　　　　西宁市五四西路 71 号　邮政编码:810023　电话:（0971）6143426（总编室）
发行热线　（0971）6143516 / 6137730
网　　址　http://www.qhrmcbs.com
印　　刷　青海德隆文化创意有限责任公司
经　　销　新华书店
开　　本　787mm×1092mm　1/16
印　　张　15.75
字　　数　200 千
版　　次　2023 年 10 月第 1 版　2023 年 10 月第 1 次印刷
书　　号　ISBN 978-7-225-06601-1
定　　价　88.00 元

《"昆仑圣殿"格尔木文学丛书（第四辑）》
编　委　会

主　　编　李　明

本辑编辑　陈劲松

主办单位　格尔木市文学艺术界联合会

王嘉民

1946 年 10 月生于秦俑故里。陕西师范大学中文系毕业，中学特级教师。曾为全国教育科研协作中心、中国写作学会（大学写作学学会）会员，《教研丛刊》主编，青海省教育学会、写作学会、修辞学会、中学语文教学研究会理事，青海省书法家协会会员，格尔木市书法家协会秘书长。现为中国写作学会、中华诗词学会、陕西诗词学会、三秦楹联学会会员，陕西书法家协会会员，中国老年书法研究会、陕西老年书法研究会会员，当代优秀诗词家，国家人事部人才交流中心一级书法家。

工作期间先后出版教育教学、诗词鉴赏、散文随笔类图书 20 套 22 本。退休后又出版长篇历史小说 1 部，教育教学、散文随笔各 1 部。散文、诗歌散见于《中国教育报》《北京文学》《中华诗词》《陕西诗词界》《三秦楹联》等报刊。

总　序

　　癸卯初春，万物萌动，一切即将现出欣欣向荣之姿，而"昆仑圣殿"格尔木文学丛书第四辑书稿编竣，即将付梓出版，这些都是让人愉悦的事。

　　文化是一个民族、一个国家的根，而文学则是文化的重要组成部分。近年来，习近平总书记在多次重要讲话中都强调要积极推动文化建设和文艺繁荣发展。过去的几年中，在中央文艺工作座谈会、中国文联第十次全国代表大会、中国作家协会第十次全国代表大会以及青海省作家协会第八次代表大会精神指引下，格尔木市文学创作取得了优异的成绩，迎来了大发展、大跨越、大突破的黄金时期。无论从小说、诗歌、散文等文学作品的文体丰富度来看，还是从文学作品的数量与质量来看；无论从创作人员数量，还是文学创作队伍的人员结构来看，格尔木市的文学创作都呈现了崭新的样貌，都取得了优异的成绩。近几年来，我市作者的数百篇（首）小说、诗歌、散文作品发表于《诗刊》《十月》《星星》《花城》《作品》《光明日报》《中国青年报》等数十家国家级、省级刊物、报纸，获青海省政府文学艺术奖、青海省青年文学奖等省内外文学奖项数十个，入选中国作家协会重点作品扶持项目三次，有两部作品入选中宣部 2022 年主题出版物，市作家协会主席唐明以格尔木为创作背景，出版了儿童文学作品集 18 部……这些亮眼的文学创作成绩，积极、高效地向外界宣传了格尔木，成了一窥格尔木样貌的窗口，对提高格尔木市的文化品位、推动当地文化建设都有着积极的现实意义。

高原新城格尔木，建政时间虽不长，但因其独特的地理位置和昆仑文化影响，各民族文化相互交融，共生共长，各种优秀的文艺作品不断涌现。尤其是近年来，借"文化大发展大繁荣"的东风，格尔木的文化事业取得了显著成绩，格尔木市文联也紧紧围绕省、州、市委的工作大局，紧扣时代脉搏，积极投身社会实践，在育人才、出精品、铸品牌上下功夫，组织开展了一系列丰富多彩的文化活动，营造了浓厚的文艺创作氛围。

"昆仑圣殿"格尔木文学丛书第四辑共6本，体裁涵盖了小说、诗歌、散文、随笔、散文诗等文体，其中有盛明渊的中短篇小说集《迭代时光》、王嘉民的随笔集《槐影阁随笔》、杨莉的散文集《回家的路》、井国虎的诗歌集《错失的风物》、王瑾的诗歌集《水印集》、李宝花的散文诗集《盐的光芒》。丛书作者来自我市的各行各业，既有机关工作人员，也有已退休的教育工作者，还有企业工作者……他们虽从事着不同的职业，但都深沉地爱着这片土地和文学，都在用各自不同的视角和文笔表达着、抒发着自己对人生、对生活、对这片雄浑之地的爱恋，具有鲜明的地域特色。纵观这一辑的文学丛书，文字特点和艺术特征各异，王嘉民的作品洗练老道，井国虎的作品粗犷豪放，盛明渊的作品平实从容、娓娓道来，李宝花、杨莉、王瑾三位女性作者创作的文体不同，但都呈现出细腻娴静的特点。六位作者的文字或充满哲思，向生活的深处挖掘，探骊得珠，或注目于脚下这方雄奇的大地，以深情的歌喉赞美着这里绚丽的山川河岳。他们在文字中挥洒着哲思与情思，引人入胜，有助于更多人了解格尔木，走进格尔木，描画格尔木。

背依昆仑山，以柴达木盆地为主的海西地区，远古时期就有人类在此居住活动。这里不仅是矿产资源的"聚宝盆"，同时也是文化资源的"聚宝盆"。这里的昆仑神话、西王母神话以及柴达木开发历史等独一无二的历史文化矿藏吸引着许多专家学者的目光，也吸引着一批近代著名作家、诗人探寻的脚步，诗人昌耀、海子、李季等人就曾流连于这方热土。这里也走出了王宗仁、王泽群等一批在国内卓有影响力的著名作家，近年来，有越来越多的文学作品从这片神秘的土地走向全国，一批年轻的作家、诗人也走向了国内更广阔的文学大舞台。江山代有才人出，也衷心希望能有更多年轻的作者在这方高大陆上茁壮成长，以笔作舟楫，从这里走向全国，走向世界。

　　"昆仑圣殿"格尔木文学丛书的编辑出版得到了市委、市政府及相关部门的大力支持和帮助，在此，再次向关心和支持丛书出版的各位领导和有关部门致谢！向为本辑丛书奋力笔耕的作者及一直默默书写的众多文学爱好者一并表示崇高的敬意和深深的感谢！

格尔木市文学艺术界联合会主席　李　明

2023 年 2 月

序一　愿留清芬在文坛

姚山明

　　挚友王嘉民出书，嘱我作序。接友重托，我百感交集，难以下笔。这份稿件，沉甸甸地压在我手上、我心中。这是嘉民十几年的心血凝聚，是一个读书人在国学的学习、研究、开创、登攀上历尽艰辛的雪泥鸿爪，是弘扬国学的一本活生生的教材，更是一个穷秀才对中华民族和伟大祖国捧上的赤子之心。

　　我不想班门弄斧。他的文章，题材宽广，见解深刻，结构严谨，语言精练。教育教学、修辞语法、诗词鉴赏的许多文章，在全国获奖，并收录在大型诗文鉴赏词典及一些杂志上。我是诗律词谱的门外汉，所以，我不想评价他的诗文，只想在这本随笔集外描绘一点他匆匆来去的影子。

　　嘉民是个从小没娘的苦孩子，我多次去过他家，和他多病的父亲聊过。老人向我讲述了他家的艰难，讲述了他孩提时代就没娘的悲戚遭遇，特别是娘已入殓，他还哭着要吃奶的情形，让我悲从中来。老父不易，又当爹又当娘地抚养几个孩子。缺吃少穿，忍饥挨饿，度过了多少个难熬的日日夜夜。老父特别喜欢这个聪慧的小儿子，咬紧牙关供他读书，盼望他出人头地，将来有好日子过。至今，我还清楚地记得老人病卧炕上的样子，灰暗的屋子，黄瘦的脸，蜷缩的身躯和健谈的神情。我也陪嘉民去过西安舅舅的家，舅舅和妗子忙碌地为他剪裁内衣外衣，夜里加班为他缝缀。这情景，就像发生在昨天，历历在目。没娘的孩子有多可怜，我没尝过这种滋味，我虽然生长在穷困之家，却父母双全，兄弟和睦，洋溢着浓浓的亲情。我无法想象，连进门喊一声"妈"的奢望都没有的孩子是多么痛楚！

嘉民是个刻苦的好学生。高中我俩同窗三年，他是班里排在前三的优等生。他家里的困难比我家多得多，可他的成绩比我好多了。我记得，他的文科好，数理化也好，外语更是名列前茅。他还有音乐天赋，识简谱，拿首生歌就能唱，还有摆弄乐器的能耐，是学校文艺宣传队的队长。当年，家庭困难严重影响了我的学业，可他却因家庭困难而发奋学习，也许因为我是家中的老大，他是家中的老小吧？

嘉民是个正气凛然的硬汉子，看似柔弱，却内心刚强。"文革"初期，他走遍了临潼的山山水水，把自己的文艺才华发挥到极致，吹拉弹唱，填词谱曲，编舞排练。"文革"后期，嘉民一直坚定不移，坚贞不屈，其大义凛然的气节在全校师生中广受赞扬。"文革"淬炼了我们的刚强，也淬炼了我们的友谊。这种友谊如上等醇酒，愈老愈浓，愈老愈醇！

嘉民是个有责任心的男子汉。经历了"文革"，在沮丧与极度失望的大背景下，嘉民没有颓废，没有怨天尤人。白天，他干着笨重的农活，晚上，再累再苦，也不忘挑灯读书，做习题。他曾对我们说过，在那段日子，他不仅复读了初高中语文课本中的所有文言文，还重读了《古文观止》，并一篇不漏地作了翻译；又把初高中数学、物理、化学复读一遍。困苦的童稚少年，加上刻苦学习、勤奋向上的精神感动了乡亲，也感动了基层干部，"文革"后第一次招生推荐，他就榜上有名。凭着比同辈扎实的基础知识，他顺利地进入了大学，实现了自己的夙愿。毕业后，他有了一份让人羡慕的工作。

然而，随着结婚、生子，家庭的重担压在他的肩上。38元的工资虽能糊口，可媳妇、孩子的户口在农村，"一头沉"的现状弄得他坐立不安——他既不想让媳妇孩子受委屈，更不愿意耽误学生，这个有责任心的男子汉，放弃了优越的岗位和优美的环境，带着妻儿背井离乡，西出阳关，奔赴茫茫青藏高原的新兴小城——格尔木。我在青藏高原戍边17年，饱尝缺氧的痛苦和恶劣气候的摧残，我的嘉弟又步我后尘，在青藏高原奋斗了18年！等到退休回到老家，50多岁的嘉民满头白发，连胡子眉毛都白了！看到他疲惫苍老的样子，我忍不住心酸唱叹。我佩服他男子汉的担当精神,一个女人嫁给他,他要为这个女人的幸福奋斗,他有两个儿子,他要为儿子创造更好的生活与学习条件!

嘉民是个痴迷教育又痴迷文学的多产作者。在格尔木,他顶着思考半个小时就头疼的恶劣环境,刻苦钻研业务,不仅在教学,同时在教育科研上成绩显赫。我们兄弟闲聊中,我逐渐了解了他的辉煌业绩:他的教学,深得学生喜爱,教学成绩优异,根本原因是:一,他把教育看作自己的事业。二,他明白一个道理,"缺乏理论的实践,是盲目的实践"。所以,他十分重视教学研究。格尔木18年,他在全国各大刊物发表论文100多篇,内容涵盖了教育、教学、写作、语言和诗文鉴赏的方方面面。在写作、语言和修辞领域,他有多篇开拓性研究论文,填补了学界空白,也得到了业界的一致赞誉。他独著了《病句的类型及修改》《读绝句·学写法·练作文》等书,主编了《中学语文阅读训练》《瀚海教育》《格尔木教育教学论文集》等书,参编了《古代爱情友情诗词鉴赏大观》《三名文品》等大型工具书。在他担任格尔木市教研室主任的10年间,他带领同仁们到学校调查研究、听课、评课、指导教学、讲示范课,又采取派出去、请进来等多种方式,努力提高教师的教学水平,还创办了《教研丛刊》,担任主编,教研室连续3次被评为青海省教育系统先进单位,个人也多次被评为市州省级和全国模范教师、先进教研工作者。后又被评为特级教师。从他当时的名片看,他是中国写作学会、全国科研协作中心会员,是青海省5个学会的理事,格尔木市教育学会副理事长,格尔木中语会理事长,是青海党校格尔木分校特聘教授,主教现代汉语、古代汉语,现代、古代文学、写作等七八个科目。一个当代才子,在偏远的格尔木,倾尽了自己的聪明才智。

从格尔木归来,他没有稍事休整,又南下深圳打工。一为看看当前最前沿的社会形态,也想再挣一点补贴家用。我回临潼与老友相聚,很遗憾,没有见到他,就写了一首诗表达思念之情:

　　四人三地各自忙,故乡相聚话衷肠。

　　席间还缺人一个,深圳翘首望故乡。

　　路遥远,天茫茫,伴妻为子挣大洋。

为国为子为家计，一代才子两鬓霜。

为了这个家，他拼尽了全力，不辞劳苦，不顾身体，自从挑起这副重担，就没有歇着。他真像一匹老牛，拉车不敢松套，犁地不用吆喝。十年前，他又出版了一本专著《灯火融融》和一本长篇历史小说《长歌李存勖》，共 100 万字，近十几年，在承担着接送孙女的幸福而又辛苦的"光荣任务"的同时，他又写了上百篇文章、几百首诗词、几百副楹联，准备结集出版。我明白他的心思：他要为文坛再添清芬，也为后世留个念想。

一间小屋，两杯清茶，京城相会，我俩对坐闲聊。说起这本随笔集，嘉民滔滔不绝，想法颇多。我能听出他的责任心，也能看出他的得意，更能体会他的良苦用心。我的眼前不时浮现那个青葱少年的身影，那个携家带口西出阳关的身影，那个秉烛夜读挥笔疾书的身影，那个把一生都奉献给教育和国学的身影……这个身影高贵而又普通，普通得就像邻家的老头，白发苍颜。而高贵，就藏在他蓬松的长长的白眉下的一双睿智的眼睛里，也藏在这本书里。这本书的质量如何，让读者和业内人士评论，可他的勤奋精神，我打心眼里佩服！

我期待这本随笔集出版！

2019 年 5 月 19 日

注：姚山明，作者同窗挚友，曾为西藏边防军战士，中共西藏自治区委组织部干部，北京市电话局党委书记，北京市电信管理局工会主席，全国优秀政治工作者。现退休在家。曾出版自传《此心到处悠然》、诗集《岁月留痕》等。

序二 读书缘

阮班超

王嘉公七十又六，还出新书，约我写序。余思忖良久，不敢应承。因其为教学大家，写作高手，本人只是好读之徒，目注书海，浅尝辄止，终未入甚解之境。若谈正题，势必贻笑大方，更落弄斧之嫌。然，思量再三，聒絮之欲又生。何也？缘于二人少年同窗，爱好相近，情深谊笃，平生心照。往昔行貌，无不了然于心，年逾古稀，从未断过往来。悠闲时，常徜徉于其著作林中。从而，少小以至老大，"楼台近水"。倘若披光鉴月，赏五音之和，别五色之章，而缄口无语，非为梼昧，亦属不识之无者也！

余知嘉公，自出大学校门，即投身教育事业，不久，以国家特级教师享誉西部。业绩斐然，著作等身，犹以汉语言文学研究成果骄人，先后出书二十余本。文坛内外盛传佳话。花甲还乡，仍旧不坠青云之志。孤窗灯影，披演历史小说《长歌李存勖》，以五十余万字，闪然问世。且依旧读书不懈，随笔不辍，杂谈文集相继杀青。其中，意趣盎然者《读绝句 学写法》《灯火融融》，最为余所喜读。而今年逾古稀，筛选平生诗作，集撰古诗鉴赏，一一成册，陆续出版。读之，让人思潮翻滚，遐想万千。但因揣于行外，余始终不敢冒僭论评之列，借情谊而逞能。然则，追思少小，回忆知行，以展友人孤诣初肇，虽不言人生启悟，亦可于乘风鉴月之间佐酒品茗。

嘉公高中阶段，已为校园翘楚，琴棋书画，体育音乐，无所不通。大学以后，专注文学，以学术誓慰平生。衣带虽宽终无悔，鬓染霜雪壮思飞。只是，"弹剑作歌奏苦声，曳裾王门不称情"之遇，无须赘言。而余随波飘蓬，俯蹴画苑，文学沦为外行。若谈嘉公大作之清音幽韵，纵有不尽之言，却无擘两分星之能，难以入微，恐致隔靴搔痒，于是，不敢越雷池一步。但念少时，相互勉励，偶忆"辍耕陇上"之慨，或思"闻鸡起舞"之志，处然糠照薪之境，发离经辨道之论，唯可笑乎？只缘人之初始，甘付绍华向读书，蹉跎时光恨踌躇，盖为宿愿。倘使，读多感前，辨深念后，为前贤而凄楚，叹才俊之陨落，望白云成苍狗，思文字为祸根，于是乎，不畏首而畏尾，又明知不可为而为之，以铸陈迹。面对东流，追念初衷，借晚霞以煮酒，望筚路而思车，寄时光于云烟之中。凡过来者，孰能不知个中况味乎？

高中三年，余遇嘉公，时值"三年困难"刚过，饥腹之虞未消，求知之望反升。然，"白专道路"之剑，业已悬于头顶。知识分子，重归"老九"之列，且前冠以"臭"字。人们明知，全因读书所致，却仍然视书为宝，且暗以读书为荣。当年，余初中毕业，以所在班级百分之二三考入高中，家人欢欣鼓舞，亲友奔走相告。余更洋洋自得，狷怀狂趣，忘却形骸。入学报名才知，新班"状元"竟是王嘉民，"榜眼"叫申纯宪，"探花"名曰鲁安养，且考分远远在余之上。于是，顿生敬佩之情，暗中先求认知。

某日清晨，起床铃响罢，宿舍一片穿衣之声。架子床上，忽闻有人吟诵："世间何物催人老，半是鸡声半马蹄。"余闻，是王九龄诗句，便高声道："可惜少参前两句！待吾补来。"接着吟出："晓觉芳檐片月底，依稀乡国梦中迷。"吟声未落，上铺一人跳下，竟是"状元"王嘉公！他握住余手道，"啊哈，亦是好诗者也！"余故作诺诺，"略记一二，不配言'好'！"从此，二人结为挚友，无话不说，得奇书相传，有感慨遂发。

言至于此，或有疑者，"书，随处可见，信手可拈，何奇之有？"殊不知，禁则少见，少见多怪，怪即生奇。书于20世纪50年代末，世界名著，经史子集，古典诗词，新华书店尽皆下架。既后，此类书籍，被称作"封资修毒草"列为禁书。60年代中期，更以"砸烂""横扫""焚烧"，好书，难得再见了！

说来怪异，长城高筑，不阻民族融合，"文革"混乱，难限文化交流。似乎苍天有意，专开灵犀之窗；禁锢如彼森严，未断启智之路，书籍反如时谚："明里管得着，暗里禁不住，好书满身腿，夜夜伴君醉！"然而，大学还是停办了，校园断了书声。不过，时短可耐，时长难忍，求知之欲，时时如趵突泉水，腾突于心，难以稍停。

"文革"中间，无所事事，我们三四学子，去渭河北岸浪游，来到同学任万民家。腹中饥饿，四五个人吃光了任姨一锅蒸卷。饭饱生余趣，知任家有大学生，必藏好书，便四处寻找，竟得《神曲》两本。书中语言闻所未闻，插图奇异怪诞。回家路上，你争我抢，直欲先睹为快。张养廉争去上册，余得其下。两人约定，读完即换。不料，回到学校，即被王嘉公发现。他知我爱画，以袖珍《松鹤图》做押，换取先阅之权。余见袖珍虽小，却以过滤纸绘成，墨色淋漓，笔意纵横，甚是养眼，想必出自高人之手。嘉公疑余犹豫，又添《聊斋志异》一本，余喜出望外，立即应允。不几日，余读完《聊斋》，意犹未尽，便将蒲公"自序"背个烂熟。不料，读中疏于秘藏，竟招梁上君子顺去，酿成大错！当是时也，丢书事小，藏毒草事大，但要事发，不仅自己遭灾，还会祸及九族！震惊，沮丧，慌神之间，急找嘉公商量。嘉公闻言，同样惶恐，却安慰余道："这书是借左彩贤的，与她讲明，再想对策。"左彩贤者，初中一女学友也，也是余之熟人。家居学校附近。嘉公带余即至左家，彩贤闻言说道："书为叔父所有，当真无法找到，想来不会索赔。"于是，再见三叔。苍天眷顾，左三叔不仅爱书，更爱好读少年。问清事由后，知余可背《聊斋》自序，即令当面试之。余站其前，如箩筐倒枣，哗啦啦背了下来。左三叔听罢，霜面顿换笑容："丢了也罢，偷书亦不算贼。不过，防人之心不可无。尔等记住：若有事发，皆以不知应对！再说，那本《聊斋》无皮无面，难找藏书之人，无须担忧。"余听罢，立释重负，感恩之意顿生。过后思量，读书之遇左三叔者，实乃万幸！倘有如此父兄师长、同窗好友相伴，若非锦上添花，绝是雪中送炭！始知修身之道，恰如酿酒，酝醅加持，自然愈老愈烈。若逢曹仓邺架，墨庄书巢，引出终生悬望之兴，永世企慕之志，岂非生平善缘乎？

寻思王嘉公者，读书修成一痴，犹如乘槎泛海，老而弥坚，更兼著述不断，古稀犹致精微。犹此挚友，能不叫人慨叹乎？此次见其书稿，余庄敬披读，不敢稍慢。读罢掩卷遐思，意如攀岭登山。仰望青松翠柏，风顾云护，摇曳舒展，峨峨巍巍，状貌岸然。当此之时，不禁浩叹：

殿堂桑田兮，书海浩瀚，
人物风标兮，流水绵绵，
风檐展卷兮，古道照颜！

2022 年 2 月

注：阮班超，作者同窗挚友，著名画家，中国杰出人民艺术家。中国国画家协会理事，陕西美术家协会会员，中国鲁艺书画研究院副院长。先后出版诗文集多种。

目录 CONTENTS

第一章　游兴怡情

第二章　随笔思草

第三章　人物肖像

第四章　教坛絮语

第五章　书苑杂谈

第六章　花甲论道

跋　红柳与桃杏　　223

格尔木文学丛书

GEERMU WENXUE CONGSHU

（第四辑）

第一章

游兴怡情

轩辕柏遐想

怀着虔诚的心情，我又一次来到黄陵，来到黄帝手植柏前。

这棵柏树，主干有几搂粗，树皮苍黑，纹理粗糙，枝丫贲张，盘旋虬曲，不少地方还有一个个隆起的疖疤，委实像一条正在挣断锁链腾空而起的龙！

仔细观察，轩辕柏的树枝不大顺溜，有的没了树皮，九曲扭折，像剥了皮的扭曲的牛肉；有的绽出几丝叶子，稀疏得像盐碱地的芨芨草；有的干脆没一丝叶子，像沙漠里干枯的胡杨。有的枝几乎要断裂，只好用粗壮的椽把它顶起来，让人想起拄着拐杖的耄耋老人。有的枝丫却绿绿的，叶子也葱葱郁郁，充满生机，让人联想到壮汉的彪悍、坚韧，甚至还有——成熟与睿智。

我站在黄帝手植柏前，陷入了沉思，久久地，久久地……

黄帝离我们太远了，太远了，远得谁也看不到他的身影，谁也听不到他的声音。可是，这棵柏树却分明告诉我们，他，离我们很近，很近，仿佛就在眼前！我似乎看见了他挥锹铲土的身影，听见了他微微喘息的声音，闻到了他的汗香……

黄帝，既然是"帝"，那就要日理万机，《史记》说他，"置左右大监，监于万国"（设立左右大监，监察四方部落），"举风后、力牧、常先、大鸿以治民"（任用风后、力牧、常先、大鸿来治理百姓），忙得他"未尝宁居"（从没有安闲的时候），哪有空闲时间亲手栽植柏树？或许，他也有"政绩"情结？或许，他也想"做秀"？或许，他在用他的行动示范并告诫我们，植树造林，优化环境，造福后代？咳，我真说不清楚！再想想，我们又何必折磨自己，甚或"以小人之心，度君子之腹"？无论怎么说，黄帝都为中华民族的繁衍生息作出了巨大的贡献——《史记》不是记载他"顺天地之纪，幽明之占，死生之说，存亡之难，时播百谷草木，淳化鸟兽虫蛾"（研究天地法则，阴阳变化，死生道理，存亡规律，按时种植百谷草木，驯化鸟兽昆虫）吗？

轩辕黄帝仅仅是个治理国家劝课农桑的行家里手吗？答案显然是否定的——《史记》用相当长的篇幅记载了轩辕黄帝的"武功"："炎帝欲侵凌诸侯，诸侯咸归轩辕。轩辕乃修德振兵，治五气，蓺五种，抚万民，度四方，教熊罴貔貅䝙虎，以与炎帝战于阪泉之野。三战，然后得其志。蚩尤作乱，不用帝命，于是黄帝乃征师诸侯，与蚩尤战于涿鹿之野，遂禽杀蚩尤。而诸侯咸尊轩辕为天子，代神农氏，是为黄帝。"（炎帝想要欺凌诸侯，诸侯都归附了轩辕。轩辕于是实行德政，整治军队，研究气候，种植五谷，安抚百姓，测量四方土地，训练像熊罴貔貅一样凶猛的军队，率领他们同炎帝在阪泉的郊野作战。经过三次激烈的战斗，终于取得了胜利。蚩尤作乱，不听黄帝的号令，黄帝便调集各地诸侯部队，与蚩尤在涿鹿作战，活捉了蚩尤，并把他杀死。各地诸侯都尊奉轩辕为天子，取代了神农氏，这就是黄帝。）以此看来，黄帝的贡献恐怕不只在植树造林，不只在治理百姓，上文所引的平定内乱、开疆拓土也是他极为显赫的功绩吧？

无论是一个部落、一个民族，还是一个国家，发展生产是极其重要的，因为人类的终极目标就是要生活幸福。但是，在人类为自己的终极目标奋斗的过程中，常常有人为了自己或小集团的利益，用暴力侵凌他人或别的集团，掠夺人家的物资甚或土地。这种时候，被侵凌被掠夺的一方只有一条路：以暴制暴！轩辕黄帝深谙此理，他在炎帝"侵凌诸侯"的时候，毫不犹豫地选择了"教熊罴貔貅䝙虎，以与炎帝战于阪泉之野"，在"蚩尤作乱，不用帝命"的时候，毅然决然"征师诸侯，与蚩尤战于涿鹿之野"。他不是不知道，战争，是残酷的，痛苦的，即便毙敌一万，也可能自损三千，他还是选择了战争，因为他明白，不如此，百姓就不得安宁；不如此，国家就不得稳定；不如此，天下就不得和平！我们不了解黄帝经历了多少艰难困苦，死伤了多少勇士，也不清楚他到底身负

几处重伤，您只要看看历史风雨馈赠给轩辕柏的疖疤与断枝，也能想象战争赐予他的折磨与痛楚。但是，他，扛住了，他的民族扛住了——轩辕赢得了胜利！

将军楼断想

我又一次在将军楼下徜徉。

还没来格尔木，就知道将军楼，那时就梦想一睹他的风采。到格尔木后，也不知道来将军楼拜谒过多少次，只知道影集里有他不同年份不同角度的倩影十几张。将军楼啊，你是陈年醇酿，越老越香，闻闻也醉人；你是广博深邃的哲理诗，无论读多少遍，都有新的感慨，新的启迪。

将军楼早已经淹没在万千钢筋水泥楼群里，没有当地人的带领，你很难找到他。他只是一座土木结构的两层小楼，下层是入深很浅的三间陕北窑洞，上层是三间人字梁瓦房。墙面斑斑驳驳，坑坑洼洼，也说不清什么颜色，房上的红瓦有风的清扫雨的洗刷，却也干净透红，苍老中流溢着青春。这儿极其寂静，偶尔走过几个大人小孩，也都蹑手蹑脚，敛气屏声。微风拂过，"沙沙"的树叶声和着几声清脆的鸟鸣，宛如甜丝丝的小夜曲。将军楼像深山古刹，圣洁而略显神秘。我仿佛化成了贾岛，欲敲门参禅悟道。不，不，别打扰他，他是罗丹雕刻刀下的"思想者"，正思考着格尔木的过去、现在、将来……

格尔木的过去是什么样子？有人曾写诗描绘道："昆仑入云石戚戚，瑶池倾斜东复西。柽柳自荣又自枯，黄沙连天黄羊啼。"解放前，格尔木还像苦涩的驼铃，春天摇到这里，秋天荡到那里，无根无叶无花无果。是慕生忠将军，在20世纪50年代初，第一次把他的帐篷固定在这亘古流动的荒原，从此，格尔木才有了他固定的地理坐标，开始了有意识有组织的开发。又是慕生忠将军，率领英雄的筑路大军，用令美国人张口结舌的速度，在"生命禁区"修成了"天路"，给格尔木注入了强劲的活力。如今，格尔木成为青海西部政治经济文化交通的中心，成为西藏进步繁荣稳定康乐的命脉，慕生忠将军功不可没！

第一个用鲜花比喻姑娘的人是最聪明的人，第一个敢吃螃蟹的人是最勇敢的人，第一个穿过三峡的人是最伟大的人……慕生忠将军就是这样的"第一个"！将军楼是人民群众对慕生忠将军功劳的褒奖，是人民群众对慕生忠将军精神的肯定！要知道，在格尔木只有"地窝子"的时候，住将军楼是多么奢侈的享受！要知道，在砖瓦和所有建筑材料都要从800公里以外的西宁靠人拉肩扛运来的时候，修这座将军楼有多么艰难！可人民群众硬是背着将军人拉肩扛为将军修成了将军楼！这哪里是楼哇，这明明是一座永不磨灭的丰碑！他让天下所有煌煌建筑黯然失色！

格尔木的将来是什么？是繁荣，是兴旺。但是，谁都知道，繁荣、兴旺不会自己从天上掉下来，这就需要我们和我们的子子孙孙永远继承发扬"第一个"精神。

站在今天的高度看，人类历史上的任何"第一个"都在我们的脚下，似乎都很简单，一伸手一投足就可以办到。比如第一张弓箭、第一勺火药。就说慕生忠将军修的路，也仅仅是用锹刨一刨，用镐挖一挖，完全不是现代意义的路！但是，就是在今天，谁敢人拉大车走在海拔5000多米几百公里杳无人烟的唐古拉山？谁能道出"山越高越平"的真理？人类历史任何"第一个"所需要的魄力和所代表的精神，任何时候想起来，都永远永远闪烁着灼人的光芒！

"第一个"是前人从未干过的事，是开拓性事业，在他要走的路上，隐藏着危险，矗立着难关，横亘着艰辛。更可怕的是，这些危险难关艰辛不是你预先能够料到的、预先能够防范的，它们常常乘人不备、出其不意地致人于死地。这就要求"第一个"必须具备过人的胆识、超常的智慧和百折不回的毅力，这三点，是任何人想做成任何事的必要条件，缺一不可。

对于一个国家，对于一个民族，最需要最珍贵的精神就是"第一个"精神。

没有这种精神，科技不会发展，百姓不会幸福，历史也将裹足不前。今天的社会，是科技突飞猛进的社会，刚刚设计的产品，还没投入批量生产，可能已经落后了。今天的社会，是竞争空前激烈的社会，谁要没有开拓意识，没有创新能力，没有"第一个"精神，就可能被毫不留情地淘汰！

　　我又一次在将军楼下徜徉……

　　（本文在"昆仑杯——格尔木辉煌二十年"征文比赛中荣获一等奖 后登在《格尔木电视报》）

缠绵的节日温馨的习俗（三篇）

中国人多情，他们有许多节日：春节、清明、端午、中秋……

临潼人更多情，他们还自创了不少"节日"：

三月雨，娘看女

三月，下了一场透雨，小麦可劲地往上蹿。"女儿家的小麦长得咋样？"临潼的婶子大娘从心底蹿起一个愿望——看女！慢慢地，也就形成了一个节日。这个节日虽说没有固定的日子，可到了节令，娘们都会蒸上一锅花馍，颠颠地去看女。

一大早，赵婶提了一只马蹄笼儿出了门。风，好像故意和她闹着玩。先掀起她的头巾，把鬓边几缕灰白头发吹到她的眼前，她吐口唾沫，把头发抿抿，连同头巾撩到耳后。风，又掀起竹笼上的毛巾，似乎想看竹笼里装着什么。她笑笑，"全是油塔馍，白白的……"她想，别说解放前，就是三十年前，谁吃得起这么白的馍呀！可外孙子就要什么"汉堡包"！"最好吃的，还是咱妈蒸的馒头！"一想见女婿说的话，她赶忙把毛巾拉平，再往下塞塞，把馍盖了个严严实实，好像真怕春风叼了去。她向四周瞟瞟，路上，尽是些和她差不多的中老年女人，胳膊弯都缀着个竹笼，她就解嘲似的笑笑。

阴春三月，天，蓝蓝的；地，绿绿的；太阳，红红的；空气，软软的。路旁，桃花败了，杏花败了，枯萎残败的花下是毛茸茸的活力逼人的毛桃杏崽。她下意识地拢拢白发，自言自语地说："我们不再年轻了，可女儿就像这毛桃杏崽，像这小麦，正在疯长，可不能让他们缺了雨水哇！"说着，把马蹄笼向上掂掂，急匆匆向前赶去。

麦稍黄，女看娘

谷雨过后不久，麦穗肥了，那麦芒，绿中孕黄，黄中泛绿，齐刷刷地直指天空，像一杆杆天线，向人们发送丰收的信息。接到信息，女儿们惊醒了：麦稍黄了，该看娘了！"麦稍黄，女看娘"也是临潼人约定俗成的节日，虽然也没有固定的日子。

太阳一杆高了，金珠摇醒了丈夫，"平日也没见这么懒过，今儿个咋啦？"丈夫翻了个身，又要睡。金珠揭开被子，扬起的手却定在空中——这家伙穿戴一新，挤眼向她笑。她一下明白了：他，故意逗她！

两口走出新房，来到车库，丈夫拉开车门，"礼物全在里头，你点点？"金珠真的点了：水晶饼，脑白金，给爸的五粮液……"哎，给妈的电风扇呢？"丈夫又笑了："小傻瓜耶，电风扇哪能放在车内？你想检查，后备厢去！"金珠嘴一撇，"我才不呢！我在考验你……快开车吧，要不，又让姐占先了！"丈夫戳了一下她的额头，揿了几下喇叭，"现今有了村村通，七八里路，平得跟案板一样，还能迟吗？"金珠"嗯"了一声，脑海却泛起十年前回门的尴尬——

结婚那天，天瓦蓝瓦蓝的，金珠心里高兴，多喝了几口，把闹房的几个坏小子赶走后，他们就睡了。第二天一起床，金珠红着脸换了身新衣裳，穿上高跟鞋，和丈夫出了门。金珠记得清楚，昨天临上轿前母亲一再叮咛：你不是要在城里找事吗？明天回门来早点，你姐单位有事，中午就要回城……

一上路，金珠才惊叹一声"不好！"昨晚，不知什么时候下了冻雨，路上薄薄一层冰，冰下全是泥水。丈夫劝她，"回去吧，换双鞋。"她当然理解丈夫的好心，但要换高跟鞋，她绝不！姐和姐夫都是城里的干部，姐穿双高跟鞋，挺胸兜肚，好像自己就是蒙娜丽莎！

走了不到一百米，鞋跟断了，丈夫拨开冰，找了几块石头，砸了砸，给她绑在鞋后跟上，扶着她，一瘸一拐地往娘家赶。待他们气喘吁吁地进门，姐和姐夫影儿都没了。她脱下鞋，狠狠地向门外摔去，双手捂着脸，"呜呜"地哭了。这会儿，她都不知道哪儿疼了……

"又念叨回门的事了？"金珠挖了丈夫一眼，"有你这样的吗？净捡疼处戳！开车！""是，开车，开车！"车后，甩下了一串串笑声。

忙罢忙罢，全村乐哈哈

王田氏站在南村口，右手拄着拐杖左手搭着凉棚朝大路望——今天是咱村的"忙罢"！

"忙罢"是除了春节最让她高兴的节日，这一天，全村所有嫁出去的女儿都要回娘家团聚，她在等自己的女儿、孙女、重孙女回家！

王田氏没有名字，也不知道自己的年龄，只知道老家在黄河边，闹民国的那几年，黄河发水，父亲一头挑着家当，一头挑着自己，要饭到了临潼。从此，她，再也没回过娘家！

眼前不远是一条高速公路，路上，大车小车屁股冒烟，飞一样快。身后是她住了几十年的村子，可她越来越不认识了：一是村子比分田到户那阵大了三四倍，二是房子越盖越高，越盖越阔气，再也找不到青砖瓦房了。她给几个重孙子说，"大跃进那会，咱家住的还是茅草屋"，他们说她是"豆腐"（杜甫），还问她，"你骂没骂邻家的孩子？"真是一群精怪！

"吱——"，一辆红色"屎巴牛"停在她面前，下来一个打扮入时的中年妇人，"奶奶，望孩子们呐！"她忙眯了眼看，"您是……""不认识我了？我是后巷的婷婷啊！""哦，婷婷啊。你那口子不是咱大队的支书吗？现在在上海，什么公司……""是，是！奶奶，您的记性真棒！"正说着，又一辆银灰"屎巴牛"停下来，车里钻出一个愣头青，"太奶奶，您好！""好，好！这不是乐乐嘛！""太奶奶的眼神呀，亮！""听说，你在国外干得蛮不错，咋回来啦？"王田氏笑着问。"想您呗！"说着，乐乐从车里拿出一个盒子，"这是我们研究所新出的配方纳豆，送给太奶奶，祝您再活一百岁！""再活一百岁？那不成人精了？""五娘，您早就是人精喽！"接话的是位老者，头发花白。"我是人精？你看你那长寿眉，都坠到酒窝里去了！"大伙都笑了。婷婷说："奶奶，叔叔，你们都是我们村的人精，我们后辈都照着你们活哪！"花白头发忙说："不对！哦，对，对！照着奶奶活，照着奶奶活！""我有啥？""您呀，宝贝多着呢！"花白头发转过头，"孩子们呐，我给你们说一个奶奶的故事"：

过去的夏收，是"龙口夺食"，稍不留神，一年辛苦就打了水漂。抗战的那些年，夏收不光怕风、怕雨，更怕日寇扔炸弹。那时，我才七八岁，奶奶的丈夫在新丰教书……王田氏的脑海，立刻像放电影一样，清晰地映出一个片段：

天黑了，丈夫风尘仆仆地回到家，她正和邻居在场里等风扬场。丈夫的眼眶里溢满泪水，眼神分明在问：四亩麦子，你一个怀孕八个多月的女人，是怎么割的、怎么运的、怎么碾的，又怎么收拢到一起的？要知道，这每一道工序，就是壮小伙，也得累个口鼻出血！她掏出手帕，为丈夫擦干眼泪，问："学生娃，有人照顾？"得到肯定答复后，她为丈夫捧上一碗茶。

那天晚上，老天好像故意和人作对，天阴得伸手不见五指，唯独没有一丝风。大伙急得抓耳挠腮，只差求神拜佛请诸葛了。丈夫贴着她的耳朵说："回家，炒八个鸡蛋，烙一个油馍！"不一会儿，她端来油馍鸡蛋，盯着丈夫狼吞虎咽后，惴惴地为丈夫递过木锨——她知道，丈夫要施展他撒麦的绝活了。可那是人干的活吗？"扬场摇楼擩麦秸"是农活中最重最难的活，谁见了都唯恐避之不及，撒麦比扬场更重更难也更脏——扬场，靠风把麦糠吹远，麦粒留在近处，撒麦，全靠力气把麦粒撒到远处，让麦糠落在近处。更讨厌的是，麦糠落在身上，刺痒难耐，里面夹杂着灰尘又呛得人喘不过气。可这会儿，有啥办法？只有撒麦的一条路！丈夫向手心吐口唾沫，攥着木锨干开了，麦粒划出一道道漂亮的弧线飞出四五尺远，不一会儿，就堆成了一条麦鱼。身旁，麦糠飘飘摇摇落了一地一身。乡亲们的目光开始被丈夫的木锨牵着一上一下，接着看到撒得干干净净的麦鱼，不由发出啧啧的惊叹，后来，竟随着丈夫木锨的上下翻飞而欢呼！看着罩在灰尘中的木锨上下飞动，她的心在抽搐，听着丈夫低沉的咳嗽，她的心在滴血！同时，她也为丈夫骄傲！一会儿，她扬起毛巾扑几下丈夫脖子胸前

的麦糠,一会儿,她又捧过茶碗给他喂水。

有几个小伙子不再笑话她了,先后捞起木锨照着丈夫的样子学。

大约一个时辰吧,她家的麦子撒出来了。丈夫揉揉肩膀甩甩胳膊走到花白头发家的麦堆前,花白头发的父亲吼道:"快,回去,叫你娘烙油馍,炒鸡蛋!"花白头发跑出去老远,还听见他爸喊:"多弄些!"油馍鸡蛋端来了,可丈夫朝哪里装?他勉强戳了几筷子鸡蛋,撕了一块馍,又干开了!

一个晚上,丈夫和那几个年轻人不知道吃了几家的鸡蛋油馍,也不知道撒了多少麦子。天快明了,她端来一盆清水,那几个年轻人横七竖八地躺在麦秸堆里,丈夫却躺在广场上,离麦秸堆也就三四步!她把他搂在怀里,濡湿毛巾轻轻地擦呀擦,眼泪,止不住滴在他的脸上,一滴,一滴……

"五娘,别难过,而今的夏收,再不会累死人、忙死人、急死人、吓死人了!"婷婷接过话荏,"是呀!收割机一进地,麦粒就出来了!用不了一两个钟头!"乐乐说:"都是托科技的福哇!现在的夏收,再也不忙了!可'忙罢'这个节日,咱们还得隆重地过!"

"对,对!"咋这么多人应声!王田氏一愣,嗖!他的女儿、孙女、重孙女手捧鲜花齐刷刷地站在她面前,向她问好!

"妈妈,我哥哥嫂子把臊子面跟下午的七碗八碟子都准备好了,请您回家!"不知哪个重孙女说,"晚上,西安来的剧团还要演《五女祝寿》呢!"

敦煌行随想（两篇）

大佛的悲哀

莫高窟有一尊高三十三米的坐佛，据说，它是世界第四大佛，中国第二大佛。导游姑娘半开玩笑地说，男左女右，绕着大佛脚前身后转三圈，就可以保佑你大富大贵。丁是乎，善男信女们就自动排成两队，反向流了起来。

有趣的是，导游姑娘也说过，有人怀疑这尊神像里有金银财宝，于是乎，这个挖开了肚子，那个扒开了胸膛，大佛呢？连怒也不敢怒，还是温文尔雅地坐在那里。更有趣的是，这尊佛像的上边漏雨，雨水和着泥沙，从大佛的右眼流到右脸，又从脸上流到胸前，活像一股股泪痕。大约这尊大佛想到了过去的劫难而潸然泪下了吧？

"我若有灵，也不至灰土处处堆，筋骨块块落；

汝休妄想，须知道勤俭般般有，懒惰件件无！"

湘乡某菩萨庙的这副对联，让那些转圈的善男信女看了，不知作何感想？

民族的罪人

莫高窟确实是一个民族文学艺术宝库，仅藏经洞发现的五六万件文物，对研究古代雕版、绢画、刺绣、雕刻等艺术形式，对研究古代诗、词、曲等文学样式，

对研究古代文字、天文、地理、历史、医学等，都有无论怎么比拟都不为过的价值。

　　一个偶然的机会，道士王圆箓发现了藏经洞，在英、法、俄、日、美等国文化强盗的威胁、诈骗、收买下，王圆箓盗卖了大量文物，英国的斯坦因一次就从王圆箓手中劫走珍贵文物二十九箱。王圆箓是中华民族的罪人！

　　五千年来，中华民族形成了自己独特的文化，这种文化已被事实证明是世界各民族中最灿烂最光彩夺目的文化，作为中华民族的每一个分子，都有责任保护、继承并发展这种文化。但是，目前一些人崇洋媚外，有些青年甚至非洋歌不唱，非洋曲不听，怪声怪气，摇头晃脑，卖掉了祖先，变成了"假洋鬼子"。这些人像不像新形势下的王圆箓？

　　　　　　　　　　（本文刊登在 1985 年 10 月 5 日《格尔木报》第四版）

拉萨行随想（五篇）

公路与小河

从格尔木到拉萨，公路常常和小河比肩携手，像一对多情的恋人，在白了头的雪峰膝下蜿蜒缠绕，嬉戏穿行。

美丽可爱的小河哟，那么清澈，心里装着蓝天白云；那么大度，石头粗暴地拦住她，她也不生气，留下一串"叮叮咚咚"的歌儿。但是，她不柔弱，她用涓涓细流冲开泥土，粉碎沙丘，用恒心冲积出一条虽弯弯曲曲却又坦荡如砥的河谷，赢得了公路的青睐。公路傍着小河，一会儿直，一会儿曲，一会儿跑到这边，一会儿跳到那边，像个调皮的小伙子，总有用不完的劲儿。你看，他又扭扭捏捏地爬上山坡，藏到山后，似乎故意冷落小河。可是，没过多久，他自己反倒耐不住寂寞，倏地飘下来，紧紧贴住小河。小河儿丁冬，马达儿欢唱，在空旷的山谷中，像小夜曲，像情人相拥而眠那梦中的呢喃，燎得人心旌震颤。每当这个时候，跑累了的司机小伙子，总要跳下车来，软软地伸个懒腰，长长地打个呵欠，然后拎一只桶，蹦到河边，掬几捧水，"咕咚咕咚"喝下去，咂咂嘴，再洗把脸，身上三万六千个毛孔，甭提有多么舒坦！那激情，也就从毛孔中喷涌，对着山坡上那万绿丛中的一点红，"抱一抱哇，抱一抱哇，抱住我那妹妹的细细腰……"

细细想来，小河虽是小家碧玉，土生土长，羞羞答答地在崇山峻岭中踯躅，但她却像女性一样，具有非凡的创造力——她不但缔造了河谷，更为重要的是，她用自己源源不断的乳汁滋润了河谷，驱除了亘古蛮荒。她的身旁绿草如茵，野花如织，牦牛悠闲地吃草，羊羔咩咩撒欢，盛装的藏族姑娘歪在毛茸茸的草毯上，哼着婉转而又动情的牧歌。难怪公路会迷上她呢！

公路是飞来的打工汉，他满怀希冀，满腔热情，健壮而又活泼。他前辈的脊梁上曾走过驼队，山谷间还回荡着幽幽的驼铃。慕生忠将军给了他生命，改革开放又给他注入了活力，他日夜不停地为雪域高原送来了油盐糖茶……

山高水高，水长路长。小河是大自然的鬼斧神工，公路是人类的智慧结晶。不再贫瘠的青藏高原，是小河给你孕育了生命，是公路给你送来了幸福、文明……

（本文发表在 1998 年 9 月 10 日《格尔木电视报》）

山越高越平

半夜，车过了沱沱河，要进入唐古拉山了，心里就想，唐古拉山是个什么样子？海拔 6000 多米，那真是高哇。"离天三尺三"？"刺破青天锷未残"？高了就险，华山还不到两千米，"千尺幢，百尺峡，老君犁沟往上爬"，多险哪！别说这三处险关，面对回心石，多少男子汉大丈夫就头上冒汗、两股颤颤了。这么一想，手心就湿涔涔的了。

东方泛出了一抹鱼肚白，汽车到了一条大河前。桥被冲垮了，司机要旅客下车，从便桥过河，我也随大家迷迷糊糊地摇下车。刚一下车，就被冷风吹得打了几个寒战，厚厚的毛衣像竹纸一样，毫不挡风，头疼、胸闷反倒减轻了许多。抬头望天，天像冰盆倒扣着，发出蓝黝黝的光。西边远处，一座座山峰从黑乎乎的地平线上钻出来，矮矮的，像沙漠里的梭柳丛，一堆一堆，只是上半截全呈白色，两堆之间又嵌着一个倒三角——噢，那是雪峰，那是冰川！东方的鱼肚白映在雪峰、冰川上，反射出熠熠的亮光，像梦幻世界。从远处的雪峰到脚下，再到东方泛白的地方，足足有几百公里，一个小小的山包都没有，一马平川！我忽然明白什么叫"坦荡如砥"了！如果不是八月的寒冷和头疼胸闷，我还真以为在冀中平原呐。我赶忙问身旁的司助，"这块儿海拔多少？"司助淡淡地回答："5000多米。"我的妈呀，5000多米，那可是华山的两倍多，我不相信！但是，过了不长时间，我的怀疑冰释了：唐古拉山口的石碑上赫然刻着，当地海拔5200多米，而近一个多小时，汽车都在慢下！

我为我的无知哑然失笑：唐古拉山高，是真的，个别地方甚至是"百步九折萦岩峦"，是"畏途巉岩不可攀"，但大部分是平缓的。我忽然想起慕生忠将军的名言："山越高越平。"

"山越高越平"是慕生忠将军为修青藏公路用脚板量出来的理论，就是凭着这个理论，慕将军说服了彭老总，动用军费修成了青藏公路。如今，青藏公路不仅承担了进藏物资运输任务的95%以上，连西藏到成都的陆路客运都走这条路。要知道，青藏线到成都的总里程是康藏线的三倍！慕生忠将军和他的理论——"山越高越平"——为西藏的和平繁荣、为中华民族的团结作出了不可估量的贡献！

我忽然又想到一个故事：欧阳修看到王安石两句诗，"黄昏风雨瞑园林，残菊飘零满地金"，笑了："百花都落光了，菊花还能独存吗？"就在王安石的诗后写了两句："秋英不比春花落，为报诗人仔细吟。"王安石见了，也笑了："欧公可能没有读过《楚辞》里的'夕餐秋菊之落英'吧？"后来，欧阳修到外地视察，果然看到了一夜风吹满地残菊的景象，他在钦佩王安石知识渊博的同时，慨叹说："司马公真圣人也，'读万卷书，行万里路'，说得多么好哇！"

拉萨之行，感慨良多。"读万卷书，行万里路"，我将终生实践，至死不辍！

（本文发表在1998年9月17日《格尔木电视报》）

高原兵

离开格尔木只130公里，到西大滩，下车就觉得冷风辣辣，砭人骨髓。公路左边的山头上盖满了白雪，雪水顺着山谷流下来，冻住了，形成了一个一个倒立的银三角。太阳怕冷似的从云的羽绒服里露出了半个脸，傻兮兮地白。这哪像酷夏三伏？

吃过饭，又跑了30公里，车停了，司机说："大家下去照张相。"哈，昆仑山口！风，更大了，"呜呜"地，吹得人上牙直磕下牙。有个中年人的布凉帽从头上吹下来，滴溜溜地立起来，像车轮，咕噜噜向西滚去，慌得他一边喊一边追。没追几步，就跌倒在地，眼睁睁地看着帽子越滚越远。几个年轻人把他抬到车上，放平，做人工呼吸。他脸色青紫，大张着嘴，似乎吸不进也呼不出。

在西大滩，我已经有点头重脚轻，站立不稳。看到这个人的样子，我头更疼，胸更闷。我不敢动了，拧开了早就准备好的氧气筒。我知道，这就叫"缺氧"，弄不好就发展成肺气肿，然后……我不敢往下想，平平地躺在卧铺上，看着远处戴白帽的山峰，看着近处扯银丝的白云，看着路旁建在高原上的兵站、泵站……

一个念头忽然撞进了我的脑海，挥之不去：那些"兵"们在"生命禁区"怎么生活？想了想，我解嘲似的苦笑了：车不会在半路停下，就是专门为你停下，你敢下去体验体验吗？不敢不敢！这个答案恐怕无法寻求了！

人世上的事就是难以预料，总觉得"山穷水尽"，却常常"柳暗花明"——到拉萨后，在几位朋友的撺掇下，我又钻进兵朋友窝里了。

一进大门，水泥路两旁绿汪汪的两溜，像列队欢迎首长的士兵。仔细一看，是蚕豆，土豆。白白的花，一朵一朵，一丛一丛，挤挤挨挨，推推搡搡，抢着开放。那边，还有白菜萝卜油菜辣椒西葫芦。大楼后边，掩映出两座温室，我似乎已经闻到黄瓜西红柿的清香了！如果不是迎上来的兵朋友，我真把这儿当作农场了。好一派生机勃发的绿！

进了大楼，"哗哗"的掌声，还夹杂着阵阵欢呼。过去一看，嘿，战士们正在打乒乓球。你还别说，他们的一招一式还挺专业呐：光头的这位手一抖，一个奔球直窜大角，瘦瘦的那个拍子一扬，借势拉了个侧上旋，落点更刁。两个人你来我往，四五个回合还是不分上下。观战的战士瞪圆了眼睛，大气都不敢出一口。同来的一位伙伴是乒乓高手，他有些急了，抢过拍子就干了起来。

我虽然也能打两下，可这会儿头发昏，腿发软，根本不敢上场，就和旁边的一位战士拉开了家常。聊熟了，他高兴地拉着我看他们的菜地、温室，看他们养的肥猪。最后，还把我拉到一个地方，神秘地问："你猜猜，这里边养的啥子？"哇，鸭子！那半大的鸭子见有生人来，几只扭头就往回跑，还伸长脖子"嘎嘎"地叫；几只胆大的向前摇几步，歪着脖子看我们，好像在问："远方的朋友，您从哪里来？"

我的耳旁忽然传来一阵阵歌声，细细的，是一个人在哼，不一会儿，两个，三个，和的人越来越多，后来，干脆变成雄壮的大合唱：

儿当兵当到多高多高的地方，

儿的手能摸着娘看到的月亮。

娘知道这里不是杀敌的战场，

儿却说，

这里是儿献身报国的好地方……

（本文发表在 1998 年 9 月 25 日《格尔木电视报》）

大昭寺，昭示些什么

刚到拉萨，朋友就告诉我：在拉萨，无论如何也得去三个地方，其中一个就是大昭寺。

介绍上说，"大昭寺始建于公元 647 年"，距今已有 1300 多年历史。那个时候，别说美国、澳大利亚，就是一些历史比较悠久的国家，也还在史前时期，可我们中华民族在这神秘的雪域高原已演绎了几千年壮观美妙又幽怨悱恻的历史正剧。那一阶段，最使历史老人赏心悦目的故事就是：英雄的松赞干布统一了吐蕃，迎娶温柔贤淑而又聪明坚毅的文成公主进藏。我想拜谒松赞干布，我想拜谒文成公主，我想浸泡在历史长河中体味这个传奇故事带给今天的涟漪。

大昭寺建在拉萨中心闹市区，一进宇拓路，两旁高楼林立，整个街道那蓝色的茶色的落地玻璃放射着咄咄逼人的文明气息。到了八廓街，一股股热浪扑面而来：满眼都是摊位，满耳都是叫卖声。没走几步，几个摊主一窝蜂地围上来，"多好的珍珠项链，买一挂吧？""印度香，正宗的印度香！""鹿茸、鹿鞭，吃了撒欢！您呐，试试？"……我不是采购派，没兴趣问什么项链、鹿茸，我想参拜松赞干布，我想参拜文成公主！我使出了浑身解数才冲出了包围圈，跑向大昭寺。

刚进大昭寺，哇，多么壮观的景象：上千盏酥油灯摩肩接踵成五六路横队一层高过一层整整齐齐排列着，组成一个高两米多宽十几米长的硕大矩形，煌煌灯焰照在金光铮亮的酥油灯上，反射出金碧辉煌的灼人光芒。参观中我才发现，前来朝拜的藏族兄弟姐妹每人手擎一盏酥油灯，走到每个供桌的长明灯前，都从手中的灯里倒一些酥油给长明灯，算是自己的贡献，以此向神祈福。我问酥油灯从哪里来的，他们奇怪地挖我一眼：入口的地方请的呗！真没想到，商业意识竟如此神速地占领了肃穆圣洁的殿堂！

我还是想着松赞干布，想着文成公主，蹿来蹿去寻找他俩的塑像。问游人，游人不知；找导游，这里没有。从格尔木到拉萨，我常常出错，这次学乖些吧——问问值班的喇嘛。我双手合十，欠身施礼：请教了，松赞干布和文成公主供奉在哪里？三位喇嘛很礼貌地停下手中的活儿，叽里咕噜地说了好一阵子，我愣是听不懂。真是邪门，急得我抓耳挠腮。猛地想到正殿有两尊巨像，从下面看不清楚，就急忙爬上二楼。哈，这不就是松赞干布文成公主！你看，右边的这位，鼻直口方，唇下一撮胡须，双眼圆睁，眉宇间一股英武豪气；左边的这位，头戴凤冠，凤眼修眉，嘴角微微上翘，慈祥里贮满了智慧。我先是学藏族同胞的样，双手合拢，从头顶到胸前，拜了三拜，又依汉族礼节，深深鞠躬，鞠躬，再鞠躬！

出了大昭寺，我的头脑里装满了松赞干布、文成公主的故事。文成公主进藏时特意挑选了许多农耕纺织工具，她明白人类最重要的事是生产，是创造财富，否则，再繁荣的市场也只能是海市蜃楼！……就这样胡思乱想间，一抬头才发现，大昭寺和八廓街的建筑材料一样，全用条石垒成，厚重而又古朴，坚固得至少还能耐它三五千年！石头哇石头，你不仅是历史的见证，你本身就是一串串深奥的故事，如今，我们谁又能破译得开铭记得住？！

（本文发表在 1998 年 10 月 8 日《格尔木电视报》）

静静的哲蚌寺

今天想游哲蚌寺，把花了 7 元钱买的《拉萨市区旅游交通图》翻过来倒过去也弄不清怎么走——我们住在地图之外！不过，看哲蚌寺的位置大概就在附近。"既然如此，咱们就安步当车吧，也可以看看拉萨郊外的美景。"不知是谁的提议，大家一致赞同。

拉萨这几天也怪，晚上雨声霏霏，像教堂里悠扬的赞美诗，渲染出和平静谧，白天万里无云，把游人的情绪擦拭得明净纯洁。今儿个天也像无瑕的翡翠湛蓝湛蓝的。脚下的山道弯弯，渠水傍着山道潺潺溪溪，渠岸上红花绿草，草叶上花瓣上的水珠晶莹得像珍珠，映射出七彩光芒。渠岸外的地里，蚕豆花儿白中带紫，油菜花儿一片金黄，即将成熟的青稞黄中透绿，拉萨河谷弥漫着清新醉人的气息。

"快来看呀，这柳树，柳树！"循声望去，那一排柳树果然与众不同：粗粗的树干，苍黑苍黑的，皮纹又粗又深，像暴风骤雨冲刷的深沟巨壑，真不知道里面藏了多少人世沧桑！离地七八尺，树干被拦腰锯断，上面迸发出几十条嫩枝，小孩胳臂粗，密密地，直直地，齐刷刷地，像箭一样向上射去。这些枝条嫩绿嫩绿，能掐出水，看它们的气势，要不是老干拽着，保准能射到天上去！嘿，这柳树，多像西藏，悠久的历史，蓬勃的今天！

几经周折，我们终于找到了哲蚌寺。

哲蚌寺前，一片片树林，蓊蓊郁郁的，挡住了人的视线，也挡住了尘世的喧嚣。拾级而上，你能看到台阶的石缝里，一绺绺小草探头探脑地钻出来。到了正殿，大门紧闭，几只鸽子在庭前悠闲地觅食，欢快清脆的"咕咕"声撞在四周的墙上，返回来，织成自然的交响乐，悦耳动听。介绍上说，哲蚌寺"僧人定员 7700 人，是西藏最大的寺院"，我们参观了半天，也没见几个僧人。在藏经堂倒见了几个，都在认真地研习经文，我们不忍心打扰，就蹑手蹑脚地退了出来。

哲蚌寺依山而建，占地 25 万平方米，的确是大。也正因为大，它不像大昭寺那么集中地成为一个整体，而是一片一片的，一院一院的。哲蚌寺三面环山，山就像一个天然的太阳能聚光盆，把哲蚌寺烤得暖洋洋的。更令人惊奇的是，哲蚌寺的屋顶不仅杵起许多根电视天线，每院还都安装了太阳能。这不，一位喇嘛正在熟练地调整太阳能架子的角度。太阳能架子上放着一口压力锅，保险阀正"扑扑"地欢叫着，喷出一股股米饭的清香。"师傅，做饭呐！"我搭讪着走近，他友好地"嗯"了一声。我壮着胆问："你们有那么多大海锅，可以供一万多人吃饭，咋不用大海锅烧饭？"他笑了，说一口不大流利的普通话："大锅饭不好吃！"俏皮！精辟！我心里一动："你们真够时髦的。"说者无心，听者有意，他先是灿烂地一笑，接着，郑重其事地说："向往科学，是每个民族的天性！"

啊，静静的哲蚌寺！

（本文发表在 1998 年 10 月 15 日《格尔木电视报》）

格尔木河和它的石头

"少年长在憧憬里，老人活在回忆里。"这话说得好，我还没有七老八十，总是想起过去的事。这不，才是春天，我又想起了格尔木河和它的石头。

20世纪的后十几年，每到暑假，风和日丽的时候，我和两个儿子都要去格尔木河玩一两次。虽然在八月，水温也就两三度。每次玩回来，脚底到腿腕都要红痒十几天。尽管这样，我们仨还是偷偷跑出去玩。

八月的高原，天很蓝，又悠闲地飘着几朵白云，给土黄的沙漠平添了几分生气与安谧。向南望，60公里外青幽幽的昆仑山，沟沟梁梁都看得清清楚楚。这样的天气，勾得人痒痒的，不由你不出去玩。

从市中心的家向南，再向西，绕过二中、汽车一团的南围墙，再走两三里沙路，就到了格尔木河。这里的河面很宽，最少也有五六百米。水很懒散而随意地流，像幼儿园玩累了又没阿姨管的孩子。其实，河两边也有护堤，一人多高，石头垒的，大多被沙子埋住了，间或还能露出一半段，令人想起沙漠里风干的胡杨。堤里堤外，稀里巴拉地长着些莎草，枯干了似的暗红色，在风中醉汉般寂寞地摇。河里的水很清很清，偶尔，一只苍鹰从天上掠过，惊得水里的鱼儿扑腾扑腾跳。你要是带着瓶子，随便灌上一瓶，晶莹透亮，比天底下任何牌子的矿泉水都甜。水很浅，有的地方连脚面也埋不住。碰到深一点的水窝，也可以看到几条鱼，很小，褐色的，像泥鳅，滑得哧溜哧溜的。鱼小，其貌不扬，又难抓，去过几次后，抓鱼的气慢慢就泄尽了。

　　鱼不想抓，泳游不成，沙子没特色，水也弄不走，干什么？只有玩石头了！谁成想，捡了几次，竟捡下瘾了，原因嘛，格尔木河的石头，神！

　　我们说神，不仅在石头的颜色，更在它上面的天然图画惟妙惟肖。您看这块，山高岭峻，林木葱茏，好一派生机勃勃的景象。我给它起名曰空山鸟鸣。第二块，玛瑙色，形同鸡蛋，中间卧了只老母鸡，正孵小鸡，屁股下的鸡蛋历历可数，脖子微微抬起，喙略略向上，活现出她的幸福与骄傲。我为它取名母亲的骄傲。再看这块青白石头，名曰要离刺庆忌——中间两个人，后边的，长袍飞动，左手仗剑前刺；前边的，袍裾飞扬，腰间隐隐露出铠甲，腰向前躬，身体飘起，似被后人刺中。两人色彩一浓一淡，主次分明，前后有水浪涌起，活灵活现地烘托出当时的气氛。还有这块琥珀色石头，我叫它女娲造人。您看，中间偏左的好像女娲，坐着抟泥，下面是刚扔出的神泥，人的头还是虚的，身子还没有变化；稍向右上，身体像条鱼，头已经很清楚了；再向左上，形象稍虚，人头和身体已隐约可见；到了女娲眼前，一位仙女般窈窕的女子，披风飞起，裙裾飘飘，风姿绰约，双手正在左肩打理青丝，眼睛却深情地注视着恩人，似乎在说："谢谢您，伟大的母亲！"这几幅图画，把从泥到人的演变过程演绎得活灵活现。您说神不神？

　　格尔木河和它的石头为什么如此神奇？因为，它是女娲创造的艺术品！

　　这样的河，这样的石头，您不向往？

格尔木的石头——神！

格尔木的石头——神！

您看，有的像鸡蛋，有的像枕头，有的如南天一柱，有的如铁拐李的宝葫芦；有的洁白赛玉，有的青黛胜墨，有的绝像翡翠，绿中藏紫，有的酷似琥珀，红里透黄，更多的诸色相映，晶莹绚烂……

仅仅如此，还难以说"神"。

您看这块，赭红的底，一抹褐色忽断忽续，蜿蜒而上，像画家笔下苍劲的树干。那粗的地方，几层云状的圈，活像老树的疖疤，平添了几丝悲壮。旁边抽出几缕虬枝，枝干上，几泡乳白，似圆非圆，有的中心几圈浅青，有的顶上几点青黛，像煞了，生机勃发的梅花、梅苞！

看这幅《镇鼠图》：乳白的石头，素雅清纯，一只青色的猫像虎一样蹲着，右前爪压着一只老鼠。右上方，一只老鼠仓皇逃窜。猫两耳直竖，伸长脖子，似乎聚精会神地监视在逃老鼠的一举一动。

更妙的是这块白里透青的石头，右边一个赭色的人，旒冕焕然，亏腰欠背，似站非站，一副惊愕的神态。中间一人，右手似乎在胸前抱着个什么，左手提袍，袍裾飞动，好像向左扑去，同时扭头后望，额下两点白色，恰似一双炯炯有神的眼睛。我给它取名"睨柱吞嬴"，读者君，您以为然否？

格尔木的石头，您说，神不神？

上古之时，混沌初开，地倾东南，天折西北，女娲炼五色石以补苍天。格

尔木的石头，是女娲补天遗漏了，还是她故意留给后人的，我不得而知。您要想知道，去格尔木河里拣几回石头就是了。

（本文发表在《格尔木报》1997 年 8 月 21 日）

小雨·大风

清晨起床，打开窗户，一股清新湿润的空气挤进来，像芬芳的美酒，荡漾在整个房间。噢，又下雨喽！我忘了自己的年龄，手舞足蹈地跑出去，仰起脸，任淅淅沥沥的雨丝痒酥酥地亲吻我的鼻子、嘴唇、脸颊以及全身。

雨，不仅能缓解干燥，降低发病率，还能孕育生命，创造一个蓬蓬勃勃的环境。可惜，早年的格尔木，一年到头也难得见一场小雨，拒之不去的倒是风——"一年一场风，从春刮到冬"嘛！

是 1985 年春天吧？下午 3 点多，我正上课，天忽然黄了。太阳像患了黄疸肝炎，没有一丝红晕，有气无力地吊在天上，惨兮兮的。西边天际，十几条黑龙头连天，尾接地，旋转着，扭动着，裹着半天黑云，潮水一样向东猛扑过来。一会儿，风卷着黄沙，"呜呜"怪叫。空气中弥漫着令人窒息的沙尘味儿，学生们不得不掏出手绢捂住口鼻。窗外，几棵沙枣树像临刑的硬汉，压下去，挺起来，又压下去，再挺起来。树叶，大把大把地被揪下来，破成片，撕成绺，抛掷翻卷在半空中！天，说黑就黑了，不到 3 分钟，伸手不见五指！风，更大了，先前还能听见石子打在玻璃上的"噼啪"声，树枝折断的"喀嚓"声，现在，只能听见风的吼声，山呼海啸，震耳欲聋！坐在教室，只觉得窗在战栗，门在战栗，大楼像惊涛骇浪中的一叶扁舟，飘飘摇摇，忽地被抛上浪巅，刷地被摔下谷底。

第二天，我看到了一份资料，1979 年 5 月 27 日晚，格尔木遭受暴风袭击，风速达 40 米 / 秒，风力 12 级。这次暴风，摧毁温室玻璃 3000 平方米，刮断十年以上树木 600 余棵，刮倒烟囱 222 个，围墙 4000 米，损坏房屋 1562 间，死亡牲口 417 头……直接经济损失 100 万元以上——这次的暴风还没有昨天的大。

十几年来，在格尔木，这样的风似乎再没有碰见过，而小雨却时不时地款款造访。原因当然是多方面的，但可以肯定的一点是：人的努力不可或缺——我们曾制订了保护沙漠植被的政策，不许破坏地下森林，如今，把橛柳、黑刺树根当柴烧的现象基本绝迹；从市长到小学生，每年植树种草。目前，我市的城市绿化覆盖率已经达到 23%，公共绿地已有 570 公顷，近几年，我们还要种植防护林 10 万亩……

小雨还在淅淅沥沥地下着，操场的水泥地上已积下一泓泓浅浅的水。小雨射在水面，溅起一个个蘑菇似的水泡。几个早到校的小女孩蹲在水边，唧唧喳喳地逗着水泡玩儿。操场旁，一排排杨树经过雨水洗刷，墨绿墨绿地，透出诱人的勃勃生机。雨点落在叶子上，像一粒粒珍珠，骨碌碌滚过来，骨碌碌滚过去，让人想起王冕笔下的荷花露珠。几个男学生在树下玩，一阵微风掠过，树叶发出"哗啦哗啦"的笑声，把一树珍珠抖落到他们头上、脸上、脖子里，惊得他们像一群小鹿倏倏地蹦开了……

吸吮着清新的空气，摸摸润滑的全身，我忽然高声吟诵岑参的诗句："轮台九月风怒吼，一川碎石大如斗，随风满地石乱走……"

噢，格尔木，我相信，你的明天会更加美丽！

（本文在"昆仑杯——格尔木辉煌二十年"征文比赛中荣获一等奖，2000年 11 月）

陈炉掠影

昨天，陈炉古镇一游，令人心旌震颤。

陈炉古镇位于铜川市东南 15 公里处，属铜川市印台区管辖。

陈炉古镇是耀州瓷的发祥地之一，陶瓷文化积淀十分深厚。在绵延千年的陶瓷发展历史上，陈炉创造了三个"世界之最"：一是自北周开炉至今 1400 多年，在同一地方烧造陶瓷时间最长，至今炉火不息。二，"和土为坯，转轮就制"的手工制作工艺至今仍在延续，绵绵不绝。第三，古镇坐落山上，民房依山而建，横绵竖叠，错落有致，状如蜂巢。而几百座窑炉散见民房之间，炉火熊熊，到夜半，如星如斗，那是一幅怎样的仙界画图？陈炉之名，也因"陶炉杂陈"而闪耀千秋。

陈炉被喻为"东方古瓷的活化石"。一进古镇，墙是古陶罐垒的，路是古瓷片铺的。转过一个墙头，一件半人高的古瓷瓶扑入怀中。步入古街，一排排摊位映入眼帘。每个小摊，陶瓷制品琳琅满目，不仅有大到一尺多口径的碗，也有小到一半寸的盅盅，还有瓷壶、瓷罐、瓷枕、瓷哨子，看得人眼花缭乱。

听说，镇上有座"耀州窑陈炉博物馆"，我们绕来绕去找到了，可惜，大门紧锁。正懊恼，坡下有院"王家瓷坊"，我们悻悻地走了进去。也真是"塞翁失马，焉知非福"！在这家作坊里，我们看到了陈炉缩影。这里的每件陶制品，不仅惟妙惟肖，还为我们再现了历史，描绘了风土人情、百姓生活。您看，这是铡草，那是磨豆腐，那是钉鞋，这是烙饼，还有上学、放飞机、喝酒、划拳、打防疫针、警察执法……

陈炉啊陈炉，您真是一座熔炉，把我们的眼泪和希冀都和进炉内，烧得滚烫滚烫！

（2020 年 11 月 9 日）

脱　俗

他不知道，什么时候投的稿，稿上写的什么字。

"不是做梦吧？"掐掐腿，生疼生疼。他摘下眼镜，擦擦镜片，再把获奖证书拿到眼前左看右看，大红的封面，内芯三行字：墨人同志毛笔书法一幅，荣获全国名人书法大赛金奖。第二天，他还在《书法报》上发现一篇赞扬他书法的文章，名曰《脱俗》。

他还是想不起，什么时候投的稿，稿上写的什么字。

他的字写得的确漂亮。三岁，爷爷就手把手教，那一横一竖一撇一捺写得像模像样，高兴得爷爷胡子一抖一抖的——"状元也不过如此"。从此，他入魔一样练字，六十多年从未间断。什么颜体柳体欧体二王魏碑，还有后来的沈尹默、于佑任……光临摹过的字帖摞起来就有一人多高。娟秀、俊雅、飘逸、雄浑、豪放，各种风格，无所不能。在这五六十万人的城市里，要数书法家，大家都说，他是头一个！

他写字忒认真。爷爷教的。振衣，弹冠，净手，焚香，正身正心，端坐桌前，敛气凝神，这几个程序缺一不可。否则，他绝不动笔。可是全国书法大赛，他次次名落孙山，连最末等的"优胜奖""纪念奖""鼓励奖"也沾不上边。老伴说，写字的，谁像你那样正经！他气得瞪圆了眼，有生以来第一次给老伴发火："不正经，还能写字？胡说八道！"从此，他还练字，却再也不参加什么书法大赛。

大概是同名同姓？弄错了吧？他自言自语。老婆吃吃地乐："你不记得了？

那次——闻龙请你喝酒？"噢——是有那么一回。闻龙说自己的书法得了全国什么大赛一等奖，手舞足蹈地请他喝酒，他不相信，就跟着去了。看了字，恶心得他只想吐——那还叫"书法"？逮只屎壳郎蘸上点墨汁放在纸上爬，都比这强！他从来不喝酒，那次也不知道什么鬼让他迷了心窍，和闻龙碰了个几十杯，又吹了一瓶"喇叭"。晕晕乎乎，好像吐了一地，好像闻龙把他背着送回了家，好像老婆把他弄上床，给他洗脚……

老婆笑了，"给你洗脚，你一点儿也不安生，特别是脚，怎么也按不到水盆里。我想，你只有……只有写字时，才凝神静气，就从你砚台上拿了一支笔，蘸饱墨，夹在你脚指缝里，就……""就，哪样？""就那样……"

（1995 年 8 月 2 日）

感　恩

　　从电子邮箱看到同学聚会的消息，我非常高兴。1978—2009 年，这三十年，无论是我们民族，还是我们自己，都蕴含着太多的希冀，沸腾着太多的奋斗，灿烂着太多的辉煌！如今，国家初步繁荣富强了，你们也由一个风华正茂的青年，经过了"而立""不惑"，奔向"知天命"了，是该坐下来喝杯茶，叙叙旧，聊聊天，哪怕是道听途说，哪怕是海阔天空，当然，更应该说说儿女，说说父母，也说说自己……

　　马额中学也是我的母校，我是你们的校友。和你们一样，我时常怀着一颗感恩的心——对马额中学和马额中学的老师、同学。是他们，给了我许多许多，包括物质的和精神的。

　　1960—1963 年，三年困难时期，我在马额中学上了三年初中。那三年使我的求学之路格外艰难。感谢马额的高天厚土，感谢马额淳朴勤奋的乡风，更感谢马额中学，使我学得了许多知识，懂得了许多道理，也磨砺了忍耐，激发了奋斗，锤炼了韧性……我，忘不了我的同学，忘不了我的老师，至今，他们的逸闻趣事仍然跳荡在我的心扉。

　　1977 年，恢复高考的春雷在深秋炸响，我从外地被调回马额中学教书。报到的那天，适逢学校开办高考补习班，我的不少同学也赶来母校报名。相见之后，百感交集，不胜唏嘘。他们粗壮的指头皲裂的脸庞特别是忧郁的眼神，都让我的心灵震颤不已。面对他们，我仿佛大彻大悟地明白了两个道理：第一，知识是生命之本。没有知识，生命也没有意义。第二，能够传播知识，也是人世间一件荣幸的事。我的同学们呐，你们，就是我的恩师！

1978 年的春季高考，是解冻后的第一个高考，题目自然有些简单，语文考题里语法知识较多，对于老三届，这些题目算不了什么，但对 1978 年秋季及以后的应届生，却有一定难度。当时，高考刚刚恢复，要找一份现成的复习资料比登天还难。面对一颗颗渴盼的心，我们决定：自编！至今，我的手头还珍藏着一份名叫《语文基础知识》的手刻油印本复习提纲。这本提纲，编撰在课余，刻板在深夜，印成在黎明，凝结着马额中学全体语文教师的心血、汗水。在编写这本提纲的过程中，我真正学会了对比分析去杂撮要的本领，廓开了追根刨底发难掘疑的心性，这，为我以后的研究、写作拓展了道路，我的处女作《病句的类型及修改》就是它的副产品。从这个意义上说，1978 届、1979 届校友就是教我奋进的恩师！

"一个篱笆三个桩，一个好汉三个帮。"正是基于这个原因，远在江河源头的时候，我心里割舍不下马额中学的老师、同学。现在，我年过花甲，无论认识能力、办事能力，都老化了，自然喽，我更希望与你们亲近，哪怕只碰个面、说句话，都会给我愉悦，给我激励。幸运的是，1978 届、1979 届中，有一批热心人，为我们创造了许多见面机会，希望我们促膝谈心，缓解压力，再添动力，我们千万不可辜负了他们的一腔热情。

借此机会，祝学友们家庭和睦，儿女欢欣，父母康泰！也愿你们的事业百尺竿头，更进一步！

老师，我给您鞠躬了（三篇）

西出阳关几十年，也不知忙什么，很少和老家的老师、同学联系，许多人许多事几乎都忘记了。退休了，闲下来了，上学时的许多事又泛上心头，挥之不去。

李老师

大概是1957年吧，我上小学。李老师把我叫到他房子，对我说："我有一些书，在学校搁不成了，放你家吧？"嗨，我当什么事！"没问题！"

天黑了，李老师和另一位老师抬来一大堆书，用被单包着。我记得很清楚，那被单，是农家织的粗布，蓝白格子相间，又漂亮又耐用。看他汗流浃背的样子，书很沉。我在李老师的指挥下，找了几块半截砖、几块旧木板，在一个放着空瓦瓮的旧方桌下给书搭了一张床，外边，又用破芦席盖住。他问："这儿安全吗？"我搔着头，什么意思？另一位老师问："有人经常到这儿来吗？"我用右手食指在瓦瓮上揩一下，伸到他面前，黑乎乎的，"您看我们家，穷得老鼠都绕着走……"

过了不几天，李老师神秘地失踪了。一般老师调动或请长假，都要和学生告个别，再介绍一下接替的老师，李老师什么也没说就不见人了，真是奇怪！同学们私下乱传，说什么的都有。我暗暗想，该不会因为那些书？

那天一回家，我就关了门，打开被单。哇，这么多！里面有《女神》《欢呼集》《寄小读者》《宝葫芦的秘密》《青枝绿叶》《黎明的河边》《李有才板话》《太阳照在桑干河上》《吕梁英雄传》《骆驼祥子》《子夜》《春》《秋》《家》，还有《一千零一夜》《十日谈》《钢铁是怎样炼成的》等等，简直可以开一个小型图书馆了！看着这么多书，我陷入了那个年龄少有的沉思：李老师为什么要把这些书交给我保管？

我总想从中找找谜底，就开始翻看。谁知，看着看着，我越来越放不下了，我随着故事情节的紧张而满头是汗，也为主人公的落难而悲伤流泪。渐渐地，我触摸到郭老的狂，钦佩他选材的奇特；感悟到赵树理的智，倾心他结构的缜密；品咂出冰心的爱，痴迷她文笔的娟秀……我，多么幸运，在物质和精神极度贫乏的时代，却饕餮了无比丰盛的精神大餐！

李老师，我不知道，您是不是因为那些书出走，我却知道，您那些书让我学会了怎么做人，怎么治学，也让我一辈子和文字结下了不解之缘。

这位老师，大名李俊民。

张老师

昨晚做了个梦，梦见我大学毕业了，分配到 M 中学。我去报到，张老师给我发第一个月饭票。发的时候，当着我的面，一张一张地数，数完了，还让我再数。我说："张老师，我还不相信您吗？再说，都啥时候了，我们再也不愁吃的喽！"醒来后想，梦是反的，张老师是不是出什么事了？

张老师讳兆庆，既是我上中学的老师，也是我教中学时的领导。我上初中时，他是校长；我上高中时，他还是校长；我在 M 中学工作，他是校长，我到 H 中学工作，他还是校长——不过，需要特别申明的是：每个"校长"前边，都应该加个"副"字。

张老师给我的印象首先是整洁。他的衣服，虽然也是"老三样"——灰、蓝、黑，但是，总很合身，干净。他常上讲台，却从来没见他沾过粉笔灰。头发，总是剪得不长不短，梳得光光的，顺顺的，怎么看都整齐、精神。张老师给我的第二个印象是严肃。我们当学生时还互相叮嘱，谁看见张老师笑，一定要火速通知其他同学，让大家都看看，张老师怎么笑。那时候，张老师的确不苟言笑，但不是严厉，更不是凶神恶煞。我们半大小子都调皮，有一次扫完地，把扫帚往天上扔，比谁扔得高。我不小心，把一把扫帚扔到房上去了，刚好被张老师看见，我吓得咬着嘴唇，站在原地一动也不敢动，等着挨骂。张老师走过来，拍拍我的头说："做事首先要想一想，不然，要这个干什么？"张老师给我的第三个印象是认真。每回扫完地，他都要检查，哪里有一片纸屑，哪怕是一个小土坷垃，他都要我们返工。每当这时候，我就想，一个大校长，还管这样的事，寒碜不？

张老师也有马虎的时候。听他的夫人说，张老师在家，可是甩手掌柜，油瓶倒了都不扶。"时间长了，什么机能都退化了。"夫人讲了一个例子，"我把菜炒到锅里，才发现没有酱油了，急忙给他三毛钱，要他去打一斤酱油。他颠颠地跑了四五百米，到供销社门口，又转回来了。我火急火燎地要酱油，他结结巴巴地向我要粮票——'酱油，是，是，是粮食做的'，人家肯定要粮票啊！""为了永葆张老师的青春，我把买菜的工作派给他。"——每天晚上把明天要买的菜写一张清单，放在他的书桌上，用镇纸压好。第二天起床，张老师揣上这张清单，照图索骥。——"只要把菜按单买回来了，就阿弥陀佛，至于质量好坏，便宜贵贱，那是'天要下雨，娘要嫁人'的事，随他去吧！"有一天晚上，张老师回来得很迟，说是"明天上级要来学校检查"。刚睡下，又想起什么事，起来穿好衣服要出去。第二天做午饭，"我到厨房一看，怎么和昨天买的菜一模一样？"我问人家，人家掏出菜单说："这不是你写的菜单吗？我可是全按它买的呀！"我要看菜单，他先瞥了一眼，回头就往书房跑。原来，他拿的是前天的菜单……

丁老师

我是工农兵学员。这个名称注定了我的大学生活既有不安也有温馨。

中文系办了一个文学壁报，起名"红浪花"，一周一期。经学员公推，系上批准，我任主编。开初那阵，大家的热情很高，稿件纷至沓来，期期精彩。时间一长，更兼风向飘忽，有些人就搁笔了。有时，上级还审查，"挖空"。弄得"红浪花"真成了浪花——忽高忽低，忽有忽无。记得宣传中央"一号文件"那一阵，系上下令出一期批判林彪的专刊，我就紧急征稿。稿件倒是不少，质量高的却凤毛麟角。壁报已经贴到墙上，还有巴掌大一片空白，我只好现编现抄，蘸墨，悬腕，补了一首小诗。诗曰："欲坐不坐立不立，像笑不笑泣不泣。指鹿为马吼'万岁'，千古'遗恨'三叉戟！"当时，我还真为我的机智手舞足蹈了好一阵子。谁知道，这首小诗却给我惹来麻烦！

第二天早晨，我正上课，系办的一位老师通知我，指导员找我，我问："能不能下课再去？"他说："不行！"我只好随他到了指导员办公室。一推门，班长、支书也在，一脸的严肃。"怎么了？连课也不让上？"指导员哼了一声："你还想上课？能不能上学我都说不清！"

"什么事这么严重？"我以为他们开玩笑。"什么事？好好交代，你写反动诗！""反动诗？哪一首是反动诗？"我急了——那个年代，一个错字都可能坐牢，一首反动诗，还不把性命要了？指导员也急了："你真不知道还是装糊涂？坦白，说不定还可以保住学籍。"我蒙了，我真不知道哪一首是反动诗！班长悄悄拉拉我的袖子，小声说："'遗恨''遗恨'的那首！""'遗恨'怎么了？"指导员说："下边反映，你那首诗是为林彪说话！"我踏实了："胡说八道！前三句——""前三句没问题。后一句呢？""后一句是'从对面写来'，写林彪恨天不佑他。"指导员板着脸说："什么'从对面写来'！从正面看，就是替林彪打抱不平！你下去，停课检查，听候处理！哦，那个主编职务，暂停，连文体委员！"

文体委员不当，没什么，主编不当，也没什么，可不让上课，我受不了！我是高六六，离高考只有12天，高考却延期了。我清楚地记得，宣布高考延期的那天，许多同学在校园里唱啊跳啊，我却把自己关在宿舍，蒙着被子放声大哭！为了上大学，我苦苦等了五年啊！1971年底，大学要招生了，那时候，主要靠推荐，我一个既没"腿"又没钱的农村孩子为了上大学，求爷爷告奶奶，费了多少周折？不让上课，那不是要命吗？不行！我得找系主任，再不行，我就找学校，找教育厅！

我们的系主任姓丁，是一位慈祥的老太太。她微笑着听完我的话，温柔地说："回去吧，先上课，我和他们说说。"没想到，天大的事就这么解决了，我真有点不相信。不相信归不相信，心里那个感激啊，却是由衷的——今天想起来，依然心旌震颤。

我第二次和丁老师单独接触是在 1975 年的大年初一。

那天早晨，学校里静得瘆人，只有风在"簌——簌"地刮，透过结着冰花的窗子，我看见梧桐的秃枝在冷风中颤抖。偌大的校园空荡荡的，同学们都回家过年去了。这会儿，我不知道我该到哪里去，更不知道我早饭该吃什么。

"笃，笃，笃！""笃，笃，笃！"是谁呀，这么大冷天还有心思串门？我极不情愿地拉开门。"丁……丁……老师？""你一个人？——还没吃饭吧？""……"没等我回答，她就拉住我往她家走。

一到家，她把我按在饭桌旁坐下，自己就去打火，做饭。一会儿，一盘热腾腾的煎饺端到我的面前，"快，趁热吃。我给你烧碗汤去。"

男儿有泪不轻弹，只是未到伤心处！我半岁死了母亲，八年前又殁了父亲，我从来没叫过"妈"，连"马"都改叫"没尾巴骡子"，可这会儿，吃着香喷喷的煎饺子，听着锅碗瓢盆交响曲，看着丁老师那忙碌的身影，我热泪滂沱，真想大叫一声："妈妈——"

可她，却把这些事全忘了！是啊，她已经 85 岁高龄了，她的学生太多了，再说，"记这些东西干什么？"她如是说。

可我，没法忘却，也没有理由忘却！

我的老师，最小的也有 70 多岁了吧？不知道他们还健康吗？想到这里，我的鼻子酸酸的。

教师节到了，尊敬的老师，我给您鞠躬了！

情如醇酒与"夷门监者"

——华东四市行札记

2019 年 10 月 28 日—11 月 6 日，我偕老妻去扬州、镇江、无锡、苏州旅游。这次出行，没跟团，也不是自助——70 多岁的我俩，谁都没那个智力，没那个能力，那个体力——却住得好，吃得好，游得好，真是惬意舒心！诚然，这四市的人文底蕴深厚，风景名胜卓异，激起我深切感喟，我都写进诗词里了，而遊程之所以能"惬意舒心"，关键是四十年来的师生"亲情"，如浓浓的醇酒，愈久愈香，回味无穷。我想，我得写写他们，必须！可惜，囿于能力，也鉴于篇幅，只能择其二三以记之了。

一

几年前，40 年前的学生赵力子（立志）邢鸣放王少雄就有过邀请，阴差阳错，加上接送孙女，一直没能成行。今年前半年，力子上北京出差，专门到东花市出租屋看我，又提出了上述邀请，还强调说："你再不去，我们就退休了。"我也明白，再过几年，我的腿脚更不灵便，想去也去不成了。今年秋季开学，孙女上学近了，不用再接送，我便选了个日子，出发！

临出发，儿子媳妇几次给我打电话："有啥事，打电话！"我知道，他们这几个字后面的潜台词——你只是个普普通通的高中教师，学生离开你又 40 年了，

041

他们能……我也担心，现在是电子时代，学生们忙，没有他们，我们两个"70后"能不能按时找上旅馆，能不能吃得可口，能不能玩得开心。

火车上，我又对老伴说：咱们去，不要让学生为难——咱们是闲逛，他们还要上班……"你都说过一百遍了"，老伴接过话茬，学着我的腔调，"他们订好房，我们结账；游玩，不要他们陪；吃饭咱自己找……"话还没完，力子的信息就来了，"王老师，想不想到南京玩？我在南京上班，很方便。"在南京上班？之前，我只知道他在镇江当局长，哪里知道他又调到南京去了！新单位，在省城，肯定是上司单位，他们又是奔六十的人了，不能老了老了，落个对工作不负责任的坏名声！我回说："谢谢你！南京去过两次了，就到镇江吧。"后边又补充道，你不用管了，我们到镇江寻个住处，自己玩两天。"那怎么行？"力子的电话打来了，"你不用管，明天我到车站接你。"挂了电话，我就嘀咕，你在南京，怎么接我？要在镇江接，那就得折回来，还耽误上班——现在的机关上班，可大大不同于过去……

29日一早，火车快到镇江了，我和老伴正在收拾行李，力子的电话又来了，"王老师，咋晚睡得好吗？""好，好！我没心没肺，哪里都能睡！"玩笑归玩笑，没等力子回话，我接着说："你现在在哪里？好好上班……"话还没说完，就听他说："我在您面前。"我一抬头，力子！"你……""我知道您坐这趟车，昨天就买好票了。"看我惊讶的样子，力子憨厚地一笑，"什么都别说了，今天我接你，先吃饭，然后去扬州游瘦西湖，明天逛镇江……""你呀你呀，我一个糟老头子，值得你赵大局长这么迎接？"这话，我没说出口。我在心里问自己，这话能说出口吗？话没出口，我内心深处的一丝紧张却一下子释然了：旅游最怕的住宿与行程不用我操心了！我瞥一眼老伴，真要我弄，说不定又得挨你的批！

二

11月1日，我们正吃早点，杨牧的信息来了，"王老师，我处理点事，9：30到饭店接你。"

9点20分，我们下楼，走到饭店门口，杨牧正从车里下来。他快走几步，

要接我的小包，我笑了，"不用不用，就一架相机，轻得很。"

今早的第一站是无锡博物馆。这个博物馆好大，这些天展出的内容也特别丰富。我们参观了四五个展室，钱松嵒画展和紫砂泥塑最引人。泥塑是无锡惠山的名片。《麻姑献寿》中的麻姑婀娜多姿，双髻高耸，双臂托着盘，盘里的寿桃白里透红。我心里说：我75了，够格吗？要不，我把那桃拿下来啃一口吧？《苏武牧羊》中的苏武坐在草地上，衣衫褴褛，左手持节，右手抚羊，仰面问天。那胡须，好像在寒风中瑟瑟颤抖，让人一下子陷入悲凉之中。《陕北风情》四个泥人围坐一圈，弹三弦的手指轻挑慢捻，敲小锣的引锤候点，那吹唢呐的扬起脖子，鼓起腮帮，让我一下子沉浸在欢快高亢的陕北音乐的氛围之中……

从钱松嵒展馆出来，已经一点多了，这时，才觉得肚子"咕噜咕噜"地叫。杨牧把我们领到一个陕西面馆，介绍说，这是无锡最有名的陕西饭馆，想吃什么陕西特色饭菜都有。他征求我们意见：搅团还是猫耳朵？老伴说，还是面吧！我们要了两碗西红柿鸡蛋面。老伴掏钱，杨牧按住他的手，正色说："您到我这儿吃碗面，还要您掏钱，您让我怎么混？同学们还不骂死我？"他却要了一小碗苞谷渣。我疑惑地看着他，他淡淡地说："我今天把牙拔了，嚼不成。"原来，今早有事，就是拔牙呀！俗话说，牙疼不是病，疼来要人命！我恨自己粗心，也恨自己自私。"你咋不早说？我们是闲逛，迟一天早一天有啥嘛！你应该休息几天。"他又是一笑，"小事一桩，我是飞行员出身，这点病痛还能拿住我？"我们吃完了，他还在搅糊糊，老伴说，"烫，他，喝不成。"看着他一小口一小口喝糊糊，我的眼泪差点掉下来。他在部队，已经干到副师职，转业到地方，也是一路诸侯，说一不二，却忍痛挨饿，为我这个四十年前的中学普通老师管吃管住，又当小跟班！想到这儿，我曾注目凝神过的麻姑、苏武似乎都在奚落我，而《陕北风情》里的唢呐也仿佛流出了酸涩的旋律……

三

11月3日，鸣放夫妇陪我们游石湖。鸣放是个商人，有自己的公司，在商界也算是个佼佼者，他把他的商网织到了日本。像许多成功的大款一样，钱多了，就觉得精神层面似乎有些缺憾，因此，对诗词就更为钟爱。我告诉他，诗词，不能吃不能喝，是雕虫小技，历史上爱诗词的人，没有一个不是穷困潦倒的。而仕途经济才是人生的大本领——当了官，有了钱，才能实施自己的政治抱负，实现自己的人生价值。他不大赞同我的观点，说诗词可以净化人的灵魂，可以统帅仕途经济。我虽然是个既没权也没钱的人，却也赞同他的观点。

石湖是苏州市区的风景区，依山傍水，柔美秀逸，是太湖边上江南田园山水的精华，又有无数历朝遗迹，素有"吴中胜境"之称。南宋著名诗人范成大退隐之后就居住在这里，现在还有他的祠供游人瞻仰。石湖的风景太诱人，拙荆与鸣放夫人拉着呱，走走照照，忙得不亦乐乎，而范成大盛名太炽，我和鸣放虽然时而赞赞湖光山色，却不得不拿出大部分时间，聊着范成大和他的《四时田园杂兴》。

传说，范成大做地方官政绩骄人，多名臣子联名推荐范成大做宰相，皇上却怕他不习稼穑，不知农人辛苦，隐而不用。范成大听说了，就作了《四时田园杂兴》60首。无论这个传说是真是假，也没工夫去考证他靠这些诗做没做成宰相，单说这60首诗，全方位多角度地描绘了农村生活，不仅给他又加上了一顶田园诗人的桂冠，也给我们留下了体味南宋百姓生活的生动资料。至今，我对其中不少诗篇膜拜有加，如"春日第十"："种园得果廑偿劳，不奈儿童鸟雀搔。已插棘针樊笋径，更捕鱼网盖樱桃。"笋子冒出地面了，樱桃挂果了，即便是成了熟了，变成铜钱了，也仅仅能补偿农人的辛劳。可刚出地面，顽童偷挖，刚刚挂果，鸟雀啄食，多烦人哪！果农不仅要在地上插些荆棘，挡挡孩童，还得在树上架设渔网，阻隔鸟雀。这里，既要保护果蔬，又不想伤及儿童、鸟雀，农人的辛劳与善良不露痕迹却跃然纸上。或许，鸣放读过我的《读绝句·学写法·练作文》一书，我曾把"夏日第七"（昼出耘田夜绩麻，村庄儿女各当家。童孙未解供耕织，也傍桑阴学种瓜）作为例诗。他提到这首诗，我说，以儿童侧写农人辛劳的还有好几首，如"春日十二"："乌鸟投林过客稀，前山烟暝到柴扉。小童一棹舟如叶，独自编阑鸭阵归。"那个小童独自撑着摇摇晃晃的扁舟在水波上牧鸭的图景，深深地镌刻在我的心扉。现在的孩子，二三十岁还啃老，七八岁的孩子，哪个家长忍心他独自撑船在碧波浩渺中求生活？一说到船，我忽然想起另一首诗："采菱辛苦废犁锄，血指流丹鬼质枯。无力买田聊种水，近来湖面亦收租。"（"夏日第十一"）一个女孩划着小船在湖里采菱，菱角把手刺破了，殷红的血从她如柴的手指流出来，她还得继续采呀采。"无力买田聊种水，近来湖面亦收租"一句，石破天惊，揭开了百姓生活贫困的根本原因！仅仅收租还好说，收租中的黑道，才是农民最为痛苦的遭遇："租船满载候开仓，粒粒如珠白似霜。不惜两钟输一斛，尚赢糠覈饱儿郎。"（"秋日第九"）宋朝时，1斛=5斗，1钟=34斗。"不惜两钟输一斛"，农民们拼着用64斗当10斗去完官府的租税，可见那些贪官污吏的手有多残，心有多黑！宋神宗并不想杀苏轼，因为他是不可多得的大才子，可总有人想致苏轼于死地而后快；官府虽定了税，但绝不是让下属这么收，因为农民本是赋税来源，万万不可竭泽而渔。由此可见贪官污吏有多么可恶！满满一船"粒粒如珠白如霜"的大米都交了租税，只剩下一些谷糠瘪米给孩子们吃。您想想，当时农民的生活多苦，多难！"垂成穑事苦艰难，忌雨嫌风更怯寒。笺诉天公休掠剩，半偿私债半输官！"（"秋日第五"）"笺诉天公休掠剩"，正是范成大受到时人与后人尊崇的根源。

石湖很大，据说有3.6平方公里。我们走着说着，说着走着，走了一大半，景没赏多少，话却说得够多了。鸣放夫人赶过来，"天黑了，咱们吃什么？"我一抬头，真的，太阳快要落山了，余晖辉洒在湖面上，发出荧荧的光。鸣放看看我，又看看我老伴，问："找个饭店吧？"老伴笑着说："你们说得那么带劲，还用吃饭吗？"我赧然，"其实，平时在家，我们也不吃晚饭。"鸣放也笑了笑："今天，运动量大，要吃。我问过杨牧了，我们回家熬点稀饭吧。"

鸣放夫人做饭，老伴切菜打下手，我俩还是谈诗论文。不一会儿，馒头稀饭就端上了桌，还有四碟小菜。这个晚饭，千里逢知己，吃得真香！

晚饭后，鸣放稍显忐忑地问我："您吃好了没有？"我忙说："好了好了，真的，真舒服！"确确实实，我吃得香，吃得舒服！老了，山珍海味消化不了，一碗稀饭下肚，温润可口。再说，现在谁出不起几百元钱，别说像鸣放这样的老板，就是我等教书匠，来几个客人，饭馆一坐，吃完饭，嘴一抹，多省事！能拉你到家里吃顿饭，那是把你当贵客，当亲人，这样的礼遇，这样的盛情，还有什么说的？

四

在鸣放家的晚饭，又让我想起了 11 月 2 号的那顿晚饭：

11 月 2 号，杨牧的夫人秦红（也是昔日学生）开车，和杨牧一起把我们从无锡送到苏州。王少雄做东，煞有介事地在当地颇负盛名的胥城饭店接风。我记得很准，吃的主食是奥灶面。参加的人有王少雄夫妇、邢鸣放夫妇和杨牧夫妇。

王少雄是我在华清中学的学生，小鸣放杨牧几岁，现在是苏州医学院第二附属医院党委书记。这个人，特别爱思考，不仅精通医术，对书法也有很深的研究。他说："今天请您吃面，作为面窝里出来吃了几十年面的人，您不一定爱吃。但是，我想，您是一个爱琢磨的人，每到一个新地方，总想了解它的特色。奥灶面就是苏州当前最具地方特色的食品。"在他和杨牧说话的空当儿，鸣放帮我百度了一下，"奥灶面，中国十大面条之一，江苏昆山的传统面食。"昆山？传统面食？我不知道昆山种植小麦的历史有多久，我 20 世纪 80 年代初到南京上海旅游，为找一碗面吃，跑了五六条街也没找上。少雄给我说，这种面，面是我们司空见惯的龙须面，不同的是浇头——相当于我们的臊子。他们的浇头或用爆鱼，或用卤鸭。爆鱼要用青鱼的鱼鳞、鱼腮、鱼肉和鱼的黏液煎煮，而卤鸭，必须用昆山大麻鸭，经老汤烹煮。浇头不同，价格截然，一碗有七八十的，有五六百的，也有上千的！我心有灵犀，问他：为什么叫奥灶面？他笑了，侃侃而谈：乾隆下江南，来到苏州，微服私访，错过了午饭，快到黄昏，也没撞见一家小饭馆，只好走进山坡下的一间农家小屋。谁知道，这家农人也吃过饭了，只有一些残羹剩渣。农人心善，想给乾隆重做好吃的，乾隆饿了，又不想太麻烦农妇，就让她随便弄点。农妇把残羹剩渣热了一下，又一想，还有几撮从家乡带来的挂面，就拿出来下在里面。乾隆在江南，好久没吃过面条了，又饿，觉得那碗面特别好吃，就问农妇，"你这面叫什么名字？"农妇是从陕西避乱的难民，虽有点慌，却也经过不少磨难，静了静神，说："腌臜面。""老师，您听，"少雄知道我耳笨，凑近我，"'奥灶'和'腌臜'是不是音近？"我似乎有点明白了："腌臜"的意思叫人难堪，字又难写，用"奥灶"代之，顺理成章，皆大

欢喜，何乐而不为呢？

面上来了，我抓住筷子尝尝，实话实说，虽有特色，却并不合我的口味。尽管如是，我还是把面吃完了，一，我是个穷人，打小受饿，深知粮食的珍贵；二是，我真想在我的味觉里留下奥灶面的味道；三是，这面里饱含着四十年的师生情。吃饭，虽说大多吃的是口味，但情感丰富的人吃的却是亲情。比如，有首歌里唱道："衣裳再添几件，饭菜再吃几口，出门在外没有妈熬的小米粥。""妈熬的"，"妈熬的"究竟有多香？妈妈有好几亿，谁都无法否认，总有"某个妈"比"这个妈"熬得香，但在"这一个人"看来，只有"这一个妈"熬的粥最香！吃饭呀，吃的是情，不在乎吃的是鱿鱼海参还是萝卜白菜。少雄请我，嘴里吃的是面条，心里咀嚼的却是文化，文化里又蕴含着深深的情。杨牧秦红和邢鸣放请我到他家去，喝的虽只是稀饭，稀饭里却蕴含着四十年的情。这情，就像醇酒，愈老弥香！

这些天，昔日的学生们计划出一本书，让大家回顾一下中学生活。负责组稿的王彩艳说，大多数稿件都在写我，我莞尔。我知道，我就是大雄宝殿前的香炉，善男信女给佛烧香，把香都插到我怀里了。

行文至此，我忽然想起了一个历史掌故：春秋战国时，魏国有一个看门的老头，叫侯嬴，七十多岁了。信陵君魏公子无忌大宴宾客，亲自驾车请他。他看也不看公子，上车就坐在主位上，仰面看天，旁若无人。车子启动后，侯嬴又说："我有一个朋友在屠宰市场，我要看他。"公子驾车到了市场，侯嬴下车和他的朋友东拉西扯，随从都生气地骂侯嬴，公子还牵着马缰恭敬地等候。到了宴会大厅，公子扶侯嬴坐在上座，向宾客们郑重地礼赞侯嬴，宾客们大惊失色。我像不像那个七十多岁的侯嬴？学生们因为尊师而"礼贤下士"，我就不得不做一回"夷门监者"了！

（2019 年 12 月 11 日）

又过了一把指挥瘾

在荔枝花儿喷香的时候，学校举行歌咏比赛，我又过了一把指挥瘾。

那天，惠风和畅，天空瓦蓝瓦蓝。1800多个学生整整齐齐地坐在塑胶跑道中间的绿草坪上，真像一幅美丽的图画。跑道四周的王棕亭亭玉立，像一排排训练有素的军人，紫荆则穿着紫花点染的绿色休闲装，恬淡优雅。美人蕉呀，杜鹃呀，扶桑呀，月季呀，串通了似的要和女孩子比美，特意换了一茬新花，柔柔的，嫩嫩的，蓬勃鲜艳得像一首首抒情诗，让人嗓子痒痒的，就想唱。

学生比赛，老师带头，我欣赏这样不成文的规定，也就一头扎进年轻人堆里参加合唱。但是，当初，我并没想指挥——年过花甲了，多给年轻人一点机会。再说，一群二三十岁的老师，风华正茂，前边站着一个两鬓花白脸上沟壑纵横的糟老头指挥，怎么对得起老师，对得起观众。谁成想，临上台了，指挥病了，叫谁都不上。人常说"救台如救火"，我也只好"老夫聊发少年狂"了！"从灿烂的阳光中走来，我们沐浴着七彩的时代。从童年的梦幻中走来，我们塑造青春的风采……"随着我手臂的上下翻飞，老师们从心窝里唱出的"校歌"如山中清泉，时而叮叮咚咚，时而浩浩汤汤，时而汨汨滔滔，时而铿铿锵锵……我陶醉了，眼前映出第一次指挥的画面——

县委礼堂里人声鼎沸，全县中小学"庆祝建党四十周年合唱比赛"正热火朝天地进行着。轮到我们学校了。200人的合唱队分成5排呈半月形站在舞台上，把一个大大的舞台挤得满满当当。先声夺人，舞台下煞时鸦雀无声。我把手心的汗水往裤子上蹭蹭，走到台前，鞠躬，转身，两眼从左向右扫视了一下我的同学们，缓缓抬起两手。右手一扬，《红旗颂》的前奏便慷慨悲壮地回荡在大厅里……这是我第一次担任指挥。

我们的第二首歌是《十送红军》。指挥到"三送"的时候，我的肚子叽里咕噜响开了，头也晕晕乎乎的。我用左手揪了揪肚子，身子随着节拍左右摇晃。奇怪，我的同学都随着我左右晃动——我们并没有排练这个动作呀！开始有点乱，两次以后，单双排反向，出奇地一致——像飓风掠过草原，像骤雨鞭打大海，而我，成了草原上的一株小草，大海里的一叶小舟！我们好像一下子进入了角色，眼里噙着泪花，把一首《十送红军》演绎得如泣如诉，凄婉动人！我们得了第一！领奖的时候，县长摸摸我的头说："好！唱得好！指挥得好！小家伙（当时我十四岁，上初二，才1米5），你对歌曲的理解很深，很透！"天可怜见！那是"瓜菜代"的年代，我午饭只喝了两碗稀菜汤，肚子在"革"我的"命"呐！可我的同学，天知道他们是怎么回事！或许，他们心里都刻着一幅图吧——都七月了，国槐的叶子早已由鹅黄变成了深绿，刺槐还光秃秃的。最可怜的是榆树，连遮风挡雨的皮都没了，凄风苦雨一来，就只能呜呜咽咽……

从此，我迷上了指挥，对唱歌似乎有了新的认识。

上了大学，能人攒堆，我们中文系就有十几个会指挥的，有几个还熟悉"蝌蚪"（五线谱）呐。我？一个农村娃，简谱还是"倒插门"——按照《东方红》的腔调学的。不过，学得早，在小学五年级。记得用简谱学第一首歌《樱桃好吃树难栽》的时候，就四句，整整学了一个晚上。我真佩服我爸爸，他不懂简谱，却一点都不烦，愣是认认真真听了半夜，还时不时地给我指出错误。从那以后，不到半年，拿一首生歌，看着谱子就能唱出词来。

大三那年，学校举办合唱节，我们中文系选的歌曲是《山丹丹开花红艳艳》。这首歌高亢悠扬，当时很火，也比较难唱。我们排练了两个多月，四个声部，总是互相干扰，层次不清。换了十几个指挥，指导老师都不满意。我说"我试试"。接手之后，我示意大家坐下，一起回忆五次反"围剿"的惨烈，一起回忆长征的困苦，回忆直罗镇战役的痛快淋漓，回忆毛主席在延安的艰苦奋斗……我动情地说："古人云，'诗言志，歌咏言。'我们不能把唱歌当成任务，更不能当作消遣，我们要用'心'歌唱。我们都是大学生，要唱，就唱出大学生的风采来！毛主席到了陕北，既救了陕北，更救了中国革命，我们要把陕北乃至全国人民的喜悦唱出来！"接着，我把队员按声部分开，练习了一个课时。然后，把合唱队形重新组合了一下，把一些音阶比较准的同学安排在结合部。经过这么一折腾，嘿，还真管用，第一次合练就得了个满堂彩！同学们看到了成绩，有了成就感，练得更起劲了。不用说，我们那次又拿了个第一！

"……啊，红花山下，荔枝飘香，书声琅琅……"我的思绪又飞回现场。多么蓝的天，多么美的花，多么朝气蓬勃的人！看着老师们唱得那么投入，那么动情，我似乎年轻了三四十岁，指挥的动作时而舒展，如轻风拂柳，时而急促，似重锤敲钟……

哈，我又过了一把指挥瘾！

（本文刊登在 2004 年 12 月 11 日第 4 版《中国教育报》）

祝福玉树

玉树重建开始了，我忽然想起——

那年八月，我应邀参加巴塘草原文化节，一到巴塘，就被巴塘的美丽惊呆了。天蓝得像洗过一样，太阳照在几丝丝白云上，给白云镶上了一抹金边，亮晶晶的。远处的山，青幽幽的，山下的漫坡上，一片片羊群像白云浮在绿色的水面，悠悠地飘。草场中间有一条河，弯弯曲曲的，像哈达，嵌在绿草中，闪烁着银白的光。近处，地毯一样的草毛茸茸的，擎着露水，一闪一闪的，像精灵眨眼。百里香、杜鹃花漫山遍野，还有许多叫不上名字的花，红的、橙的、粉的、黄的、紫的、蓝的，蓬蓬勃勃地可劲儿争奇斗艳。蓝的天，青的山，五光十色的草原，和天上的云、地上的羊群交织在一起，组成一幅和谐的童话仙境！拼搏在喧嚣城市的人们，怎会有这等享受哇！"草原的花，草原的水，草原的姑娘……"不知哪里飘来一缕亚东的歌，挠得人全身痒痒，也想唱。负责接待的才仁看出了我的心思，笑着说：像这样的美景，我们玉树还有许多，比如沼泽草甸隆宝滩，宁静幽雅，水草丰美，斑头雁、棕头鸥，还有国家一级保护鸟类黑颈鹤……我没听清他后边的话，脑海里却泛起了两句诗，"人间四月芳菲尽，山寺桃花始盛开"，便狗尾续貂，"四处寻春春不见，今日隐向玉树来"。喔，美丽恬静的玉树哟，您哪里只是三江的源头，您是中华文化的源头啊，当然应该拥有许许多多美丽的童话仙境……

　　爬上一道小山坡，才仁指着前方，"这儿就是文化节的主会场。"朝前一望，我被眼前的景象惊呆了：宽阔的草甸子上，散布着一片片大小不一的彩色帐篷，足足有三四千顶，绵延三四公里，人声马嘶，熙熙攘攘，活像一个繁华的街市！假如到了黑夜，每顶帐篷都亮起电灯，就算点着蜡烛，那不就是一条天上银河嘛！我心里直怨才仁，为什么不早说，让我也在帐篷里做一回天上人间的美梦。才仁又猜透了我的心思，笑着说，不要紧，汉语里不是有句歇后语"老鼠拉锨把——大头在后边"嘛！

　　走近帐篷才发现，这些帐篷，小的仅容一两个人，大的可以摆下十几桌酒席。所有帐篷都制作考究，用钢管做骨架，白帆布缝连，周围饰以各种长寿花纹，帐壁上还缀有八宝或万字图案。原来，这是特意为文化节制作的专用帐篷，供游人们租用的。进了为我们租的帐篷，喝了几杯酥油茶，才仁问，想不想随便转转？我想，活动还没开始，闲着也是闲着，还不如走走，便点点头。

　　外边还真像街市，虽说比不上王府井，却也摩肩接踵，热闹异常。摆摊的真多，一片叫卖声，商品也琳琅满目——除了内地常见的一些日用品外，更多的是藏族特色用品，如制作考究的茶具藏刀，还有卖雪莲虫草的。那卖主操着不太熟练的普通话高声吆喝："虫草虫草，壮阳滋阴，抗癌抗菌，大补健身……"雪莲虫草，的确是好东西，可我无福消受，忙拉着才仁从摊前掠过，走到一顶大帐篷前。里面，几位康巴汉子正擦着腰刀。那些腰刀大概有一尺五到两尺，都很精致，刀鞘上镶满宝石。"你们的刀都很漂亮。"我说。几人抬起头，见是客人，忙摊开双手让座。其中一个说："不是格萨尔时代喽。现在的刀，装饰品。"另一位弹弹刀鞘，"要不，镶它干什么？""这些宝石，得花不少钱吧？"我问。"嘻，这算什么？"他朝外边努努嘴："您去看看，我们藏族的姑娘，哪一个不穿金戴银，她们的服饰，才叫花钱哪！"

　　出了帐篷，才仁神秘地对我说："走，我带您看个稀罕，真花钱的！""稀罕？"我问，"草原文化节，不是骑马摔跤，就是唱歌跳舞，还有什么稀罕？""您去看看不就知道了？"我有点不大情愿地跟着他，他把我领到一顶帐篷前。帐外，有十几个姑娘，有的比画着，好像舞台上的亮相，有的像模像样地走着猫步；帐内，也有十几个姑娘，有的化妆，有的正往头上身上插戴饰物。我有点丈二和尚——摸不着头脑。才仁看我茫然的样子，一字一顿地说："这是藏族服饰模特队！"我挠挠头，心里问自己：是不是有点落伍了？才仁拽拽我的衣袖，"您不是想看真花钱的吗？看吧！"说着，他拉我里里外外转了几圈，我真的头晕耳鸣目瞪口呆了！她们的袍子，大多用上等花缎缝制，有的也用珍贵的兽皮，还要绣上华丽的图案。身上、头上，直到脚上，都缀满了珍珠玛瑙——这得花多少钱？参观的时候，我都不知道他们说了些什么。回来的途中，才仁说，你们城里人，有钱没钱看房子。我们藏族有钱没钱，看的是女人的装扮。有人也说，我们把财富穿在身上，说得也对。我们藏族不分男女，从头到脚都有不同色彩、不同形状、不同图案的装饰品。这些装饰品，一般由金、银、铜、玛瑙、翡翠、珊瑚、琥珀、玉石、松耳石等名贵材料精工制作。男子的衣领处，常常用虎豹皮装饰，下摆用高级水獭皮。就是腰带、辫套也用绿松石或者玛瑙装饰。"这得多少钱？"才仁不好意思地笑了："一般的，就十几万吧？好些的，要二三十万呐！"我吐吐舌头，"真把一套房子穿到身上了！"

回到我们的帐篷，我一直在想，却百思不得其解。我的脑海里又迭映出结古镇中心广场的格萨尔铜像，新寨的嘉纳嘛呢石堆和贝纳沟的文成公主庙。

"你说，藏族同胞为什么把财富穿在身上？"我问才仁。才仁还是他那种无拘无束的样子，"历史形成的吧？"看我的神态，或许是他自己也觉得笼统，便接着说，"您想，草原是神赐的，我们的祖先又逐水草而居，帐篷也花不了多少，财富不往身上穿，到哪里显摆？再说，这也是爱美的体现呀！""你的话，不无道理。尤其是后一句。"我想起了车尔尼雪夫斯基和许多美学家的理论，其中有一条：财富就是美。我们今天穿金戴银，为房子装修，就是这种美学理念的体现。循着这个思路，我想到了生产和贸易——没有生产和贸易就没有财富，想到了歌颂贸易和生产的歌舞——缺少歌舞就缺少活力，就没有真正意义的繁荣昌盛！因此，我更加敬慕文成公主，更加敬慕嘉纳活佛——文成公主在贝纳沟不仅指挥工匠雕刻了九座佛像，更教给当地人民耕作、纺织技术，她不仅把唐蕃古道走成了中原与青海西藏的贸易桥梁，更走成了传播生产技术和先进文化的动脉。嘉纳活佛不仅设计建造了嘛呢石堆，奠定了玉树在青海宗教界的特殊地位，还独创、整理了100多种舞蹈，把玉树变成了歌舞的海洋，以至于人们都说玉树，"能走路的就能跳舞，会说话的就会唱歌"。嘉纳是藏语的音译，汉语的意思是"汉人"，文成公主更是地地道道的汉人。他们，因自己的不朽贡献和藏族同胞的礼遇而变得神圣，藏族同胞也因他们的辛勤劳作而繁荣昌盛。

藏族离不开汉族，汉族离不开藏族，藏汉一家！

玉树地震，我们的康巴兄弟蒙受了空前的灾难，房倒屋塌，嘉纳嘛呢石堆也部分崩塌……听着温总理铿锵的声音，看着胡主席钢铁的笔迹，感受着全国人民支援玉树的炽热情怀，我们坚信：重建后的玉树会更加美丽！

五一感受华清池

我的家就在华清池畔。天可怜见，却没游过几次华清池——儿时没吃没穿，没有心情游；少年求学，常常为三块钱学杂费发愁，没有条件游；中年拖家带口出了阳关，没有时间游。现在老了，叶落归根，回到故乡，总想游游华清池，却又这事那事，竟也没有游。前几天，一个年轻朋友给我办了一张年卡，千叮咛万嘱咐，"什么时候都可以去"！"五一"了，去趟华清池！

昨晚下了一阵雷雨，早上天晴了，山呀，树呀，一片翠绿。米兰提着小灯笼，夹曲径排着弯弯的队伍，殷勤地引领游人，垂柳轻飏着它的长发，亲切地抚摩游人的脸颊。月季、牡丹。铆足了劲儿扎堆盛开，红的，黄的，粉的，白的，逗得人想起健美比赛。暴绽的木香像瀑布，流泻着浓浓的幸福。还有许多叫不上名字的花草，都争先恐后地氤氲出淡淡的馨香。石榴花！石榴花！真是奇了怪了：生为临潼人，谁不知道，石榴六月开花，今天才五月一日，怎么可能开花？再仔细瞅瞅，就是石榴花！刚进环园，荷花池畔，有两树石榴开花了，一树火红，一树青绿。火红的，红得像元宵节的灯笼，像深秋霜后那一嘟噜一嘟噜"火晶"柿子；青绿的，白中泛绿，绿里带黄，像嫩叶上笼着些雪，像杨贵妃出浴时披着的轻纱，让人大气也不敢出，生怕吹化了，吹飞了。《今古奇观》上的花痴秋先爱花，感动了花仙，让败花复生，是临潼人爱石榴，感动了石榴仙子，叫华清池的石榴提前开花，迎接"五一"，迎接游人？（石榴花，是临潼的一大景观——

"西门外石榴园一片红花"。如今，不仅是西门外、东门外、北门外，连始皇陵上、骊山上，都栽满了石榴。石榴，已经成了临潼区的区树。）

还不到七点，华清池里早已游人如织。九龙汤前，男的，女的，老的，少的，白皮肤的，黑皮肤的，操着各种语言，说呀，笑呀，打呀，闹呀。更多的在照相、摄像——他们都想把美丽的华清池带到自己的书桌上、妆台上、电脑里、睡梦中……飞霜殿旁，十几个姑娘小伙，每人掬了一掬鸽食，喂鸽子。喂惯了的鸽子不怕人，它们落在姑娘小伙的肩上、臂上、手上。有几个调皮的，挤挤搡搡，落到姑娘头上，姑娘只好把食举过头顶。它们吃完了食，要飞，爪子被头发缠住了，挣不脱，疼得姑娘龇牙咧嘴。刚才还手忙脚乱抢镜头的小伙子，扔下相机，一个箭步赶过去，迅速解下发结。鸽子飞走了，姑娘眼里噙着泪水，偎在小伙怀里，娇羞地笑了。这一幕，被拿摄像机的同伴逮个正着，"谁想看噢，新版《英雄救美人》！"引来游人一串串笑声。

步入唐御汤遗址博物馆，又是另一番景象：游人倚着栏杆，鸦雀无声，静静地听解说员演义历史：早在氏族公社时代，我们的先民就发现了骊山温泉，到三千年前的西周，骊山温泉就是天子的游幸场所，历经春秋秦汉，到了唐朝，楼台馆殿，已经遍布骊山上下。唐代诗人白居易《骊宫高》云："高高骊山上有宫，朱楼紫殿三四重。"……游人的思绪，或许已经被解说员带回唐朝。那凝重的石头，时而幻化为莲花，时而幻化为海棠。中央出水口，又"咕嘟咕嘟"地冒出琼浆，袅娜热气。忽而，佩环叮当，娇喘袭人，侍婢搀着胖胖的杨玉环娉娉婷婷走了进来……"天下名山僧占尽"，但是，僧在这儿并没能成为主人，原因盖出于温泉。

中华民族是一个想象力极其丰富的民族，凡是名胜古迹都有许多传说，骊山温泉也是如此。秦王嬴政统一了六国，志得意满，一边大修阿房宫，大修陵园，一边四处派人寻仙访道，搜求不老药。女娲从太上老君那儿听到这个消息，又高兴又生气，听说秦始皇要到骊山巡幸，就变成一个美女求见。秦始皇一见，骨头都酥了，还没等女娲开口，他就动手动脚。女娲一扬手中的柳条，秦始皇脸上生了几块毒疮，疼得他喊爹叫娘，急忙跪下，请求饶恕。女娲用柳条点点骊山，骊山立刻流出一股温泉。秦始皇一洗，脸上光洁如初。女娲飞升了，秦始皇下令，停修阿房宫，"在骊山温泉砌石起宇，名'骊山汤'"，又在山上修建"老母殿""老君殿"，四时祭拜。就因为秦始皇对女娲不恭，他的王朝成了短命的王朝，只传了三代，十五年，第三代的子婴只做了46天皇帝。传说，固然不足为王朝命短的原因，但，直到今天，"老母殿""老君殿"依然香火缭绕，骊山温泉依然汩汩流淌，却是事实。可惜因为温泉水具有消肿祛疼养颜健体之奇效，所以，在封建社会，一直被历代皇帝据为己有，老百姓是无法享受的。

我游困了，坐在尚食汤旁的石墩上小憩，顺便摊开这几天正读的《资治通鉴》。读了几页，觉得身旁似乎有人。抬头，一个姑娘正坐在我旁边，手托下巴，摆了一个思考者的姿势。她故作深沉，可嘴角眉梢全是笑。她的侧前方，一位小伙擎着数码相机朝这边瞄。我忍俊不禁，低下头装作读书。嚓，灯光一闪，哈，我成了他们的背景！仔细瞅瞅，这儿的风景还真不赖：古柏浓郁，阴凉清爽，石桌石墩古朴拙雅，时有小鸟和着清脆的鸣叫跳来蹦去。在熙熙攘攘的华清池，能有这样一个清幽的场所，我觉得，胜过清华的荷塘——不单指景色，还指它葆涵的神韵。更妙的是，周围还排列着几十方诗碑。荒唐，刚才怎么没看到诗碑呐！我顾不得揣摩小伙子的构图，站起身来，一方一方欣赏诗碑。这里的诗碑，有隋炀帝的，有杨贵妃的，有乾隆的，也有历代文人墨客的。这些诗碑，刀工老辣，字迹有的狂放，有的端庄，有的峻峭，有的富丽，每一块都算得上是珍贵的艺术品。要问我最钟情哪一块，就是这一块：今人钟明善先生书唐明皇诗："桂殿与山连，兰汤涌自然。阴岩含秀色，温谷吐潺湲。绩为蠲邪著，功因养正宣。愿言将亿兆，同此共昌延。"唐明皇诗题较长，让我看就是小引，"惟此温泉，是称愈疾。岂余独受其福，思与兆人共之。乘暇巡游，乃言其志"。钟先生娟秀明丽的字，与唐明皇的诗真可以说珠联璧合，相得益彰！

我这个人资质愚钝，还总爱钻牛角尖——同样都是创造性劳动，杜甫一句感叹"安得广厦千万间，大庇天下寒士俱欢颜"博得漫天赞誉，唐玄宗的"绩为蠲邪著，功因养正宣。愿言将亿兆，同此共昌延"却鲜为人知，为什么？

我想不清楚，其实，历史有许多糊涂账，是"剪不断，理还乱"的。好在今天，华清池已经成了劳动人民休闲娱乐的场所，只要您想，买张门票就可以进来——脏了，温泉水一冲，肌肤生香；累了，在九龙汤边走走，坐坐，看九龙吐珠，解困消乏；闷了，找一两位朋友，到望湖楼赏湖光山色，或下下棋，聊聊天，身心愉悦；假如您想体味人生，不妨游游五间厅，徜徉博物馆，那里，会给您许多遐思妙想……

五一感受石瓮寺

去年五一,偕老伴游了一趟华清池,写了一篇短文,名曰《五一感受华清池》。又到五一节了,心想,上趟骊山吧,或许又能诌一篇散文《五一感受骊山》。于是,起了个大早,和老伴揣着骊山森林公园的年票,兴冲冲地踏上了上山的路。有谁知道,这只是一厢情愿:今年五一,拿着年票也不能上!"什么理由?""上级规定。"这是什么规定呀?我求了好一阵,连最大的头都拜到了,人家一副铁面无私的豪气!也怪咱头上没翅呀!要是把小车直开到老母殿下,这个门不就没作用了吗?张宗英在她的一篇文章中说,"人呐,总爱把自己最小的权力用到最大限度",其根本原因,他的对象没有官衔!哪怕是帽檐插根鸡翎的官,他都会把你的后襟揿上 N 次!

气愤归气愤,总还上不成。想想,"关节渡口,气死霸王",我等什么人也?别和人家较真了!再说,气坏了身子,岂不违背了游山的初衷?扭身便去了东山。

骊山,唐时也称绣岭。为什么叫绣岭?史书没翻到,大概因为其上遍植松柏,青葱如锦绣吧?杜牧有诗云"骊山回望绣成堆",或许可以印证。绣岭以石瓮谷为界,分为东西绣岭,今天所谓东山,即指东绣岭。国家级森林公园在西绣岭,主要风景有三元洞、兵谏亭、晚照亭、老母殿、老君殿、烽火台。近年,临潼籍台湾人又捐资修建了山上最大的建筑群——明圣宫,真是三步一胜景,五步一古迹,所以,成了游人玩乐的必登之山。平时,游人如织,到了五一、十一黄金周，自然摩肩接踵，连个歇腿的空地都没有。不上就不上吧，省得受罪。

早就听说东绣岭也有几个景点，最有名的要数石瓮寺，这回呀，也算歪打正着，让人逼着上趟东绣岭，探访一下石瓮寺。您别笑话，我一个临潼人，六十多岁了，原来工作单位就在东绣岭下，也常常因事上山，可就是没有去过石瓮寺，也算是补课吧。

从骊山森林公园正门往东，过一个村子，沿自然形成的土路向上走。还没出村，右手有一座庙，名"天门寺"。后来，听"灵霄殿"的"道姑"说，原来叫"二天门"，也就是上天的二道门吧。不知为什么改名叫"天门寺"。进了庙，看见几个人，有男有女，大多二三十岁，嘻嘻哈哈的，很自由。男的剃光了头，女的穿着朴实，不像修行的，倒像当地农民。其中一个三十多岁的男人坐在一张桌后，写什么。见我们进庙，站起来，笑容可掬，招呼我们坐，喝水，还拿出两根香蕉，热情地要我们吃。在西绣岭，那些和尚道士们一脸的正经，不苟言笑。让游客喝水？做梦娶媳妇吧！也难怪，仙凡阻隔，哪里见过上仙请凡人吃喝的？到了这里，热情得让人不敢接他的香蕉，也不敢喝他放在石桌上的水。看他那桌子上摆了几本《佛教念诵集》，书名还是赵朴初题的，便问："师傅，我能不能看看您这本书？"他笑笑，热情地说："可以可以！那是我们的课本。您看，您看！"拿过来一看，还真不错，里边有不少有用的知识，至少，我写的书正缺这些内容！我暗想："把这本书买下来。他要多少，我给多少！"虽然这书还不到200页。惴惴地，我站起来，问："师傅，能不能把……""您想说什么，直说！"我哪里敢直说？这是他们的课本，不是给我等凡夫俗子读的。"我的意思是……我还是说不出口。"哦——明白了，您是要这本书！五块钱！"我简直不敢相信自己的耳朵，"五块？您说？"他肯定地点点头："五块！"我抖抖索索掏出了五块钱，交给他，他拿起一本书，双手递给我，又说："我们有缘。我再赠您一本。"说着，拿过《大乘无量寿庄严清净平等正觉经》，双手递给我。对于嗜书如命的我来说，这比送我金条都高兴！我恭恭敬敬地接过书，吹吹，平平整整地装入我的包里。接着，把石桌上的开水，倒入我的旅行缸内，又吃了一根香蕉，向他解嘲地笑笑，踏上了新的旅途。一出门，我就对老伴说："有了这两本书垫底，后边，什么没看着，也可以说不虚此行！"

这一路没有几个真正的游客，走了好一阵，才看到十几个半大孩子，有的是中学生，有的是新大学生，顺着夹杂石子的小路行走。问他们，为什么不去西绣岭，他们笑笑，略带羞涩地说："没钱。"是呀，他们没挣钱，花的全是父母的血汗，45块对他们来说，实在不是个随便可以掏出的数目。我对他们有些肃然起敬了！在一个又窄又陡却又四通八达的路口，我们碰上了三个人，挡住去路，要上山的门票，一些人就此折回去了。我就奇了怪了：这里什么都不是，也不归森林公园，谁收什么门票？学生们不想买票，和他们争吵。他们问我："老人家，您的门票呢？"既然你礼貌，我也不会不讲理。我掏出我的年票让他看，借这机会，我也瞄了一眼他们的胸牌。他们领头的穆 ZQ 说："今天五一，有这个也不能上。"我说："第一，我有年票，一年365 天都应该能上。第二，东绣岭不归森林公园管，平常，根本不收票，五一节，更没有理由收。第三，你们带的牌子是安全纠察，不是收票的，没有权力收票。基于以上三条，你们说，这山，我该上还是不该上？"他们面红耳赤，张口结舌，趁他还没想出托辞的工夫，我们就上去了。那些学生也要上，他们死死挡住，我也没法说好话。最后，学生们凑了 45 元钱，也上去了。——我不知道，这 45 元钱能不能回到森林公园的账上，只是觉得，这些孩子可敬又可怜，而我却爱莫能助！

过了那个伤心的路口，向上一截，就是遇仙桥。那里，有一眼小小的泉，不知是哪路神仙在崖壁插了一根铁管，把水引下来。那水，清清亮亮的，滴答滴答，把石头砸了一个浅浅的窝。学生们年轻，走了没几步，就把不愉快忘到爪哇国去了，他们在这儿喝水，嬉戏。据说，石瓮谷有飞瀑，女娲曾用它抟泥造人，炼石补天，清顺治《临潼县志》记载"其水瀑泻喷激如飞"，不会指这儿吧？从这儿向上，有两条路，向东北的是土路，好像平一点，向西北的是石台阶，陡。老伴走了西北，我也就跟上去。这路，虽然有人力的痕迹，那台阶，却犬牙差互，高的高，低的低，断的断，倒的倒，像新石器时代的路，十分难走。老伴脚本就疼，这会儿，更是一步三颤歇一歇。我的心情也像这路，疙疙瘩瘩的。转了几个弯，好不容易看见几面红旗在崖坂上飘，我对老伴说："前面是个景点，可以歇歇脚。"

上去了，是两座小庙，小得进门要低头。一个叫"火神庙"，一个叫"地母庙"。看庙的是个老头，八十多岁了，干瘦的身子，走路有些蹒跚。过节了，他又从家乡请了一个老头，七十多了，给他帮忙。我们刚坐下，帮忙的老头说："给，喝点水。"听说我曾在山下的华清中学教书，他更客气了，指着眼前地摊上的小零碎，说："这些旅游纪念品，不值钱，您看上哪件拿哪件。"我暗自发笑：他把我当成出手阔绰的老檀越了。可惜，他不是正宗的佛教徒呀。正说着，一位中年人上来了，背来了几扎啤酒，也给帮忙人捎买十几张饼子。我们问他："你们吃饭怎么办？自己做？""当然得自己做。那边，是厨房。""那位老者哪年出的家？"他笑了，压低声音对我说："您都看出来了，不是出家人，农民，斜口的。改革开放了……"我没敢再往下问，坐了一会儿，起身再上。

刚才坐的地方，向西北有一条较宽的路，通往老母殿，我们不能去，就向东南走。走着这条路，忽然想起鲁迅的话："世上本没有路，走的人多了，就成了路。"这儿，也可以叫作路吧，走的人却不多，宽，不过一尺，石台阶夹土台阶。石台阶高，我也得手挂膝盖，猛一发力，才能上去；土路散着沙子，滑。我扶着老伴，一步一步，挪上了一处"名胜"。叫它名胜，是因为它似乎古色古香。它的前面，只有席大一片地方。可就是这席大的地方，因为高，却是个观景的好去处。老伴兴奋地指指画画：那是华清池，那是区政府，那是秦俑馆家属楼，那是正盖的二十八层……"你看，你看，那些红红的点，是咱的家！"是呀，那是咱的家，还用看吗？它，永远在我的心里！纵目北望，一条白练，历历在目，那是渭河。唐中宗李显《登骊山高顶寓目》诗有"四郊秦汉国，八水帝王都"句，是不是在这儿酝酿的？张说诗云："寒山上半空，临眺尽寰中。是日巡游处，晴光远近同。川明分渭水，树暗辨新丰。岩壑清音暮，天歌起大风。"的确观察精细，描写生动，联想巧妙！我忽然想起自己前几天胡诌的一首诗："朝元阁上祥云合，老母殿前台阶多。巧借烽火台上月，且把睿智寄渭河。"哦，渭河，临潼人的母亲河，近来可好？有没有人再污染您？

胡思乱想一阵儿，才觉得，我还没欣赏此处名胜呢。回头仔细端详，这是一座两层小楼，通共才五六米高。底层檐下用金粉大书"灵霄殿"三个大字，上层写着"举火楼"。真是"看景不如听景"，书上写的"灵霄殿"，是玉皇大帝开会办公的地方，高峻巍峨，祥云缭绕，这座"灵霄殿"，冷冷清清，袖珍的——或许今日的玉皇，也崇尚艰苦奋斗，抑或受了深圳微缩景观的启迪？可"举火楼"是干什么的？我得问问。正想进去，"谁在外边说话？进来吧！这儿有开水。"主人发出盛情邀请了。这几天，突然热了，今天最高温度34℃，旅行杯里的水早喝光了。禁不住开水的诱惑，我进去了，老伴还在外边看她的风景。

主人是一位老太太，行动有些不方便。她指指暖水瓶："您自己倒。"我倒了一杯水，和她攀谈起来。她姓张，嫁到渭南下邽西街，本家兄弟的儿子当了队长，欺负她，就出了家。出家时已经46岁，有两儿一女，今年75岁了。我问她知不知道白居易，她说："下邽人哪能不知白居易？我们就是白居易的本家。"我想，白居易，多好的人！一生关心百姓疾苦，宁愿把自己的棉衣捐给受冻的农民，他的后代为什么还骨肉相残？是年代久远，白居易的基因淡化了，还是仓廪空空，不得而知。"您的儿女常来看您吗？""常来呀！今早就来了，送了些蒸饺，我没吃完。你吃吗？我给你端去。"说着，起身就要去端。我赶忙拉住她，谢她，请她坐。我又问："您，吃饭，就靠人送？"她愣了，一脸的不解，好像我提了个外星人的问题。"我自己做。您看，那不是锅，煤气灶……""我问的，是，噢，我没说清……""哦，我——知道了，粮食从哪里来？对不？"我点点头。"靠香火钱。""香火钱够吗？"她又一愣，没回答。我知道，我问了一个不该问的问题——从清晨到现在，就来了我们两位游客，还不信神。说实在的，我还是很想从他们的口中证实我的答案，虽然这个答案根本就不用证实。要知道，隔着一条窄窄的石瓮谷，俨然就是两重天啊！

说到这座庙，她说，庙是1984年建的，和骊山森林公园顶上的烽火台一块建的。当时，华山总部调她到这边来，拨了二十万，烽火台和灵霄殿各十万。她楼上的二层是烽火台的司令部，所以叫"举火楼"。可是，今天，有人还要撵她下山。一说到这个话题，她的情绪立马激动起来："我四十多年都没吃过一粒感冒药，叫那些小鬼气得我腿打颤，走不动路……""为什么赶您下山？""还不是为了霸占这座庙！"想想天门寺，想想火神庙，想想今天森林公园的做派，我忽然深有感慨，唉……

我不知道怎么安慰她。坐了一会儿，告辞要走，她忽然叫住我的老伴："大妹子，要过会了，四月八，您能不能来？那时候，客人太多，我一个人忙不过来，您帮帮我——就帮我敲敲磬——客人上炷香，你敲一下，轻省得很。我管吃管住！"老伴看看我，说："行，到时候，我来！"

灵霄殿也真是灵霄殿，只有上来的一条路，我们只好原路退到火神庙下面的三叉路。再向东盘旋而上，到了一处比较平坦的地方，那里，坐落着石瓮寺。

石瓮寺，也叫福岩寺，创建于何时，无法考证。唐开元年间大修华清宫时，以余材修缮。从此，石瓮寺就成了华清宫的一部分。唐朝诗人马戴的《题石瓮寺》开头两句"僧室并皇宫，云门辇路通"可以佐证。《两京道里记》说："石瓮谷有悬泉激石成臼，似瓮形，因以谷名寺。"清顺治《临潼县志》说："石鱼崖下有天然石，其形如瓮，以贮飞泉，故上以石瓮为寺名。寺僧于上层飞楼中悬辘轳，斜引修绠长二百余尺以汲，瓮泉出于红楼乔树之梢。寺既毁，石瓮今已埋没矣。"乾隆版《临潼县志》云："绿阁在西，红楼在东，下有涧泉瀑布千尺，声淙淙林石间，仄蹬盘空，上下曲折。从柏影中北瞰渭河明腻如线。"顺治《临潼县志》载："红楼，在石瓮寺西岩下临绝壁。楼中有元宗题诗，真草八分书，每句一体。两壁上有王维山水画。"据说，石瓮寺宫殿豪华，精美绝伦，前有孔雀松，下有赤茯苓琥珀。唐著名诗人王建诗《奉同会郎中题石瓮寺嵌韵》写道："寺门连内绕丹严，下界云开数过帆。遥指上皇翻曲处，百官题字满西嵌。"可见，在唐代，石瓮寺确实是一个著名的热闹去处。

石瓮寺为两进院。前殿门额楷书"石瓮寺"，匾额斑驳，殿内供奉的神像衣着早已失去了光彩。转过来，韦陀的塑像倒还鲜亮如新。后殿五间，供奉了观世音、普贤、文殊等五尊菩萨。唐文宗开成年间，诗人郑嵎过临潼，有长诗《津阳门》，诗注中说：石瓮寺的佛像，大多是杨惠之手塑的，"能妙纤丽，旷古无俦"，更有一尊"玉石像，幽州所进，与朝元阁道像同日至，精妙无比，叩之如磬"。历史，有时冷漠得近乎残酷，"庆山汗潴石瓮毁，红楼绿阁皆支离""烟中壁碎摩诘画，云间字失明皇诗"（《津阳门》）！值得庆幸的是，几经战乱，玉石佛像，听说辗转传下来，现在保存在陕西历史博物馆，杨惠之手塑的佛像，恐怕难以见着了。如今的供桌上，几株红烛惨淡地摇曳，香炉中，几支断香寂寞地缭绕——石瓮寺，不可避免地破败了！

石瓮寺还有七八间西厢房，最南有两间，供奉三尊神像，不知是哪路神仙。再向南，上个小坡，向西一拐，坐南朝北又有一小庙，里面供着三尊女神。问一位姓张的老太太，说是元生老母，黄极老母，太极老母。她也说不清她们的来历，只知道，她们属于道教。我有些奇怪，佛教的庙里，怎么还供奉道教神仙？她一本正经地说："咱们中国，宗教各派，本来就不是水火关系。比如唐，天子姓李，道教的祖师姓李，当然尊奉道教。后来，他们觉得佛教也不错，也就崇尚佛教。"我更奇怪了，一个老太太，竟然知道那么多，我得难难她，"据历史记载，就在唐朝，会昌五年，武宗李炎下令禁毁佛教，拆毁寺院 4600 多座，强迫 260500 多僧尼还俗……""也不奇怪——谁家的兄弟姐妹还不吵嘴打架？"解释得贴切，有趣！"那——您说说，为什么吵嘴打架？""为思想，为教义，那是虚的！哪一个教不是教人向善？"说得妙哇，教义若不说些好的，谁还信它？"——实的呢？""实的，还不是为点财产？人穷志短，马瘦毛长啊！现在，有吃有穿，都想做好人。就像我们这些老婆子……""怎么了？"她好像有点不好意思，仄了一下，说："不拿工资，没有奖金，也不分红利，自带口粮，自做自吃，义务为佛站岗守护。"我的心一震！刚才闲转廊庑，东边，有几间灶房，一位老太太正在擀面。看她年岁大了，擀那么大一坨面，有些吃力，我们要帮她，她一口回绝了，"这是对神的忠诚。""又不是给神吃……"老太太严肃地说："在我们这儿，干什么事，都要亲自动手，甭管你官多大、寿多高——这是神的意思。"西厢房，住了不少老太太，我就见了六七个，最小的也有七十多了，老太太擀的面，就是给她们这些姐妹吃。她们既不是道姑，也不是尼姑，说她们信教，教义她们绝对说不清楚，要说她们不信教，那可就大大地冤枉她们了——她们，只要是好事，神说了，她们做，神没说，她们照样做！她们，才是天底下至善至诚的信教人！

隔了一会儿，她又说了，这回，好像不是对我说，而是自言自语："我们做的算什么？芝麻绿豆大点事！骊山老母，补天，造人；大禹，辛辛苦苦为百姓治水，三过家门，都没进去看看……还有，今日政府，免了种地的税，免了上学的钱，还给农民看病掏钱，从古到今，哪个朝代见过？这才是大事呀！我们，为他们守守门，上炷香，应该的，应该的呀！"我的心海忽然泛起韦陀那鲜亮如新的塑像和他手中高高举着的神鞭……

　　今年五一，没上成骊山森林公园，我不仅不后悔，反倒大喜过望——在浮躁的尘世上，我找到了宁静，在硬硬的钱的喧嚣中，我摸到了人——这种灵长动物最柔软的心！

（2006 年 9 月 9 日）

除夕祭父

除夕到了，在一串串爆竹声中，我又想起了我的父亲。

父亲离我而去44年了！我永远不会忘记，母亲去世早，是他，既当爹又当娘，一把屎一把尿地拉扯我长大。他指尖上拈过的每一根针线，菜刀下切过的每一绺面条，都饱含着他的辛酸他的爱。

父亲是个读书人，他懂得知识的重要，在那个"工人阶级领导一切"的年代，他从自己的嘴里抠出一粒粒米，供我读书。父亲最高兴的事，是听我读书，每回到家，我的第一件事，就是把刚学到的课文背给父亲听。父亲去世后，我悼念父亲的仪式就是读书——我知道，我的父亲能听到……

在我的记忆里，父亲没打过我，他总是把自己的美德通过一言一行，传递给我……

昨晚又做了一个梦，梦见父亲衣衫褴褛，推着"地老鼠"车（一种木制独轮车，目前已经绝迹），上面三麻袋粮食（一麻袋200斤），压得车子"吱吱呀呀"地叫……

20世纪60年代初，贫穷和饥饿吞噬着人的肉体和灵魂。为了养活我们弟兄，父亲已经穷身竭智。听说从东岳庙经穆柯寨转运粮食到纪王粮站，一麻袋可以挣6毛钱（当时，一个壮劳力一天挣10分工，价值0.08元），还补贴2两粮（当时，每人每年分粮七八十斤），父亲立马报名参加。

第一次转运时，父亲半夜出发，说赶农村吃早饭时（10点多）把粮食送到纪王粮站，中午还要到队里上工。已经十三四的我心疼啊！东嶽庙到纪王粮站

60 多华里，来回就是 100 多里！再说，"地老鼠"车的轮子在最前面，车上一放重物，多一半重量就压在人的肩上。加上车轮的轴没有滚珠，全凭木轴摩擦，推起来死沉死沉的。我天不亮就悄悄起床，估摸父亲返到穆柯寨时接他。

天边一抹鱼肚白，朦胧中，一条长龙在蜿蜒曲折的山路上蠕动。走近了，我才看到，下山的运粮人都身体后仰，紧紧地抓住车把，一步一步朝下挪。"上山容易下山难"哪！一脚踏不稳，连人带车都能翻到沟里去！我急出了一身冷汗，手脚并用向坡上爬。终于，我看到了父亲——他全身后仰，满脸通红，双脚紧紧扒地，车祥在他的肩上勒出了一道深深的红色的沟。我一看他的车，心一下子抽紧了！人家都推一麻袋，极少数膀大腰圆的两麻袋，他竟装了三麻袋！要知道，他是读书人，已经快 50 岁了，肺结核刚好不久！我哽咽了一声："爸——"随着这声，车子突然一晃，冲出路面，倒到旁边的沟里了！好在这沟不深。"你——怎么，来了？"父亲轻轻地说。"既然来了，帮我把车子扶起来。"父亲和我怎么弄也扶不起来，反倒把麻袋弄了个窟窿，黄豆撒了一点。父亲索性把绳子解开，先把车推上路，再叫同村的两个小伙帮着把好的两袋弄上车，回身拣撒在地上的黄豆。他的手抖抖的，怎么也捏不住，我紧忙趴下帮着拣。拣了一会儿，我看净了，他还在拨开草拣，抠开土坷垃寻。我说，"行了，粮站也不在乎那几粒……"他定定地看着我，郑重其事地说："这是粮食啊！你可能不知道，黄豆，是治浮肿的灵丹妙药……"

泣别一何久？竟四十四春秋！梦中常常相问，醒后泪双流。忽忆穆柯运粮，山大沟深车重，冻饿坠河沟。豆撒手难拣，拣过继以抠。指间线，刀下面，手中书，哪样不为儿绸缪，耗尽神愁！夜夜焚香祈月，日日捧书朗读，只望父凝眸。哪怕学鶗鸟（杜鹃鸟），啼血号悲愁！

（《水调歌头》2011 年 1 月 29 日）

人生的几点感悟

——写给我和我的儿子、女儿以及未来的孙子、孙女

写下"人生感悟"这个题目，马上觉得，我犯了写文章的大忌——太大，太宽泛，于是，加上定语和副标题——其实，这篇文章，我压根儿就不想拿出去，就是想给我看，给我的儿子、女儿（我没有女儿，把媳妇当作女儿）看。在我，是人生的小结，对他们的学习、生活、工作，或许能有点启发。

我的父亲，是一名好父亲，我从他那里学的东西太多了，最具体最直接的有两项：一是打算盘，二是查字典。

记得小时候，冬天，天很冷，别人家的孩子，都和父母围坐在火炉旁，吃着花生、核桃、麻花，天南地北地聊。我们穷，没有火炉，太阳出来了，就在院子里摆上一张桌子，父亲手把手教我和哥哥查字典、打算盘。那时我就觉得，太阳和父亲，最温暖！

当时的字典，有部首的，有四角号码的，也有注音字母的，虽说这三种我都学得烂熟于心，终究，我更爱四角号码。原因有两条：第一，大凡查字典，绝大多数是不知字的读音，这时候，注音字母排序的字典就派不上用场。第二，部首和四角号码虽都是按字形查，但部首查字，先要拆部首，然后要数笔画，还要在检字表中找页码，做了前三项工作之后，才能查字。四角号码查起来就快多了，它不需要前三项手续，只要一看字的四角，确定四个号码，就可以查字了。在小学，但凡查字比赛，我从没得过第二，回回第一，而且比第二名快多一半时间。记得一次，县上来领导观摩，我们举行查字典比赛。二十个字，放在二百米跑道上，每十米一个字。我没停一步，小跑着查完所有的字，回头一看，大多同学还站在第三、第四个字的地方，最快的也没到第五个。现在想起都好笑，《四角号码词典》满足了小小的我多少次虚荣心啊！但也不仅仅是好笑：字典，使我对知识产生了浓厚的兴趣，也给了我广博的知识。我是学文的，命运注定我要和字典相伴终生——我有十几部字词典，大都完好，只有一部《辞海》翻坏了，而《四角号码新词典》翻烂了几部，我记都记不清！

说实话，字典，我爱学，打算盘，开始我有点抵触情绪。记得，有一次，我问父亲：家里那么穷，来往的账目，不掰指头都能数清，为什么要学算盘？他没有发火，只是不重不轻地说："这是做人必须的基本技能。你学会它，终会有用处。"后来，果然应了父亲的话。

我在格尔木教研室工作的时候，教研室负责全市高中招生。每次考完，都要合计分数。开始，我把各校的分数册分给各位教研员，两人一组，一人念，一人打算盘。我和庞老师一组。等我和庞老师算完了，去看别的同志，他们还不到一半！我才知道，他们不太会用算盘，用计算器加有些慢。教数学的董德育老师不服，要和我比，结果，我算五本，他还加不到三本，我的错误率不到1%，他却错了8%。后来，全市的50多本分数，我多半天就拿下了，别的同志只管复核。

我说的应验，并不指上述工作上的高速高效，更重要的是，它给我赢来了工作机会，或者说，它给我争得了工作的权利。

1969年9月，马额地区棉绒厂要招临时工，用工时间三个月，争得人挤破了头。可棉绒厂要的是核算，会打算盘的，就这一个条件，把所有人都挡在门外，我，幸运地入选了。我高兴地蹦啊跳啊，飞快地窜到父母坟前，含着热泪，把这个喜讯告诉父亲。那时候，甭提我多么感谢我的父亲！同时，也暗暗为我过去的无知吐舌头。

三个月一晃就过去了，棉花没有了，也就是说，我半个"公家人"的身份又没了，我又得回到农村的家，和土坷垃打交道！为这，我难过得整宿整宿睡不着觉。我们的牛厂长也难过，他对我说："你是个人才，可以为国家作出更大的贡献，我实在不愿意看着你被埋没！"正在我们陷入绝境的时候，隔壁的马额商店招临时工，还说，有可能转正。真是峰回路转，柳暗花明！要知道，在物资极度匮乏的时代，进商店，意味着什么，你怎么想象都不过分！在我的心里，大学不办了，进商店，简直比"朝为田舍郎，暮登天子堂"都荣光！牛光民厂长专程去商店三四趟，找文书武志贤推荐我。我，和十几个有"腿"的富家子弟，在许多人异样的目光注视下，一起进了商店，转了正，开始了我的"公家人"生涯！

人生，有许多弯弯曲曲的路，但，决定性的也就一两步。进棉绒厂，进商店，就是我一生中具有决定意义的一两步！也是事后，我才知道，牛厂长向武文书推荐我时，说我"不仅算盘打得好，还写一笔好字，一手好文章，文艺、体育都有几下子，是个不可多得的全才"，我感动得热泪盈眶！当然，他不是水镜先生，我更不是诸葛亮，但是，他的知遇之恩，我到死也不会忘记。他那矮胖而结实的身体，特别是红红的脸，诚恳的笑，永远鲜活在我的心里！

人生，要有机遇。没有机遇，夜明珠也会永远埋在土里。千里马要靠伯乐。没有伯乐，千里马就会骈死槽枥之间。但是，有了机遇，有了伯乐，没有本领你也抓不住，别人再给你鼓劲，促你，抬你，你也是病牛一只，撑不起蹄来。不知哪位哲人说过："机会，总是青睐那些有准备的人。"说得多么精辟，多么透彻！——是为感悟一。

现代人，要做成一件事，首先要过两关：学会选择，耐得寂寞。

长大以后，做了一些事，发现，做任何事都要有毅力。比如说写论文，首先要查大量资料，然后要归纳、整理，更要随时分析，找出其中蕴涵的"理"，再根据"理"对材料做进一步的分析、取舍、补充、归纳，接下来，才能依据材料和主题进行通盘考虑，构思，列提纲，起草，进入形式上的写作。

一般人总以为，写作，是凉房底下的工作，轻省，殊不知，他比体力劳动更费体力，更费脑力，更需要坚韧的千回百折而永不放弃的毅力。就说简单的查资料吧。一般来说，作者查资料，都是在有了一定见解之后，为了验证这个见解的正确与否，才去查的。之所以能产生"一定见解"——或者是读了别人相当多的著作、论文，产生了疑义，或者是读了大量书籍、杂志、报纸，有了自己的观点……这里没有"一见钟情"，只有在大量认真阅读的基础上，大量科学分析的基础上，才可能产生。所以说，查资料之前，早已做了大量工作。这些工作，决不是凭一时冲动就能做到的，必须天天留心，时时注意，的确是既费心血，又费体力的。生活中，常常碰到一些同志说："写论文，我怎么就找不到题材呢？"原因其实很简单：平时，您想的是吃什么，穿什么，怎么玩，到了要写论文的关头，才想找题材，怎么能找得到呢！

查资料中，要翻大量的书籍、论文，阅读、分析，理出它们的观点，再加以鉴别。同时，还要进一步确立自己的观点，用它们的观点，再来验证自己的观点，并对自己的观点进行修正、完善。这个过程是创造性的，更要耗费大量的脑力、体力。有些同志的论文缺乏理论性、深刻性，或者没有时代性，原因就在查资料中，对自己的观点缺少对比思考、分析和完善。

苏洵的《六国论》里有这样一个句子："奉之弥繁，侵之愈急。"课本的注释说："送给他越多，侵犯他们就越厉害。前一个'之'指秦，后一个'之'指赂秦各国。"绝大部分老师根本不想，就按课本注释溜下去了。这就是他们找不到论文题材的根本原因。我读了这条注释，也觉得能通，但很别扭。因为，在古汉语句子中，两个或两个以上结构相似的短语，处在同一位置的词大都词性相同，语法作用相同。如果不同，其中一个就必须转类。比如：

①六王毕，四海一，蜀山兀，阿房出。

其中，"毕""出"是动词，作谓语，则数词"一"，形容词"兀"也就转类为动词，作谓语。如果，两个或两个以上的短语中同一位置的词是同一个词，那么，它不仅词性相同，语法作用相同，一般地，词的意义也相同。如：

②青，取之于蓝，而青于蓝；冰，水为之，而寒于水。

"青于蓝""寒于水"是两个结构相同的短语，两个"于"在同一位置，都是介词，语法作用都表示比较，它们都可以译作"比"。以此类推，"奉之弥繁，侵之愈急"中的"之"就不一定非得那么看、那么译。

为了弄清这个问题，我找来许多书，如《古汉语常用字字典》《简明古汉语词典》《诗词曲语词汇释》《词诠》《古汉语虚词手册》《文言虚字》《词海》《辞源》等等，查"之"的用法。吕叔湘先生的《文言虚字》中这样写道："'之'的用法有二：一是称代，一是连接。"我大受启发。就找来许许多多例句，把它们归

类分析，发现吕叔湘先生真是高人，他说的"之"的"连接"作用的确是高度概括，是指一种广义的连接，即句子成分之间的连接。比如：

③江宁之龙蟠，苏州之邓尉，杭州之西溪，皆产梅。

本句中的"之"连接定语与中心语，构成（定语）之（中心语）的形式。

可惜的是，这本书很薄，没有展开论述，举的例子也很少，还看不出"之"在句子成分之间的连接作用。我就想，有没有连接状语与中心语的？有没有连接述语和宾语的？有没有连接主语与谓语的？有没有连接中心语与补语的？我找来许多古文，一句句查找，终于找出许多句子，证明"之"在句子成分之间，的确有连接作用。也弄清了，"奉之弥繁，侵之愈急"中的"之"就是连接中心语和补语的，可以译作"奉送得越多，侵略得越急"。

问题弄清了，材料也充实得很，我就写了一篇论文，叫《"之"的连接作用再探》，在青海、贵州两省联合召开的语言学会会议上做了交流发言，取得了好评，后来，这篇论文被一所大学学报采用。

写文章的人，大都有一种习惯动作：文章写出来了，两手交叉，放在脑后，看着自己的文章，长长地出一口气。这时候，比庖丁解一头牛还踌躇满志，比女人生下一个婴儿都要幸福！从动笔写到论文脱稿的过程，并非不难，但是，比起动笔前的工作，它就成了万里长征到达吴起镇的一两步，显得异乎寻常地轻松、优雅。一般人看到了论文，也就是看到了结果，他们不了解，从要写到写好的过程有多难，多么需要坚韧的千回百折而永不放弃的毅力。在这个漫长的过程中，无论哪个小小的岔路口，只要作者松一口气，都不可能到达胜利的彼岸。——是为感悟二。

我爱小麦花

我漫步在沙漠里，脚下尽是沙子，沙子……

您说奇怪不奇怪？最近，我总爱往市郊跑。明明是西风料峭，我总觉春意缭绕……你不知道吗？春天，是小麦开花的季节，我爱小麦花！

少年的我没见过玫瑰吊金钟，更没见过樱花紫罗兰，只折过野迎春，闻过石榴花，还采过南瓜花喂我那心爱的蚂蚱。我，一个教师兼农民的儿子，在我所看到的花里面，最爱的倒是极不起眼的小麦花。

是的，小麦花没有牡丹的娇艳，没有茉莉的芳香，没有荷花的"出污泥而不染"，没有蜡梅的"傲冰霜而不凋"。大概正是因为这些，它，不登大雅之堂，不倦游客之目，不污文人之笔。然而，我爱小麦花，至死不悔！

阴历四月末五月初，小麦吐齐了穗子，不久，花就开了。这能叫花吗？小得像一粒芝麻，一滴水珠也能使它遭受灭顶之灾；轻得像一痕尘土，一阵微风也能把它吹到爪哇国外；普通得像教师，像农民，蜂蝶鸟兽都不屑一顾。可是，它毕竟是花。它有自己的颜色——鸭黄的，像雏鸟嘴角的膜，嫩得不敢用手去碰；有自己的形状——两瓣羽叶，中间擎起几柄小棰，颤颤巍巍的，那玄妙劲，真像打社火立芯子站在最高处刀尖上的小姑娘，叫人大气也不敢出一口。他的花期很短，只有三五天，急匆匆地开，急匆匆地敛，好像赶着要去完成一项伟大的使命。不是吗？它要孕育丰收，它要养育人类！我真不明白，造物主为什么把如此沉重的担子硬要压在如此纤小如此柔弱的肩上？

但是，真正叫我理解并爱上小麦花的是在我初中将要毕业的那一年春天。

那是"吃饭不要钱"结束后的第一个春天。碗里没粮只有菜,吃得我青兮兮胀鼓鼓软绵绵的,走一里路也得歇四五回。有一次放学回家,我坐在路边喘气。嘿,小麦开花了!黄黄的,悠悠的,简直就是一个个微型小铃铛。盯着这小小的小麦花,我仿佛看到了白生生的馒头,香喷喷的水饺……我一溜烟地跑回家,把小麦开花的消息告诉卧病在床一年多的爸爸,爸爸昏黄的眼睛一亮:"孩子,你也知道关心小麦花了。"接着,他一字一顿地说,"小麦花是咱农民的希望啊!"

我饿坏了,"咕咚咕咚"地灌了一碗菜汤,下意识地咂咂嘴,咦——今天的味儿,不一样?甜丝丝的。我又盛了一碗,"哦?瘪麦穗?"我气愤地把碗往床沿一摔,梗起脖子质问爸爸:"你……你怎么……偷队里的麦子?"爸爸苦笑了:"那是燕麦。这会儿不除掉它,要混杂小麦品种的。"唉,我干了些什么事啊!爸爸原是老师,就爱研究小麦,他能糟蹋小麦吗?大炼钢铁那阵,有人要铲掉几十亩正在扬花的小麦修土高炉,爸爸说了句"粮食也很重要"的话,被劝告离职,下放农村,劳动改造。这倒好,他把全部生命都泡到麦田里。那年,他侍弄的小麦获得了大丰收。为了推广那个良种,他挑了一把麦穗,兴冲冲地亲自送到县上。半夜回家,却满脸是血,浑身是伤。第二天,大队门口贴出了爸爸"以小麦压钢铁"的"通告","通告"上严令爸爸"再也不许研究小麦",从此,爸爸一病不起……

小麦花发白了,但还没有凋谢,爸爸却与世长辞了。爸爸弥留之际,我掐了一束带白花的麦穗,奉献到爸爸眼前,他的眼睛突然进射出神奇的光彩,又一字一顿地说:"小麦花,是咱农民的希望啊!"

小麦花,小麦花,你为什么要把孕育丰收养育人类的重担主动地抢到自己纤小柔弱的肩头?

爸爸去了,他,把希望留给了我……

突然,我眼前的沙漠变成了绿油油的麦田,小麦花盛开着。我仿佛听到了小麦花那欢快的铃声。

我爱小麦花!

(本文登载在1995年4月10日《格尔木报》后收入第十个教师节大型纪念册《师魂·师韵》上。该书由语文出版社出版)

你愿意做"小麦花"吗

—— 给儿子的信

是前天吧？对，就是前天，收到你的信。有了互联网，信就写得很少，接到信，我简直有点手舞足蹈——过年了，"每逢佳节倍思亲"嘛。但看过几遍之后，一时却难以下笔写回信——你在信中说，日子过得"平静而且平淡"，"除了那一沓能表示我过去付出的汗水而获得的纸币外，我还有些什么？""有时候我真想和别人一起放纵自己……"

过了这个年，你28岁了，的确长大了。年轮对于一棵树来说，并不是成材的标志，你年龄的增加，也并不能完全表明已经成熟。真正的成熟，是对生命真谛的透彻理解，是对生活意义的全面感悟。对"生命真谛""生活意义"这些问题的产生和探讨，就是成熟的开始。孩子，老爸为你高兴！

也许是年龄相仿吧，我爱看余秋雨的散文，还三遍五遍地看，你说我是高中六年级学生——老复读。今天，我还真得借余秋雨的散文，和你谈谈"生命"，谈谈"生活"。

中央人民广播电台曾有一则广告，"生活是什么？"老人说，生活是历史，是说不完的故事；壮年人说，生活就是挣钱过日子；青年说，生活是奋斗，是拼搏；小孩子说，生活就是快快长大。真有意思！生活究竟是什么？表述得很生动，但谁也没有回答清楚——这个问题太大，就是哲人恐怕也要皱皱眉头，我当然说不好，不过，姑妄谈之吧？

人的一生，有效时间40年吧，就算50年、60年，对于无边无垠的历史长河，也只是短短的一瞬，微不足道，微不足道！人的一生，有改朝换代的，有发明火箭的，和整个社会的进步比起来，也是小小的一粒芝麻，微不足道，微不足道！如此说来，生命真没有意义了？

还记得我们去拉萨经过唐古拉山时看到的景说过的话吗？在唐古拉，一棵小草七月才发芽，急急地抽茎，急急地绽叶，急急地开花，急急地结果，还不到八月底，花谢了，果落了，叶黄了，杆枯了，生命似乎结束了，不，来年七月，她又迸出了嫩嫩的芽，又急急地抽茎，急急地绽叶，急急地开花，急急地结果。她在干什么？孕育生命，享受生命！当我们在戴着白帽的雪山大坂的残雪中看到几痕嫩嫩的绿时，我发现，你的眼睛发光了！我对你说，再想想，在"草色遥看近却无"的大坂，一个晚上，突然开出一片小花，红的、蓝的、黄的、紫的、粉的、白的……花瓣上擎着些露珠，亮晶晶的，向着太阳笑，你有什么感慨？我发现，你发光的眼睛里漾出了露珠，那露珠蕴涵着太阳的七彩光芒！是啊，唐古拉小草命短，短得让人唏嘘，但是，她，懂得生命的真谛，她用自己的全部身心向自然展示生命的灿烂，向人类诠释生命的精神！

两个人站在河边，看着来来往往的船只，看着熙熙攘攘的人流，其中一个问另一个，你说这些都是什么人？被问者是一位高僧，他似乎不假思索地回答：攘攘熙熙，皆为名来；熙熙攘攘，皆为利往。第一次读到这则故事，我真为高僧的归纳能力击节赞叹，为他的看破红尘拍案叫绝。但后来，尤其是我自己为了咱们家的生活艰难奔波以后，再读到这则故事，我明白了，你想和那个高僧一样超脱，除非你和他一样不愁吃，不愁穿。马克思说过，人只有有了吃穿住等基本条件，才能从事政治、艺术、宗教等活动。用咱们口头的一句话说：金钱不是万能的，但没有钱是万万不能的！

你读了不少书，肯定读过莎士比亚骂金钱的名段，你也知道那不过是一时激愤，逢场作戏，因为莎翁自己也明白金钱并不那么可憎。2001年，我从一位朋友手里看到一篇短文《钱本草》，因系传抄，错漏不少，我作了一些修补，改作《本草纲目·钱》，转抄于后，它可以代表我对金钱的观点：

钱，性甘，味苦，大燥，有毒。无根无叶，有花有蕾，采不拘时，喜贪畏廉。其效极著：能养颜，彩泽流润，善疗肌，光滑溢香。正用之，解人困厄，济国安邦；

斜用之，招神通鬼，卖法养奸。如积而不散，则水火淹烧于原隰，盗贼啸聚于山林；如散而不积，则饥寒并迫之禽兽，颠踣同戕乎万民。是以官吏须谙聚散之道，元元应炼取用之德：国富民足谓之仁，取与合宜谓之义，无求非分谓之礼，积之有度谓之智，出不失期谓之信。以此五味真火炼蜜为丸，方可久服。若违道逆德，则阴阳相搏，内外交攻，小则身败名裂，大则国破家亡，不可不鉴！

其实，你对金钱的淡漠，信里已经透露出一点消息，我无须饶舌。但它的诱惑实在太大，转抄给你，似可警戒未来。

托共产党的福，十几年前，咱家已经不愁吃穿了，对钱，我也看得淡了。正所谓饭饱生余事，那时，我的思想发生了微妙的变化：像我等工薪阶层，准确些说，教书匠，想要腰缠万贯，根本不可能。真的发了，非偷即抢。与其如此，还不如自甘淡泊，不去求"利"，但，不可不要"名"。

怎么要"名"？当官！你别笑，你数数周围当官的，有几个不是教师出身？有趣，我果然当了官——不是黄粱梦，一当就是实实在在的准厅级市的办公室主任！不过，你也知道，几个月我就自动辞职了。那时，你还小。现在要说原因，仍然是一言难尽，但最重要的一点是"怕"——二个月经我手批的招待费就十几万！这是吃人民的血肉哇！我一下子就想到了《硕鼠》，想到了柳宗元的《送薛存义序》，我的确"惊而畏"了！"那的是为官荣贵？止不过多吃些筵席，更不呵安插些旧相知，家庭中添些盖作，囊箧里攒些东西。教好人们看作甚的！"再读元代人张养浩的《〔中吕〕朱履曲》，我下定决心辞官归教！

近几年，我反复读了余秋雨的散文，那篇《关于名誉》的深邃思考使我的认识更加明晰了。17世纪英国政治家哈利法克斯说："从被追求的那一刻开始，名誉就是一种罪恶。只有在那些人们能自然地拥有而不必强求的地方，它才成为一种美德。"名誉，是别人对你的评价，这种评价因人而异，也可能真，也可能假，也可能掺进了许多个人的好恶，我又何必在乎呐？一味追求，既束缚了自己，使自己的一举一动为了他人，或带上许多表演成分，还不一定能得到预期效果，岂不是"赔了夫人又折兵"？

再往深处想想，世界上的秦始皇不多，世界上的牛顿也不多，我们的智力平平，绞尽脑汁也当不了秦始皇，当不了牛顿，为什么要被"名"所累呢？为

什么不做一个平常人呢？

做平常人并不是做糊涂人，也不是做"难得糊涂"的聪明人，而要做"不虚此生"的平常人。"做'不虚此生'的平常人"说来容易，做起来很难很难。说到这里，我想到了我的父亲——你没见过面的爷爷。

你爷爷也是一个教书匠，反右那年下放回家的。38年前，也就是你爷爷仙逝的那一年，我还是个毛头小伙。高中毕业了，"文革"开始了，大学停招了，我在家苦捱了两年（我不知道，我还得再熬五年）。初夏的一个早晨，我伺候你爷爷喝完药，他抬起头，拉着我的手，问我："你见过小麦花吗？"惭愧，我从来就没留意过小麦花！"你搀着我，咱们到地里去。"

一出门，一股清新的空气扑面而来。走过树下，几滴露珠掉到脖子里，清凉清凉的。天，湛蓝湛蓝，几丝白云飘着，悠闲而又潇洒。你爷爷兴致很好，自言自语地吟起诗来："露侵驼褐晓寒轻，星斗阑干分外明……"

小麦已经齐腰高了，绿汪汪，像海洋。微风一吹，那绿浪，一波赶着一波，向人们报告丰收的消息。你爷爷似乎来了精神，挡开我扶他的手，"你看看，小麦花。仔细看。"麦穗吐齐了，麦芒还绿绿的、软软的。每一根麦芒旁边，都有几瓣像叶不像叶像花不像花的东西，比芝麻粒还小，奶油色，中间一根棍，比蜘蛛吐出的丝还细，高高地颤颤巍巍地擎起一把小锤，玄得像农村打社火立芯子绑在最高处的女孩。稍不注意，你就根本发现不了它。我惊讶了："这能叫'花'吗？""是啊，这能叫'花'吗？一粒小麦花，论形象，不如豌豆花；论大小，不如满天星；论颜色，不如牵牛花；论花期，不如仙人掌。又特别容易遭到祸害：一滴露珠就能使她遭受灭顶之灾，一只毛虫就能把她打落尘埃。就像我们农民，普通得不能再普通，低贱得不能再低贱。所以，她不登大雅之堂，不污文人之笔，甚至，像你这样的农村孩子，都没有注意到她。但是，"你爷爷清了清喉咙，一字一顿地说，"她，不自轻自贱，不自暴自弃，满怀理想，默默地成长，顽强地开花。她们，团结起来，孕育了丰收，养育了人类！"这几句话，犹如烙铁，烫在了我的心扉！我似乎一下子长大了许多……

我是农民的儿子，我希望自己是一芥不起眼的"小麦花"。孩子，你愿意做"小麦花"吗？

假如，我的童年在今天

去年暑假，9 岁的孙女在维也纳用手机发视频，她和她的同学登上了金色大厅演出，还获得了一等奖。我百感交集，任老泪挂在腮边。

每每想起那个时刻，我都情不自禁地感谢手机，让我在第一时间看到了这个好消息，更感谢手机，助孙女登上了令人神往的世界音乐最辉煌的殿堂！

孙女爱唱爱跳，在家做完作业，总要加班加点地练唱练跳，我那些"野路子"功夫压根上不了她的法眼，就在手机上翻来覆去，下载了她们老师点出的名家唱段，名家舞技，她对着手机，一遍遍地练唱练跳。在为孙女的执着感叹的同时，我更感叹：孙女啊，你生在了好时代，有如此功能强大的高科技为你助力，你得感谢祖国的发展与进步呀！

我小的时候，也爱唱爱跳。记得，刚上小学，第一次听《让我们荡起双桨》，我就被它优美的旋律迷住了，总想再听，学唱，可哪里听得到？堂兄说，我安了一部矿石收音机，星期天你来吧，说不定能听上。我一周都心神不宁，盼望着星期天早早到来。

终于到了星期天，我起了个大早，赶到他家。一进门，就看见堂兄正在鼓捣收音机。"哎，响了响了！"我拽过一只耳机，"声咋这么小？像蚊子哼哼。"堂兄一撇嘴，"这还小？嫌小，你上树把天线升高些！"我正要往出跑，堂兄一把拉住我，"你看看天，要打雷！"我挣脱了，"这会儿又没打雷。再说，我上树快！"说着，我"噌噌"地上到树梢。还没等我抓到天线，大风就来了，忽地把我刮到半墙，忽地又悠到房顶。我正手忙脚乱地想抱紧树枝，眼前突然一亮，"喀喇喇"一个闪电，震得我眼睛发黑，两耳生疼。我跐溜一声滑下树，连滚带爬，钻进屋子。过了一会儿，门外人声鼎沸，出门一问才知道，刚才那一声雷，把距离我们100多米的大杨树劈成了黑炭！我迎着堂兄吐了吐舌头！这事，我从来都没敢给爸爸漏过口风。

是1963年吧？大型音乐舞蹈史诗《东方红》拍成电影，在全国上映，里边许多歌舞让我心旌震颤，特别是胡松华的《赞歌》、邓玉华的《情深谊长》，真是余音绕梁，唱得人如醉如痴，我一下子心有灵犀，理解了孔子闻韶乐而"三月不知肉味"的心境了。那时，我是高中生，没钱，也没时间，可我一场没落地看完了在临潼演出的所有场次。

尽管如此，我还不过瘾，总想再看再听，也想学唱。要再看，只能到影院去。我傻眼了，你想看，还得人家放，你总不能自己扯银幕购胶片买放映机呀。自此，我一门心思想买唱片。可那个年代，唱片出得不多，一出来，就让机关单位买去了，我还是望唱片而空叹。直到1966年，上北京串联，在西单的新华书店撞上了，我毫不犹豫地掏钱买下了。说来好笑，买的时候，我从未想过，放唱片还要留声机。因为没有留声机，我的唱片一直在箱子底下压着，到今天，五十多年了，也没用过一次！可是，我不懊悔，也不脸红，隔三差五还把它拿出来，摸摸，擦擦，再轻轻地放回箱底。要知道，那上面，蕴藏着我天真的梦哪！

后来，我也学会了许多歌舞，那也得感谢祖国科技的进步。三四十年前，相继有了收录机、磁带和计算机、碟片，我放着磁带、碟片学会了诸如《洪湖赤卫队》《红珊瑚》《江姐》里的许多歌曲，学会了《屠夫状元》《迟开的玫瑰》《父亲》里的许多重要唱段。那时候，对磁带、碟片我心存感激，也喜爱得无以复加，就是老伴、儿子也不准乱动！

谁能预料，科技发展得这么快，没过几年，手机超越了收录机，超越了电脑，从2G到3G再到4G，不仅有画面有声音，还有视频，更重要的是，点啥来啥想学什么，就来一连串！收录机、磁带彻底退出了历史舞台，就是碟片，也成了冷热活。

如今，华为公司又推出了5G，在蓝色的星球上引起了强烈地震，手机的功能又会有一个翻天覆地的变化。对好学的人来说，又是天大的福音！我们期待着！

　　这些天，一想起孙女获奖的事，我就傻傻地想，假如，我的童年在今天。

（2019 年 4 月 18 日）

三块钱学费

苦难是最伟大的雕塑师
——题记

后半夜。一弯残月，像镰刀，斜挂在西天。月的周围一圈晕，西南一个开口——明天虽然有风，但，是一个晴天。

我要赶回学校。明天是正式开学的第一天，我必须赶在上操之前到校——郝老师说了，"你报了名还要领操呐。"

小路两旁全是苞谷，一人多高，一畦连着一畦，像列队接受检阅的战士，头上戴着花冠，腰里别着枪，枪把系着红缨，多神气！你听，蛐蛐！"吱吱吱吱"，那是青翅；"瞿瞿——瞿瞿"，那是金翅，"哧哧哧——哧哧哧"，这是铋斗头。它们，多像军乐队，为接受检阅的战士伴奏着呐！"哧溜"一声，一个什么东西从我脚边溜过去，吓得我一哆嗦。是獾吧？獾像个小猪崽，不怕。要是狼，那就糟了！正想着，路边一座孤坟，没长树，也没有草。"是新坟"，我想。鬼我不怕，世上本来就没有鬼；有，也是人变的。我倒希望有鬼——可以和妈妈见面。偌大的世界，有谁像我，记不得妈妈的身影，记不得妈妈的容颜！妈妈活了二十五六岁，没有留下一张照片。我快十六岁了，妈妈去世十五年半，每夜我都梦见她，怎么也看不清她的脸。我哭着，喊着，扑上去抱她，怎么也抱不住。醒来，枕头都湿了半截。我在爸爸面前从来不说"想妈"，连"马"都改叫"长尾巴骡子"。妈妈去世时，爸爸被抓了"壮丁"，在外地训练。有一次，姨妈对爸爸说，妈妈入殓时，我两只手拼命地抓着妈妈的寿衣，哭呀，撕呀，扯呀，声嘶力竭地叫着"奶""奶"，向妈妈怀里拱。爸爸的眼圈刹时就红了，抱着我向妈妈的坟地跑。爷儿俩在妈妈的坟前坐到深夜。那时我就想，要是有鬼多好哇！直到今天，我还在想：妈妈不见我，妈妈故意躲着我，她是在考验我，在冥冥之中保佑我，要不，为什么那么多人喜欢我，帮助我？

上了公路，快到始皇陵了，已经走出了三十里，只剩十里路了。条件反射吧，腿困得像灌了铅，打不过弯。看看天色尚早，我坐下来。这是我和我的同学上学休息的"驿站"，每每走到这里，都要坐一会儿。今天，不，昨天下午，我们几个上学，还在这里讨论过一个议题："假如我有一辆自行车"。记得龚仁说："假如有辆车子，我一天回一趟家。"宋倩撇撇嘴："四十里哪，你累不累？"韩邛正一个人玩"顶方"，头也不抬，"金屋藏娇吧？"龚仁指指韩邛的"方"："这就是你的'金屋'吧？我家那两间破厦子，四面漏风，下雨连盆大一坨干地方都没有，老鼠都藏不住，还藏'娇'呐！"素霏戳戳龚仁："你还不如把我们往前送送。我们感你的恩，将来给你找个好媳妇。怎么样？"龚仁扭过脸，面对素霏："媳妇是将来的事，自行车现在就需要。我都累得半死了，你能弄一辆吗？"我没有兴趣讨论自行车，独自坐着发呆。我揪心的是，到学校，怎么报名——三块钱学费我还没有！一个人一年只分 27 斤 3 两小麦，2 两 6 钱油，连称盐打醋的几分钱都没有，加上我爸病了整整一年，借都借不到三块钱了。

谁知道，世上还真有"天上掉馅饼"的事：我一到学校，班主任郝老师交给我一张"免费条"，"快回去盖章。"他说得很轻松，我却知道他很难———是像我们这样的穷家太多了，二是我家情况"特殊"，根本不在照顾之列。我激动得热泪盈眶，两脚并拢，手贴裤缝，恭恭敬敬地鞠了一躬。转过身，和着漫天晚霞，小鹿一样蹦蹦跳跳地踏上了回家的五彩路。有谁能看出，我背着二十多斤苞谷糁五六斤糠菜团子，刚刚走完了四十里路？想到这里，我轻轻地摸摸贴身的口袋，那张纸还逍遥地躺在我温暖的胸口睡大觉呐。我真想大声喊：我可以报名了，我可以堂堂正正地上学了！

上小学的时候，学费都是爸爸下苦力挣的。从初中一年级开始，我就开始学着自己挣。最早捡破鞋烂袜子。收购站要的是橡胶废毛线，那些年穿胶鞋毛袜子的人少，捡不了几个钱。后来下沟挖蝎子上树抓蝉蜕，把腿跌得脱了白，爸爸不让干了，说是太危险，又浪费了学习时间。再后来就瞄上了当"麦客子"。头一年出去的时候，爸爸死活不同意，说我小，挣不了几个钱，还被人欺负。我请搭班的两个当"说客"，死缠赖磨，还亲自出马，说理加算账，摆了三大好处：一、学校这几天刚好放假，不耽搁学习。二、"麦客子"在主家吃饭，省了六天口粮。三、割一亩五毛钱，一天割两亩，就是一块；割六天就是六块，两学期的学费就够了！说不清是哪一条理由打动了爸爸，他同意了。晚上，爸爸给我磨利了三片镰刀，折好了两副裹腿，把金疮膏硬塞到包袱里，又不厌其烦地叮嘱我，你人小，没出过门，凡事多想想；割麦时，一趟到头，一定要歇一歇，磨磨镰。"千万记着，'磨刀不误割麦工'！"当时，我觉得爸爸太唠叨，当"麦客子"第二天，我就尝到了苦头——

还是他们两个前边割，我压后阵。昨天，首战告捷，我们割了7亩8分，每人2亩3分。连主家的生产队长都向我竖起了大拇指，还说："麦客市上，我真不想雇你哪！"想想昨天，我就自豪，不仅能跟上，有时还直起腰来，看看他们割的茬口，看看到地头没有。今天，怎么搞的，他们割得那么快？我不仅赶不上，茬也高了，还漏掉不少。那些漏掉的，东倒西歪，像癞子头上稀疏的毛，刺眼。要命的是，让队长看见了，要扣钱的！我急了，向手掌吐了一口唾沫，双手抓住镰把，狠命地斫。"喀嚓"一声，镰刀碰上石头，打了滑，径直向腿飞来。"呲——"，左腿面割开一片肉，足有半寸宽，三四寸长，露出惨惨的白骨。血，汩汩地渗，汇成珠，先"滴答滴答"，接着连成线，向外涌。这阵势，我没经过，头"嗡"地一响，差点晕倒。我强迫自己静下来，忽然想起爸爸给我装的金疮膏和裹腿，慌手慌脚掏出来，敷上，裹好。刀刚到腿上，只觉得一丝儿凉，也不疼，这会儿，就像拿烧红的烙铁烫，疼得撕心裂肺，只顾"嘶——""嘶——"地直吸凉气。我，只好坐下来。怎么办？怎么办？回去？不！不能！回去了，不光没了下次，这次的学费也挣不到！为了多歇一会儿，我一瘸一拐地假装到地头磨刀子。刀子刚一碰上磨石，我恍然大悟：昨天晚上，我太困了，刚回到住处还没吃饭就和衣躺下了——没有磨刀！

月亮只有一杆高了。远处，骊山的影子朦朦胧胧；近处，始皇陵的影子却更清了，更长了。恍惚之间，我仿佛看到了一个个方阵，裹革衔枚，急匆匆从我面前飞驰而过——那是秦王嬴政的军队，要去攻打齐国还是楚国？我下意识地摸摸左腿面上的伤疤——该出发了。

月上中天的时候，我敲开了生产队长的破门——"免费条"要盖生产队、生产大队和人民公社三级大印，以证明"家境困难，同意免费"。从门缝盯见队长大叔一边走一边穿烂棉袄的影子，我的心就蹙紧了。门一开，精心准备的一箩筐歉疚话感激话一句也说不出来，只是替他把袖口的一坨棉絮往里塞了塞——但愿大队也如此顺利。

西山吞了月亮一个角，天渐渐变黑了。我得赶快走，我要赶在上操之前报名。
可是，腿一点也不听使唤。我弯下腰，用拳头轻轻地从下往上敲，又从上往下敲，还把两手搓热，在两腿上快速摩擦。腿是好了点，肚子却闹开了"暴动"，一阵一阵地烧，疼。这时候我才想起，昨天中午喝了两碗菜糊糊，到现在，还什么都没进嘴呢。我急忙蹲下身，在公路两旁找吃的。尽管，苞谷地只有一步之遥，周围肯定也有红薯地，但是，我不能去——那是公家的。再说，几年来，我已练就一手绝活，天再黑，凭手摸，也能摸出几种可吃的野菜。老天总是慷慨的，何况还是秋天。我摸到了几根蒲公英，虽然老了点，还可以吃。嘿，"芋奶头"！它的果实淀粉含量高，还甜甜的……
吃"饱"了，腿也好像有劲了，我命令自己："开路！"

来到大队会计门口，刚要敲门，我举起的手又放下了。月虽在中天，却时时有些云朵飘过来，遮住了月亮，对面墙上的大标语"三面红旗万岁"时隐时现。村子睡熟了，偶尔传来一两声狗叫，更增加了夜的深沉。"天这么晚，喊人家，……""不喊，行吗？"……我抓耳，挠腮，搓手，抓耳，挠腮，搓手，不知有几个轮回，无奈，轻轻地叩响了门环。那轻轻的声音却像一座大山投进了龙宫，激起了轩然大波：周围的狗像得了将令一齐狂吼起来，远处的狗也不甘寂寞，群起响应。一时间，村子像煮沸的开水，只差"百千人大呼，百千儿哭……中间力拉崩倒之声"了！我没敢再敲，敲也听不见。过了一会儿，狗叫声逐渐减弱了，停下了，村子又陷入了死一般的寂静，对面墙上的大标语愈显得刹白。我侧耳听了听门里，只有细细的鼾声——他们，又进入了甜蜜的梦乡。我抬起头，月亮像一张笑呵呵的嘴，我不知道它笑什么，也不知道它想说什么，但是，经历了刚才一场闹剧的我知道，我还得敲门。于是，我又举起了手……

如此再三，终于，二门"咯呀呀"响了，"谁呀？这么晚了，报丧啊？""大——大叔"——为什么，我要叫他"大叔"？不是说"人穷班辈高"吗？去年春节排练大型眉户剧《梁秋燕》的时候，我教他唱曲牌"黄龙滚"，他一口一个"兄弟"，叫得多亲，多甜！那时，他多笨，一句唱词教四五遍还唱不准，记不下。"大叔，是我！""我知道是'你'，不是'我'。'你'不报上大名，我知道你是哪路神仙？""我……我……我是秋燕她爸！"我也不明白我为什么报了这样个名。大门开了。我急忙凑上去："大叔，对不起，对不起，这么晚了……""知道晚了还来？你知道我一宿能睡几个小时？这个走了，那个来了，我又不是铁打的——铁打的周仓还要站一站呢。""是，是，累着您了。可是……""'可是'什么？我知道，你要盖章。你爸看病借的钱还没还哪，人家信用社整天跟在我的屁股后面逼债！再说，"大门"垮嗒"一声关上了，把一股冷气和"章子没在我手里"送到了门外……

月亮下班了，天，更黑了。远处的骊山看不见了。"黎明前的黑暗"，我想离学校最多三四里，我得加劲走。我是文体委员，报了名还要整队领操。平时，这点路，也就吃一半个糠菜团子的工夫吧。今天，到不了。全身的骨头像散了架，腿肿了，已经抬不起来了，完全凭着上身左右摇摆带动。这时候，要有一辆自行车该多好哇！马上，我又自嘲地咧咧嘴：有，你也跨不上去呀！

（本文在《师道》杂志开展的"一生难忘的故事"征文评比中荣获优秀奖）

格尔木文学丛书

GEERMU WENXUE CONGSHU

（第四辑）

第二章

随笔思草

西北读书

　　刚敲下这个题目，心里便像打翻了五味瓶，马上想起了几件事：我在深圳教书，有学生问："老师，您的老家在哪里？""西安。"他一脸的茫然："西安在哪里？"我在西宁一个学校观摩，学生听说我在格尔木工作，惊讶地看了我好一阵，问："听说，格尔木街上狼很多……"我也惊讶地瞅瞅他，"是呀，我儿子天天骑着狼上学。"今天，我又看到一篇文章，《江南读书》，里面写道："西北可能过于贫瘠，连生存的基本条件都不具备，又怎能心安理得地采菊东篱悠然读书？"是啊，在江南人的眼里，读书，是最高雅的享受，西北，黄土高坡，"古来白骨无人收"的蛮荒之地，谁还能够读书？

　　读书，是要一定的物质基础，但经济基础雄厚的人，却不一定爱读书。我在深圳，碰见许多腰缠万贯的老板，他们最头疼的事，就是他们的公子、小姐不读书。原因在哪里？他们中的相当一部分人，把读书当作消遣，当作沽名钓誉，既不想用之修身，就不能用之齐家，更不能用之安天下。真正读书的，而且读书有成的，大多是那些衣衫褴褛吃了上顿没下顿的人。"纨绔多逆子，将相出寒门"就是这种现象的生动总结。就社会来说，春秋战国时期，战乱频仍，读书却蔚然成风，以至打造了中国历史上"百家争鸣"的黄金时代，把中国的哲学、思想和文学都推到相当的高度，这，难道是经济发达的缘由？

　　假如西北不能读书，就没了玄玄《易经》、洋洋《史记》、煌煌唐诗，西北，对中华民族乃至世界文明史的贡献，那是铁板钉钉，谁也抹杀不了的。近百年来，总的说，西北，经济落后了，但还没到读不起书的地步。或许，正因为落后，更激发了他们读书的急迫性——"就是砸锅卖铁拆房抽椽，也要供娃上学"，这是父母的决心，掷地有声哇！在西北，要读书，也是绝大多数青少年的心声。在西北，读书，是需要——或者挣口饭吃，或者挣身衣穿，或者为了眼前工作，或者想着今后的大目标。总之，他们读书，绝对不是消遣。

当然，江南山清水秀，养育了一个个玲珑剔透的"才子"，自有它值得称道的特点，而西北的高天厚土，绝不单单为了"埋皇上"，她，以厚实而宽阔的胸怀，哺育了一个个为家为国有情有义的大气的西北汉子。这里，我只需举一个例子：清嘉庆年间的状元王鼎，官至一品，家人盖房，与邻居发生争执，写信求援，王鼎回信曰："千里捎书只为墙，让他三尺又何妨？万里长城今犹在，不见当年秦始皇！"至今，"仁义巷"的每一寸土地，都葳蕤着他的高风亮节。鸦片战争前后，王鼎力荐林则徐，遭到首席军机大臣穆彰阿的竭力反对，在穆彰阿们签定卖国条约的前夕，留下"条约不可轻许，恶例不可轻开，穆不可任，林不可弃"的最后一道奏章，从容自缢。他用自己宝贵的生命，铸造了一道绚烂的彩虹，永不磨灭！这，才是读书的真谛吧？

我也认为，"读书是一种境界，是一种个人心灵的交汇"，我更明白，从读书的目的就可以看出民气，看出国魂，所以，我最怕把读书当作消遣。初唐的文人，唱出了"黄沙百战穿金甲，不破楼兰终不还"的高亢旋律，就是到了中唐后唐，还有人唱着"男儿何不带吴钩，收取关山五十州"的激越歌声，这，就是大唐之所以强盛的原因。北宋，也算是一个经济繁荣的朝代，有张择端的《清明上河图》和柳永的《望海潮》为证。人们都沉浸在繁荣幸福之中，歌舞升平，文人自然把读书当作消遣。著名的赵明诚、李清照夫妇，饭后一杯茶，赏赏金石，赌赌"鱼藻池边射鸭，芙蓉苑里看花"在什么书的哪一页，成了文人津津乐道的佳话。虽然她也写过"生当作人杰，死亦为鬼雄。至今思项羽，不肯过江东"的诗句，可惜只是凤毛麟角，更多的是"争渡，争渡，惊起一滩鸥鹭"！有谁知道，当金人南侵的时候，她自己也惊成了"争渡"的鸥鹭，后半生"戚戚惨惨凄凄"，令后人叹息，扼腕！

北宋，经济的确发达，有的经济学家甚至说，北宋已经产生了资本主义萌芽。

可叹的是，当时的人们沉醉于表面的繁荣，看不到外来危险，导致了自己的灭亡——原因虽然是多方面的，把读书当作消遣怎么说也难辞其咎！

当然，在北宋，也不是所有人都把读书当作消遣，苏洵，就是一个清醒之人，他把读书看作"修身，齐家，平天下"的大事。他在繁荣的浮躁中敏感地发现了巨大的危机，写了一篇《六国论》。中华人民共和国成立才半个多世纪，如果我们也把读书当作消遣之事，任由社会歌舞升平，灯红酒绿，泯灭了居安思危的警惕，其结果，令人担忧哇！——"苟以天下之大，而从六国破亡之故事，是又在六国下矣！"——但愿我是杞人忧天。

2002 年 3 月 16 日

再说"唯才是举"

——从《谏逐客书》谈起

秦时战乱，好文章寥寥无几，而李斯的《谏逐客书》却灿若星辰，辞藻华丽，声色堂皇，为后来的辞赋开了门径。不过，《谏逐客书》之所以流传千古而不衰，并非仅仅由于这个原因，而是因为，它的思想内容切中时弊，直至今天，还有一定教育意义。

战国时期，秦国的君主比较贤明，其中一个突出的表现就是招纳贤士——用时髦的话说就叫"招聘人才"。秦始皇也知礼贤下士——尊重知识，尊重人才，一时间，群雄荟萃，国威大震。谁知此时却刮起一阵怪风——逐客，即把不是秦国人而在秦国做官的人一律驱逐出境。为遏制这股怪风，李斯写下了这篇著名的文章《谏逐客书》。

文章写道：穆公用由余、百里奚、蹇叔、丕豹、公孙枝而成五霸之一，秦孝公用商鞅而民殷国富，惠王用张仪而"致六国之从（破坏了六国联盟，使秦能各个击破）"，昭王用范睢"远交近攻"，蚕食诸侯，终成帝业。以上这些人都不是秦国人，却能帮助秦国一步步走向成功，为什么？虽然，文章没有正面回答这个问题，可谁都知道，这是"唯才是举"而不问籍贯的结果。正因为如此，"秦以区区之地，致万乘之势，序八州而朝同列，百有余年矣"（贾谊《过秦论》）。

有趣的是，一些地方，一些单位，排外主义严重，用人先问是不是本地人，是不是"老乡"，唯老乡是举；不是老乡，再大的本事，对不起，请你靠边站！

谁都知道，无论哪个地域，既有人才，也有蠢材，更多的是芸芸众生，如果"唯老乡是举"，岂不鱼龙混杂，贻误事业？更有甚者，"一人升天，仙及鸡犬"，只要是我的表兄、表弟、大姑子、小姨子，或是我的姨妈的干爹的侄子的对象的远方亲戚，无论其水平如何，一律擢用。这种恶劣的做法，只能造成人浮于事的尴尬局面。

还有一种怪现象：你是上一任领导的"红人"吗？对不起，"主子"换了，请你也下台！——这倒蛮符合封建社会"一朝天子一朝臣"的规律。然而，当今的干部，是为人民服务的，不是某一个人的保镖、爪牙；就算与原领导关系密切一点，又有何妨？写到这里，忽然想到一个故事：

春秋初年，齐襄公暴戾凶残，他的两个异母弟弟公子纠避祸到鲁国，公子小白避祸到莒国。襄公死了以后，公子纠和公子小白相继驰入齐国欲争君位。公子小白在先，辅佐公子纠的管仲暗暗向小白射了一箭，想射死小白让公子纠即位。小白夺得皇位以后，称齐桓公，他发誓要诛杀管仲，报一箭之仇。但当鲍叔牙给他说，管仲是个人才时，齐桓公尽捐前嫌，拜管仲为相国（相当于后世的宰相，现在的国务院总理），齐国大治，成为春秋五霸之首。

齐桓公为什么能不念旧恶而委管仲以重任？关键是想着齐国的富强，有他的大目标，即以事业为重。我们一些人为什么做不到这一点？关键是"以我划线"。在"文攻武卫"的"伟大年代"，拉山头，不就是用的"以我划线"吗？这条组织路线，迫害了多少老干部，摧残了多少人才，膨胀了多少野心家？想起来，真叫人不寒而栗！

其实，"唯老乡是举""一人升天，仙及鸡犬"不过是"以我划线"的另一种形式的反映，其根本是对"官"的职责认识不明。在争官的这些人看来，"官"就是"老爷"；是"老爷"，就可以骑在人民头上作威作福；是"老爷"，"老爷"辖下的一切都是"老爷"的。他们根本不了解，"官者"，"盖民之役，非以役民而已也"（柳宗元《送薛存义序》）——用现在的话说就是：当官的，是劳动人民的公仆，不是人民的老爷。谁要拿着人民的工资，不为人民服务，还要贪污盗窃，欺压良善，那就会被人民打倒在地，再踏上一只脚！唐代的柳宗元说，"若夫佣一夫于家，受若直，怠若事，又盗若货器，则必甚怒而黜罚之矣。"魏征更说得形象，当官的就像船，人民就像水，"水能载舟，亦能覆舟"，为官者不能不"惊而畏矣"！

（本文刊登在 1986 年 12 月 5 日第 4 版《格尔木报》）

略说康熙

可能是前年吧，电视台放《戏说乾隆》，为正视听，我和儿子合写了一组短文《四说乾隆》，发表在《格尔木电视报》上。这几天电视台演《康熙微服私访记》，积习又使我坐立不安——有些话如骨鲠在喉，不吐不快哇！

大概现代人好以己度人，总爱把男女之事写得津津有味，皇帝一出行，无论是微服私访还是堂皇巡视，都是风流韵事不断。殊不知，天子虽至高无上，也绝不可能"爱谁就是谁"——尤其是有点责任心的天子。天子高高在上，多少人看着，还有多少人觊觎这个位子，所以，他们的婚姻有时比平民还悲剧。如若不信，只要看看《珍妃泪》，想想唐玄宗与杨玉环既蝇营狗苟又纯洁高尚的爱情故事，就可管中窥豹了。

或许是有些人不知道吧，总爱把封建皇帝看成不学无术的人，"乾隆会写什么诗？""康熙有啥武功？"这真是天大的误会！我们不否认封建皇帝中有庸碌之辈，甚至有花天酒地荒淫无耻之徒，但要说皇帝个个无能，我实在不敢苟同。就说康熙吧，一生身先士卒打过许多极著名也极惨烈的战争，大多取得了胜利，他的武功与军事才能可想而知。"朕自幼至今用鸟枪弓矢获虎一百五十三只，熊十二只，豹二十五只，猞二十只，麋鹿十四只，狼九十六只，野猪一百三十三口"，读了这个账单之后，您有何感想？武松借着酒力打了一只老虎，《水浒传》就把他吹得神乎其神，康熙的勇武，又当如何描写？"朕一日内射兔三百一十八只，若庸常人毕世亦不能及此一日之数也"，这话绝非故意贬低常人之词。

就是这一个满族皇帝，对汉人的文化精华经史子集诗书音律以及哲学思想都有很深的研究，他亲自批点《资治通鉴纲目大全》，组织人力编辑出版了卷帙浩繁的《古今图书集成》《康熙字典》《佩文韵府》《大清会典》等图书，为保存和繁衍中华民族灿烂文化做出了不可磨灭的伟大贡献。

更为难能可贵的是，他在交通通信很不发达的 17 世纪末，就把自己的目光投向刚刚发展起来的西方科技。他认真地研究欧几里德几何学，研究法国数学家巴蒂的《实用和理论几何学》，以至后来解题的速度超过了他的西方传教士老师。以数学为基础，他又学习了西方天文、历法、物理、化学、医学，并与中国原有知识相比较，取长补短。他又组织人力把以上外文图书翻译出版，已出版的有《验气图说》《仪象志》《赤道南北星图》《坤舆图说》等。有的还亲手校审。如果要论提倡科教兴国，康熙应算中国历史第一人！如果要论不盲目自大时刻想站在人类科技最前列，康熙应算中国近代史上第一人！

作为一个封建皇帝，康熙为什么能成为学贯中西文武全才的人？关键在于他胸有大志，时刻想着国家，时刻想着人民。他虽然是集最高权力于一身的封建皇帝，却有牢固的"民本"思想。举个例子：有人见长城年久失修，担心外敌入侵，建议拨款修茸。康熙经过认真思考，批示说："守国之道，惟在修德安民。民心悦则邦本得，而边境自固，所谓'众志成城'者是也。"他不许修缮长城，首先怕"兴工劳役，岂能无害百姓"，更重要的是，他认为长城无法挡住外敌侵略，而人民富足安乐，才是无形的任何敌人也攻不破的长城。而要人民富足安乐，没有其他任何妙法，唯一有效的是当官的要"修德"！这一系列认识是何等深刻，何等精湛！事实早已证明，而且还在继续证明，无论哪个朝代，谁能记住这段名言并实践之，谁就兴；谁要忘记还糟践这条真理，谁就无法逃脱灭亡的命运！

多学一点历史，历史是今天的镜子；多学一点历史，历史可以激发未来。

（本文发表在 1998 年 8 月 13 日《格尔木电视报》）

四说乾隆

《戏说乾隆》播出了，街头巷尾，饭后茶余，无人不说乾隆。我等不揣浅陋，缀几篇小文，插上几嘴，聊以助兴。不过，还要郑重声明，这几嘴并非插科打诨，而是言必有据，绝非"戏说"。

乾隆——诗家一"最"

《戏说乾隆》中的乾隆皇帝，风流倜傥，武艺超群。谁能知道，历史上的乾隆皇帝还是一个温文尔雅才华横溢的诗人，谁能知道，他，还是中国诗歌史上的一"最"。

和乾隆同时代的天潢贵胄昭梿在他的著作《啸亭杂录》中称乾隆作的《御制诗》五集，至十余万首"，可能有些夸张，但以现存的《御制诗》五集四万一千八百首，《余集》七百五十首，当皇子时的《乐善堂集》一千零三十四首，共计四万三千五百八十四首，几乎抵得上《全唐诗》的总数了。乾隆也因此骄傲地宣称："余以望九之年，所积篇什几与全唐一代诗人篇什相埒，可不谓艺林佳话乎？"十万多首，这是一个多大的数字？乾隆活了八十九岁，就算他孩提时代也能作诗，每天也得作三首多！即按四万多首计算，也是过去诗歌史上认为作诗最多的陆游（九千多首）的近五倍！

乾隆确实有点好大喜功，一心向往"史册稀有之隆轨"，所以他的诗作到老也没有僧佛气。他曾多次出游，其记游诗清新流畅，充满了对中华美好河山的由衷热爱；巡游中，诗碑题刻遍天下，那诗词，那笔力，至今为后人揣摩，增加了游人多少雅兴！是以，愚认为，好大喜功虽然是缺点，但总比无所事事强。愚宁做好大喜功事，不做无所事事人！唐代诗人王昌龄现存诗只有一百八十多首，因为其诗语言精练音调铿锵而被后人称为"诗家天子"，爱新觉罗·弘历一生作诗四万多首，其中能与王昌龄匹敌的大概不止一百八十多首吧？所以，我提议，给乾隆起个雅号，叫"天子诗家"，诸位意下如何？

（本文发表在《格尔木电视报》1993年3月13日第一版）

乾隆与《四库全书》

大清经过康熙、雍正两朝，到了乾隆，走上了鼎盛时期。乾隆帝——爱新觉罗·弘历除了武功以外，还十分重视文治。本身就是才子的乾隆深知，文化统治光靠大兴文字狱，那是不彻底的，必须提倡汉学，因为汉民族的文化源远流长，灿烂辉煌。作为提倡汉学的一大措施，就是把贮藏于民间的成千上万的书籍加以整理。于是，一项浩繁而宏伟的文化工程，就这样在乾隆的龙案上提出了，决定了，并成了乾隆一心向往的又一个"史册稀有"。

公元1773年，由乾隆皇帝做后台的四库全书馆正式开张了。为了保证编写质量，乾隆帝委派了一些当时颇具盛名的学者，如纪晓岚、于敏中等人担任总纂、正总裁和编写官。《四库全书》的分类也依照古书的分法分为经、史、子、集四部：经部，包括历来的儒家经典和研究文字音韵的书；史部，包括历史、地理、传记等书；子部，包括诸子百家学说和科技著作，像农学、医学、天文、历法、算法、艺术等；集部，包括文学总集和专集等。

历经十年，这么一部浩瀚的丛书终于编写完成了。这部丛书收录图书3457种（一说3503种），共79357卷（一说79400多卷），装订成36000余册。书成后共抄写7部，分别藏于北京、承德、沈阳、杭州、镇江、扬州六处（地）。兵

火等原因造成其中 3 部已散佚，目前，完整保存下来的还有 4 部。这对保存我国古代丰富的文化遗产，对后人的研究，都作出了伟大的贡献。在这个贡献中，乾隆皇帝功不可没。

由于社会稳定，经济繁荣，加上皇帝的支持，乾隆年间，文化艺术得到了空前的发展，孕育了著名的思想家戴震，史学家全祖望，散文家袁枚、姚鼐，诗人钱载、赵翼，画家郑板桥，小说家曹雪芹、吴敬梓等人，创作出一批批珍贵的文学艺术作品，流传后世。乾隆时期，的确是我国封建社会的最后一个盛世。

（本文发表在《格尔木电视报》1993 年 3 月 20 日第一版）

乾隆——皇帝寿命一"最"

按照《中国历史年代简表》提供的线索，笔者翻查了几部《中国历代名人词典》发现：中国历史上坐过龙椅而年龄在八十以上的只有三人，一是武则天，八十二岁，一是梁武帝，八十六岁，剩下的一个就是爱新觉罗·弘历，八十九岁。可见，乾隆在中国历史上的所有皇帝中年龄最长、享寿最高。

乾隆为什么能高寿？原来，他有自己一套独特的养生十六字秘诀："吐纳肺腑，活动筋骨，十常四勿，适时进补。"所谓"十常四勿"，指的是："齿常扣，津常咽，耳常弹，鼻常揉，睛常运，面常搓，足常摩，腹常旋，肢常伸，肛常提；食勿言，寝勿语，饮勿醉，色勿迷。"作为皇帝，御膳房美酒万斛，后宫内粉黛三千，多少皇帝短命，其实就栽在"酒色"二字之上！乾隆皇帝要求自己"饮勿醉，色勿迷"，难能可贵，难能可贵！

身泡酒池而不醉，身处肉林而不迷，按一般人看是"毅力"之功，实质得益于志向宏大——胸中总怀着正事的人，脑子里就没有邪念的。乾隆在他的《古稀》诗中写道："古稀稀圣未从心，负扆遑遑久莅临。惟是惕乾励朝夕，戒其玩愒度光阴。"您说，他的高寿和什么有关？且不说处理政务，也不说弯弓骑射，更不说习字作诗，单说他早年学满语，六岁学汉语，三十三岁学蒙古语，五十岁学回语，六十二岁学番语，六十六岁学唐古忒语（藏语），这六种语言都到了能准确翻译的地步，您说，这，得益于他的"毅力"还是"志向宏大"？

乾隆的长寿秘诀仅仅是踢踢腿弯弯腰吗？读者诸君，您悟到了什么？

（本文发表在《格尔木电视报》1993 年 3 月 27 日第一版）

乾隆又一"最"——文字狱

《戏说乾隆》中，沈芳在乾隆面前指名道姓要找爱新觉罗·弘历报"血海深仇"，这"血海深仇"指的是什么？就是文字狱牵连的杀戮！

清朝统治者对汉族文人学士一方面用怀柔政策招抚，奖掖朴学，编纂图书，使清在中国古代学术史上占有一席重要的地位，一方面又用高压政策，大兴文字狱，加强思想统治。

文字狱几乎历代都有，但文字狱之多，清代仅有，杀戮之惨无人道，清代仅有！——康熙时的庄廷龙狱，雍正时的吕留良狱，都杀了几十人，充军流放几百人，庄廷龙、吕留良竟被掘墓戮尸挫骨！

到了乾隆，文网更为严密，罪名更加奇怪。胡中藻是内阁学士，曾做过广西学政，他出了个试题"有乾三爻不像龙说"，竟被指斥为有意漫骂乾隆不像"龙"；他诗中有"老佛如今不病病，朝门闻说开不开"的句子，竟被认为是讽刺乾隆朝门不开，不理朝政；乾隆更认为"一把心肠论浊清"是故意把"浊"字加在"清"的国号之上，有欺君谋叛之罪，便玉手一指，金口一开，把胡中藻杀了。庄廷龙、吕留良被戮尸挫骨，康熙、雍正还可以找一点"反清"的借口以蒙人耳目，乾隆的许多文字狱则纯粹是借题发挥，无中生有，纯粹是赤裸裸的政治需要——"杀鸡给猴看"。就这一点说，乾隆比他的祖父玄烨、比他的父亲胤禛有过之而无不及，堪称文字狱中无中生有的一"最"。

文字狱镇压了知识分子，禁锢了人民的思想，致使科技、文化急剧衰退，进而导致经济停滞不前，引发了官场腐化、贪污，使清朝由鼎盛迅速走向衰亡。

如果说，康乾王朝的封建文化是整个封建社会文化的回光返照的话，那么，文字狱则是促使封建社会彻底死亡的绞索，而乾隆则是把绞索收紧又把脚下凳子踢开的一个重要人物！

　　历史再一次告诉我们：知识，是人类社会前进的火车头；知识分子，是开动火车头的司机。重视知识，重视知识分子，社会就一日千里；反之，社会就会倒退！

（本文发表在《格尔木电视报》1993 年 4 月 3 日第一版）

也从乾隆做诗生发

何满子先生的大作《从乾隆做诗生发》我是在《中国教育报》（1996.5.26）上看到的，拜读之后，觉得有些话必须说说。

第一，"乾隆会做什么诗？"从原文看，这句话可能包含两层意思：一，乾隆不会做诗；二，乾隆的诗都是找人捉刀的。我们承认，乾隆的不少诗确实出自一些拍马屁的"名家"，但四万多首（有的版本说六万多首），总有一些是乾隆写的吧？不承认这一点，大概有些武断；如果承认了这一点，乾隆会不会做诗的问题大概不用再讨论了吧？至于"即使他在世时被捧成戴皇冠的李杜，这些诗也一首都传不下来"的原因嘛，当然很复杂。其中最大的一个可能是：他是封建皇帝。既然如此，他的诗怎么能够流传？这里的没能流传，和他的诗的质量并没有必然联系。假如某些编辑认为何满子先生有"莫须有"的问题，把他的大作统统揉成纸蛋蛋，扔到废纸篓里去，是不是能说：何满子先生不会做文章？

第二，乾隆是不是一个"荒嬉享乐的坏子"？这个问题，正史早有公论，连《戏说乾隆》的编剧也明白，否则，他不会在"乾隆"之前加上"戏说"二字。何先生认为，乾隆不过是投生在皇家，没有什么了不起，"没有乾隆，换一个更庸碌的皇帝（乾隆也并不是什么了不起的英主明君），龙庭照样坐得下去"。这样的观点，鄙人实在不敢苟同，因为它不仅和史实严重不符，更重要的是，它从理论上完全否定了杰出人物的作用。蜀汉没了汉昭烈皇帝刘备，换了他的儿子

刘禅，龙庭坐下去了吗（社会的确有"人"与"势"的辨证关系，这是一个既复杂又简单的问题，另文讨论吧。即使如此，也不能借"势"而否定"人"的作用）？

皇帝也是人，也有聪明愚钝之分，有的立志富国强兵而彪炳史册，有的荒淫无耻而遗臭万年。把所有皇帝奉若"天之骄子"，不学也能才华横溢，不练也能武功盖世，当然是滑天下之大稽。同样，因为他们是皇帝，便一律四体不勤，五谷不分，什么也不懂，什么也不会，恐怕也没有几个人点头称"是"吧？

皇帝也是人，他们生在中国的土地上，长在中国的土地上，也是中华民族的一部分（尽管是很特殊的一部分），我们没有可能也没有必要把他们开除出中华民族。既然如此，我们就应当像评价普通人一样客观公正地评价他们中的每一个，肯定他的优点，批评他的缺点，借以激励、教育、规范现代人。

（1996 年 6 月 2 日）

附：

从乾隆做诗生发
何满子

读 4 月 27 日（指 1996 年——附者注）《解放日报》摘载的《乾隆何来诗作四万首》一文，有些话想说说。

诚如该文所说，乾隆会做什么诗？他不过是附庸风雅，自以为做了皇帝，就得什么都在万人之上，反正他要找人捉刀，拍马屁的人有的是。代皇帝做了诗还不敢宣扬，捅出了底不怕送命吗？他的著作权是牢靠的，比在什么保险公司上了保更牢靠。只是，即使命令名家大家代庖，臣下也只能战战兢兢，做些空空洞洞风光门面的制帖诗一类毫无个性的玩艺。即使他在世时被捧成戴皇冠的李杜，这些诗也一首都传不下来。

但该文说，乾隆虽无诗才，但"武能安邦文能定国，开疆拓土，颇有政绩"云云，却难以苟同。说穿了，不过是因为他投生在皇家而已。过去人们受唯心主义的英雄史观的毒太深了，把什么文韬武略丰功伟业都记在皇上的账上，加以粉饰歌颂，把权力者特别是权力的顶端人物塑造成天纵之圣，似乎这样的圣王不作，天下苍生就要了不得了。其实，当时清王朝的运气尚未走下坡，没有乾隆，换一个更庸碌的皇帝（乾隆也并不是什么了不起的英主明君），龙庭照样能坐得下去。他要生存在道咸之世，照样会被太平天国起义搞得七荤八素焦头烂额。

这道理，中国古来叫做时也运也，马克思主义叫做人与历史的辩证关系。个人顶多只是在顺应或悖逆历史趋势上发挥点有限的作用，没有甲，历史会让乙代替他。一个人能扭转乾坤的事情是没有的。比如打天下，要千千万万的人去拼死，所谓"一将功成万骨枯"是也。过分吹捧渲染了成名之将的功德，便正是个人崇拜、个人迷信的根源。而且，正如恩格斯所说，历史是各种冲突势力的合力相互消长的结果。

过去，"天王圣明"的烙印在人们脑子里印得太深了，乾隆这样仰仗祖业的荒嬉享乐的坏子，也不过中庸之材，因为身当"盛世"（其实败落之象已露），就把一切安邦定国开疆拓土的功劳都记在他一人名下了。这事说起来是大有悲哀的理由的。

（《中国教育报》1996 年 5 月 26 日第 3 版）

闲话越王勾践

越王勾践以"卧薪尝胆"——刻苦自励、发奋图强精神而流芳数千年。愚以为，勾践最值得称道的倒不在此，而在他的敏锐的政治家的眼光。

春秋时，江南的吴越两国，世代为仇，攻伐不休。越王勾践被吴王夫差打败，在吴国服侍夫差三年，受尽屈辱，回国后立志复国。但是，当时田园荒芜，人丁几绝，偌大个越国，要找几个壮丁，简直比登天还难！针对这种情况，越王勾践大胆地制订了两个"十年计划"——"十年生聚""十年教训"。用现在的话说就是：用十年时间奖励生育，积聚财物；用十年时间加强教育，训练军队。为了坚决推行这两个"十年计划"，勾践"卧薪尝胆"，不到二十年，越国就强盛起来，灭掉了吴国。

在复国的奋斗中，越王勾践抓住了两个关键性问题，一个是"人"，一个是"教育"。勾践从吴回国，面对的是"白骨蔽于野，千里无鸡鸣"的凄惨景象。在这种情况下，所有想复国的人都会抓住"迅速繁衍人口"这个关键问题，因为稍有常识的人都知道，世间最重要的就是人，"只要有了人，什么人间奇迹都可以创造出来"（毛泽东语）。有了人以后怎么办？发展经济，还是发展教育？在这两个问题上，就有了高下之分。有人认为，首先要重视经济，只有经济发展了，国家才能富强。而勾践却不那样认为。他以政治家的敏锐目光，深刻地认识到教育的重要性，在有了人之后，马上推行第二个"十年计划"——"十年教训"。因为他明白，教育能激发人的爱国心，为国奋斗；知识能使百姓更好地种田渔猎……正是基于这种认识，他以国王身份，以"卧薪尝胆"的精神狠抓教育。

越国由穷变富、由弱变强的事实，说明了这样一个浅显的道理：教育绝不仅仅是一些人认为的福利事业，经济要腾飞，国家要富强，非它不可！越王勾践的伟大之处主要在这里。

这几天，我市的教育工作者正欢聚一堂，研究教育问题，因此，我写了这篇"闲话"。写到这里，不知为什么，我眼前总闪现勾践那睿智的目光；也不知为什么，我忽然想到前几天在一个朋友家里看到的一副联语，抄之于后，作为结语：

就教育谈教育，教育如何崛起？

以经济促经济，经济安能腾飞！

李存勖的悲剧

读《旧五代史》真累人。不是说卷帙浩繁，也不是文字艰涩，而是皇上变得太快，走马灯似的，容不得你弄清原因。比如说李存勖吧，败契丹，扫幽燕，灭大梁，那真是威风八面，可龙椅还没坐热，"一夫夜呼，乱者四应，仓皇东出，未及见贼而士卒离散，君臣相顾，不知所归"，何其衰也！

照以往的习惯，我把《旧五代史》放在一边，随便翻开另一本书，岔岔。这次翻的是《大学》，看到第十一节，上面写道："民之所好好之，民之所恶恶之，此之谓民之父母。"也就是说，要当民之父母官，得先看"民""好"什么，"恶"什么，以"民"为中心。唐的大政治家、文学家柳宗元把"父母官"的本质说得更加清楚："凡民之食于土者，出其十一佣乎吏，使司平于我也。"也就是说，"官"，是百姓出钱雇佣的，是为民打工的，"盖民之役，非以役民而已也。"既然"官"是"民"之仆役，"官"当然要依"民"的马首是瞻。作为官的总头目——皇上更应想民之所想，急民之所急。唐太宗曾对近臣说："为君之道，必须先存百姓。若损百姓以奉其身，犹割股以啖腹，腹饱而身毙。"这话说得何等好哇！李世民为什么建立了"贞观盛世"？秘诀就在这里。

回头再看李存勖，错在哪里？有人说是任用宦官，有人说是宠幸伶人，有人说是听了刘珠珠这个妖精的话，欧阳修则归之于"忧劳可以兴国，逸豫可以亡身"，现在看来，这些虽有一定道理，却还没挖到点子上，根本上。李存勖的父亲李克用弥留之际，交给李存勖三支箭，说："梁，是大唐的国贼；燕王，孤把他立为国主，却背叛了孤；契丹，曾经与孤结拜兄弟，如今却背信弃义，攻打我们。这三者，是孤的心头大恨哇！"从此，李存勖牢记父亲的嘱托，任用张承业、郭崇韬一批人才，组织群众，发展生产，每次战斗，身先士卒，浴血奋战，是以所向披靡。待驱逐契丹，扫荡幽燕，灭掉大梁之后，李存勖以为天下已定，可以高高在上，作威作福，气死了张承业，冤杀了郭崇韬，颐指气使，一意孤行，根本就不想"民之所想"、不恶"民之所恶"，怎么能不失败呢？

李存勖为什么不想"民之所想"、不恶"民之所恶"？放在过去，一言以蔽之，"阶级局限"，准确而又精辟，可是，历史前进到今天，这个结论，连我自己也不会满足。

要说李存勖一点不想民众，也不大符合历史事实：同光四年正月，"契丹寇渤海"，加上"去岁灾沴，物价腾踊"，李存勖"不受朝贺""避正殿，减膳撤乐"，并把相关州县的"秋夏赋税并与放免"。可见，他有时候还是想着民众的。只是，有时候想，有时候不想。为什么有时候想，有时候不想？其中一个原因，就是上边所说的，他不懂《大学》里的那几句话，不懂柳宗元阐述的"官"的本质，不懂唐太宗说的"为君之道"。

说到这儿，我忽然想起前些年的一句口号，叫"与×××保持一致"，当时，我就觉得别扭，别扭在哪里？却说不清。现在，我算彻底明白了。如果想民所想，急民所急，还用这样要求吗？如果想的是"损百姓以奉其身"，百姓怎么会和你"保持一致"？"与×××保持一致"，其实就是以"朕"为核心，而没有把"民"放在该放的地位。说轻些，是不自信，说重些，就是霸道，是封建君王思想作祟！

再往深想想，还有一个重要原因，就是"识"。所谓"识"，浅而言之，就是对人、对事物、对是非的判断能力；深而言之，就是对"势"——人、事的发展特别是社会发展总走向总趋势的预判。这是一个高级能力。历史上，许多名人能人之所以没有成功，甚至招来杀身之祸，就栽在了这个上面，范增、晁错、诸葛亮都是这一类人。李存勖的失败，根子在他的"识"力太差，晚唐末年，朝纲混乱，民不聊生，自黄巢起义，直到李存勖灭梁，中间几十年，军阀你争我抢，战争的狼烟，从来就没有停止过。百姓们不仅负担着比平日沉重几十倍的租税，更要承受血火兵匪家破人亡的惨剧。此时，社会发展的趋势是什么？是安定，

是发展生产!(百姓们想的也是温饱,急的也是过平静生活!)李存勖灭了大梁,就应该与民休息,哪怕是短暂的休息,可此时,他却倒行逆施,对内,重用孔谦,横征暴敛,对外,起兵伐蜀,穷兵黩武,不亡,还有天理吗?在那样的乱世,百姓要温饱,要平静,他却横征暴敛,穷兵黩武,失败也就在所难免了!

人的一生,"德识才学"缺一不可。"识"之所以难,之所以高,从自身说,是因为它是"德""才""学"的综合体现,只有三者都高,它才能高;从客观说,是因为"趋向"往往被纷纭复杂的社会现象所包裹、所掩盖。解放前,国民党政府办公室有一个高级秘书,叫陈布雷,他的道德文章堪称一流,解放前夕自杀了。为什么自杀?他在遗书中明明白白告诉世人,"德识才学"他唯一缺的就是"识",所以,只好为他服务了一辈子的政府陪葬了!他的悲剧,就在他缺少拨开遮挡本质的浮云的高级能力。

俗话说,"人在事中迷",苏轼表述得更加具体更加形象:"横看成岭侧成峰,远近高低各不同。不识庐山真面目,只缘身在此山中。"当官的要避免李存勖、陈布雷式的悲剧,就得一,努力学习,修身养性,跳出平庸的"圈子",站在高处,锤炼"识"力;二,时时处处事事把"民"放在前边,想他们所想,急他们所急。只要这样,事情没有不一帆风顺的。

打狗与搬桩

"叮铃铃"，一阵清脆的铃声在大杂院里响起——邮递员！西邻虎子的立功喜报来了吧？东家芳玲的汇款来了吧？还有，我那份稿件……我高兴地快步迎了出去。

刚一出门，我被眼前的景象吓呆了：一只大黄狗箭一样窜过来，在邮递员小吕的腿上狠狠地吞了一口，棉裤跐拉下来，露出的白棉絮立刻被血染红了……

这不是传奇，也不是电影故事，而是一件真真实实的事，一件发生在我眼前的真真实实的事！

我很少看电视，前两天刚看了两次，次次都看见市政府的"打狗通告"，可见，政府对打狗已经是三令五申了，狗还何以那么猖狂？我百思而不得其解。

漫翻古书，忽然见到这样一个故事：

战国时，卫鞅为了变法，叫人在南门立了一根木桩，出了一道命令："谁把这根木桩搬到北门去，赏银十两！"

一会儿工夫，南门口围了一大堆人，大伙儿交头接耳，议论纷纷。这个摇摇头说："十两银子，能买一座房子，就扛这根木头？哪里找这样的好事？"走了。那个掂掂木桩，说："这根木桩，我扛起来，不歇气，能跑二十里。这当官的，葫芦里卖的什么药？"也走了。围观的人看看木桩，看看别人，都想瞧瞧，哪个傻瓜上当。卫鞅听说净是看热闹的，又下了一道命令："谁能把这根木桩搬到北门去，赏银五十两！"没想到，赏金越高，大伙越发觉得不近情理，越没

人敢去碰那根木桩了。

正在大家疑神疑鬼的时候，人群中钻出一个人来，他破衣烂衫，蓬头垢面，绕着木桩转了一圈，扛起木桩就往北门大踏步走去。大伙闪开一条道，像小孩子看耍猴一样，嘻嘻哈哈跟在后头。到了北门，卫鞅拍着他的肩膀说："你真是位勇士，勇于听从朝廷的命令。现在，我就把奖金发给你！"说着，亲手把五十两白花花的银子奖给了那个人。瞧热闹的人见他真的得了五十两银子，眼馋得直流口水，都拧着自己的耳朵问，"你刚才没听见吗？"要是明天还有，傻瓜才不去扛呢！

第二天，大伙儿又跑到城门口去，却见栽木桩的地方竖起了一个木牌，上边写着变法的内容。大家都知道，卫鞅的话真是"命令"，是"真格"的，算数的，绝对要执行，所以都认真地照着牌子上的内容去做，新法很快就推行开了。正是由于这个变法，秦国富强了，后来，竟统一了六国。——这是后话。

我看着这个故事，想着政府的"打狗通告"，写下了"打狗与搬桩"这篇文字，不知读者作何感想？

读书与养狗

前些年，我们曾为"非典"心惊肉跳，拉出了果子狸；去冬，我们又为甲型 HINI 流感闹腾了很久。虽然，我们比过去聪明多了，没有把根源硬加在哪个动物身上，但我以为，在城市，特别是大城市，大量豢养宠物狗，说不定，会闹出个什么什么病来——比如狂犬病。请允许我引用一则历史数据：2007 年 1 至 9 月，全国狂犬病发病 2254 例，死亡数居所有传染病之首，死亡率为 100%，远远超出了"非典"和 HINI 流感。触目惊心！触目惊心！即便没有这样的病，在我走过的几个城市，哪条街道都有狗屎，哪一株树都有狗尿，却是不争的事实。狗，不仅给城市的文明也给我们的生活带来了极大的威胁！

狗在史前时期，就是人类的朋友。我也养过狗，在格尔木，养了十几年。那里地广人稀，常有梁上君子光顾，它为我看家护院。无论我下广州开会，或上北京学习，我的心都非常踏实。它像牛犊一样大，拴在院子，没有坏人敢靠近。但对客人，它却会热情地迎来送往。白天，太阳出来了，我坐在院子里看书，它依偎在我身旁，陪我读书。晚上，我在窗内写作，它默默地卧在窗外，守着我的一缕灯火，我没睡，它不睡。它就是我们家的一员，我们吃什么，它吃什么。有时候，饭不够了，我们宁愿少吃点，紧着狗。几年前，我要退休回临潼了，它看我跑出跑进，卖家具，捆行李，心知要永别了，眼里淌着泪，十几天不吃不喝，喂什么药都不进口。上火车的前一天，它死了，我把它埋在我家院子，深深地。埋好之后，我郑重地给它鞠躬，对它说："我永远永远不会忘记你！"现在，每隔几天，我都会拿出它的照片，看啊，看啊，遥祝它在天国，走好。

回到家乡，我还读书，却没养狗。不是没想，而是没条件。时间长了，我才发现，主要是没必要。或许，我是一个太讲功利的人。我的一位文友有只小狗，七八寸长，长得倒是挺逗人爱，可就是，每天，它要吃肉，非火腿不吃；它要洗澡，非温水不洗。要紧的是，这些，都要时间，影响人读书。更叫人看不惯的是，现在住楼房，它要排泄了，非得下去。一到街上，撒欢，追也追不上。街道上的树啊、电杆啊、墙旮旯啊，它都要标上自己的印记。对它来说，是天性，无可厚非。可它的行为，破坏了公共卫生，让人联想到清兵攻占北京后的圈地运动，想到风景名胜上歪歪扭扭的"××到此一游"。问朋友为什么养狗，他说："解闷呀！"喔，老年人，儿女又没在身边，解闷，天经地义！可我，没读的书还太多，为什么要养它，自找麻烦？

但是，走在街上，你会看到，跟着狗的，牵着狗的，抱着狗的，绝大多数并不是老人，似乎并非解闷呀？"土老帽！那叫时尚！时尚！"哟，这就是"时尚"呀？

我又翻开了普列汉诺夫的《论艺术》，车尔尼雪夫斯基的《生活与美学》。书里说，原始民族用动物的皮毛、爪子或鸟类的翎毛装饰自己，那是时尚。普列汉诺夫到非洲的一些部落去，那里的铁器刚刚兴起，妇女们手上脚上都戴着铁环，有几公斤重；巴克托部落的妇女喜欢打掉上牙，给上嘴唇穿上铁圈，那也是时尚。金银出现之后，贵夫人都用金银装扮自己，我还见过，有人十个手指戴了十个戒指，每个重29.9克，那也是时尚！到今天，时尚变了，变成养狗了？我真有点百思而不得其解——社会到底是进步了还是退步了？

原始民族用动物的皮毛、爪子或鸟类的翎毛装饰自己，不仅能御寒，看起来也美，还暗示着自己灵巧、敏捷、有力，我们的先民真聪明！戴铁环暗示什么？暗示她们向往先进的生产力？有点牵强。再说，铁圈穿在嘴唇上，也不好吃饭呀！这些人有点傻。用金银装扮自己，虽然富丽堂皇，却有炫耀金钱之嫌，这就更傻了！说这些人"更傻"，并不全因她们崇拜金钱，而是因为，她们不懂那些首饰背后暗示的文化意义。首饰是什么？定亲的信物。在婚姻上，真正相爱的一对不需要任何信物，"布袋买猫"式的婚姻，信物则显得十分重要：它就像一纸契约，把女人的幸福与生命卖给了那个还没见过面的男人。对那些婚姻不如意的妇女来说，它其实就是卖身的标志。而戒指的含义，则是男人怕你跟了他还红杏出墙，让你戒住做坏事的指头！有人说，社会每前进一步，普通人的智力就减少一分，我信了。那么，养狗呢？暗示什么？我笨想，它，只能告诉别人：一，我闲得无聊，二，我家还有点闲钱。

说句公道话，许多人养狗并不一定想得这么多，只是跟"风"罢了。在我看来，这，才是最可怕的！大画家丰子恺有一段文字："有一回，我画一个人牵两只羊，画了两根绳子。有一位先生教我：'绳子只要画一根。牵了一只羊，后面的都会跟来。'我恍然自己阅历太少。后来留心观察，看见果然如此：就算走向屠场，也没有一只羊肯离群而另觅生路的。后来看见鸭也如此。"羊和鸭子是低级动物，它们的头脑不发达，盲从并不十分可悲，可悲的是自诩为高级动物的人，为什么要跟"风"呢？有一年，我在北京，见北京人追"风"吃"红心鸭蛋"，说它具有什么什么保健功能。当时，我半开玩笑说，别追"风"，说不定，他们给鸭子吃了什么添加剂，对人有害！吃就要吃个自然，不要吃那些人为扭曲的东西。没几天，查出来啦，"红心鸭蛋"是鸭子吃了拌有"苏丹红Ⅳ"的饲料才生出的，"红心"里就含有"苏丹红Ⅳ"，而"苏丹红Ⅳ"是致癌率极高的物质！

这就是追"风"的悲剧！

狗是人类的伙伴，当然可以养，但要看需要，看条件。在养狗的事情上，但愿不要摆阔跟"风"！因为，铁圈影响吃饭，首饰侮辱人格，还只祸害自己，而养狗，像拌"苏丹红Ⅳ"一样，危害的是全社会！

现在，我还读书，却不养狗，因为，读书才是最充实最快乐的事——至少，读书，教我思考，教我不盲从。

（本文获"我读书　我快乐"读书征文活动特别奖后登载在《我读书我快乐读书征文活动获奖作品集》中，该书 2007 年 2 月出版）

师——

前几天，在 × 市参加一个"语言学"会议，遇到了一件怪事：

会从下午两点半开始，结束的时候已经是满街灯火了。大脑倒还有理智，肚子却"咕噜噜咕噜噜"一个劲提"抗议"。好在一个国营饭店不远，一休会，我就三步并作两步，撞了进去。

迎面碰上一个笑眉笑眼的姑娘，十七八岁，穿着雪白的工作服，她甜甜地问道："师傅，吃啥子？"一看有馄饨，我高兴得差点蹦起来——平素就爱吃，这会儿又饥又渴，"呼噜"它几碗，既饱肚子又解渴！我咽了几口涎水，"同志，来三碗馄饨！"不知咋地，那笑眉笑眼的服务员突然拉下脸来，狠狠地挖了我几眼，一言不发，转身进了操作间。我奇怪了，我这个老头子，和你往日无仇，近日无怨，你何必那样？我又看看自己，灰上衣，灰裤子，一副典型的老头子打扮，有什么看不过眼的？"挖"就"挖"吧，人在屋檐下嘛！脸呀脸，为了肚子，不得不委屈你喽！

一碗，两碗，三碗……都端出十几碗了，排在我后边的七八个顾客都腆着肚子摇出了饭店，怎么还没有我的？更奇怪的是，那个笑眉笑眼的姑娘一走过我的身边就"晴转阴"了。我的大脑发出一个信号：这会儿，万万不可招惹她——一句普通的问话就会招来霹雳、闪电，引得她风雨大作。可肚子不干，"咕噜"得简直要造反。我下意识地舔了舔嘴唇，谁知却抽动了脸上的神经，大脑立即反映出那"一挖之仇"。这下肚子和脸结成了"统一战线"，不听大脑指挥了！"同志！同志！……"同一饭桌的顾客扯扯我的衣襟，直着脖子，顾不得咽下嘴里的馄饨，急急地说："要叫'xī fu'！"要叫"媳妇"？我怎么知道人家是"姑娘"还是"媳妇"？就算是"媳妇"，也不敢这样叫呀？大概我那诧异的样子把他提醒了，他擦擦冒油的鼻子尖，使劲咽下嘴里的馄饨，说："要叫'xī fu'！""媳妇"？我还是瞪着眼睛。不得已，他拿饭勺在桌上画了两个字，我才恍然大悟！要叫"师傅"！我学着他的口音，"师（xī）——"只觉得口干舌硬嗓子噎，谁知"傅"字还没出口，"笑眉笑眼"倒像京剧舞台上的花旦"哧溜"就飘了过来。她先是一脸甜甜的笑，接着，飞快地抹净了我眼前的饭桌，然后轻盈地转向操作室，"馄饨三碗——"——清脆悦耳，真像唱歌！喊罢，她扭过头来，似嗔又娇地说："早叫'师傅'，馄饨吃完都走了十里路了！"

你说怪不怪？"师傅"二字竟有如此神奇的魔力！我这个"语言学家"呀，学问还没有研究到家！

闲话"师傅"

有些地方，"师傅"一词几乎是万能称谓：不管对方年龄大小，民族男女，更无论开车挑担、教书卖炭，一律称之为"师傅"。奇妙的是"师傅"还能代"通行证"，有时威力远远超过"二十响""手榴弹"。小说"师——"就是一个形象的佐证。

查《辞海》，师，"教人以道者之称"；傅，"相也"，"辅导之官"。可见，古代"师""傅"是分称的。但，无论是"师"还是"傅"，都是从"道"——政治理论、道德品质上教人的。至于"师""傅"合称，则不知起自何年——是宗教勃起的隋、唐，还是小说繁盛的明、清？有待于感兴趣者考证，单从意义上讲，却是很明确的：政治上、业务上的老师。演化到当代，"师傅"则主要指工厂里教人技术的人。

其实，"师傅"一词的含义并不需要烦琐地考证，凡是有意识地叫"师傅"的人，大都明白它的含义。既然如是，"师傅"为什么还会满天飞？这个问题，道理深奥，笔者还弄不清，但这样称呼，坏处却是显而易见的：

其一，大千世界，关系复杂，随着关系不同，称呼有所不同。倘若逢人称之曰"师傅"，那和见了八十岁老太婆亲昵地称为"小囝"，见一个欢蹦乱跳的"红领巾"毕恭毕敬地称作"老先生"有什么两样？这样一来，岂不乱了人伦？

其二，"师傅"指的是"工厂里教人技术的人"，是青年工人业务上的老师，确实是应该受到尊重的。"工人阶级领导一切"的时期，"师傅"自然成了最尊贵的人，大概因为这个原因吧？"师傅"也就成了最时髦的称呼。

其三，一些人以此为"乡音"，判断是不是同根同祖，是不是"坐地虎"，并以此来决定对人的"冷热"——像《师——》里的服务员，不叫她"师傅"不端饭，坑了别人，也害了自己。这样做，虽增强了地域观念，却破坏了全民族团结，罪莫大焉！

"师傅"是一种神圣的称呼，它包含着纯真、高尚的感情，切勿亵渎！"整改"阶段，乱叫"师傅"的现象，是否也应算在被改之列？

灶火爷

十里乡俗九不同。在我们陕西，年，是从腊月二十三开始的，这天，祭灶火爷。

我已经十几年没在老家过年了，现在农村祭灶用什么，我都说不上了。但我想，绝对不会再用灶糖了。人们的生活水平提高了，也不太迷信了。

听说，灶糖是用大麦等粮食发芽后经发酵再用土法熬制的，熬成后冷却，翻过来，放在铜盆里。圆圆的，黄中带棕，像烤干了的馒头。吃的时候，用只小铲放在上面，拿小锤一敲，崩下一块，填进嘴里，有点甜，又带点焦，苦，越嚼越粘，都能把牙粘住。这种糖，今天看来，算不上好东西，可是，过去祭灶，绝对少不了这种糖。我曾好奇地问为什么，老人们神秘地说：腊月二十三，玉皇大帝要开年终总结会，听灶火爷们汇报各家各户的生活情况。糖粘一点，话多了就黏牙，灶火爷就不乱说了，只拣好的说——"言多必失"嘛！至于甜中带苦，那就更重要了！你给他吃得太甜，他就不知道农民辛苦；你给他吃得太苦，他就跑了，到隔壁邻家去了，那你明年吃什么？"上天言好事，回宫降吉祥"，这就是咱农民给灶火爷临行的嘱咐呀！

《淮南子·氾论》里说："炎帝神农，以火德王天下，死托祀于灶神。"噢——灶火爷就是神农氏炎帝呀，怪道来，他和人民群众的关系那么好。他扎根每户人家，天天盯着你我，或喝辣吃香，或吞菜咽糠。你给他提点要求，甚或耍点小心眼，他也乐呵呵的，从不生气，多有人情味！

过年了，不知家乡的人们还祭不祭灶，用什么祭灶？什么时候，得回去看看。

（本文发表在 1998 年 1 月 18 日《格尔木报》）

赞"向我看齐"

湖南岳阳县委书记黄甲喜在全县干部会上说：在端正党风，不以权谋私和为人民办实事这几点上，各区各单位的负责人要当表率，全县各级党组织向县委常委看齐，常委同志向我看齐。

"向我看齐"这句话说得好。

模范难当，"出檐的椽先烂"，这种想法是以我为圆心，以利益为半径画的圆圈在作祟。"向我看齐"实质上是把"我"置之圆外，为了党的事业而事事向前的忘我精神。

"向我看齐"，把"我"置于众目睽睽之下，自然会时时牢记共产党员是人民群众的公仆，所言所行要向党和人民负责，从而勤于公事，清正廉明，保持革命情操。

"榜样的力量是无穷的"，"我"这个榜样又近又具体，当然会带动一大片。这对于政府清除腐败，对于民众淳朴风气，肯定会起到巨大的作用。

（原载于《青海日报》1990 年 4 月 11 日第 3 版）

格尔木文学丛书

GEERMU WENXUE CONGSHU

（第四辑）

第三章

人物肖像

一粒璀璨的科学种子

——农民科学家杜庭珍二三事

杜庭珍同志是格尔木市大格勒乡科普协会主席。他像一颗璀璨的种子，在大格勒乡开出了耀眼的科学之花。今年元月，他被选为格尔木市先进科技工作者。

变废为宝

麦草，在以农业为主的大格勒乡到处都是，就像瀚海的沙丘。从作用上说，又像"鸡肋"，派不了什么大用场。杜庭珍却在麦草上长出了又白又鲜嫩逗人的大蘑菇，废物变成了宝贝。

杜庭珍不是神仙，他靠的是科学。为了掌握蘑菇栽培技术，他从祖国的西北跑到东南，自费 800 多元，在上海学习了两个多月蘑菇栽培技术，回来后，这项技术，在大格勒乡迅速推广开来。

钢要用在刀刃上

大格勒地处瀚海腹地，土壤的水分蒸发量特别大，而种庄稼的水又特别珍贵。要使小麦丰收，首先就要适时浇水。过去，农民浇水没个定时，想啥时浇就啥时浇。特别是头水浇得迟，大部分在小麦分蘖后才浇水。而杜庭珍经过科学分析，大胆实践，改革浇水方法。他把头水从分蘖后期提前到二叶一心至三叶期。这样，小麦的根就扎得稳；在分蘖期浇二水，分蘖多了；灌浆期再浇一次水，小麦的颗粒更加饱满了。再加上合理施肥，精心管理，小麦亩产由原来的二三百斤猛增到 500 斤以上。俗话说"钢要用在刀刃上"，在小麦正需要水的节骨眼，水来了，小麦怎么能不丰收！

瀚海"赛洛斯"

前几年，大格勒的小麦品种大都是"阿勃""高原506"。种过小麦的人都知道，再好的种子，种上几年就要退化。杜庭珍把这个问题看在眼里，急在心上。这时，他突然想到自己珍藏的半斤小麦良种——墨西哥的"赛洛斯"，就把它拿出来，种在自己的实验田里。麦苗出土了，他像中年母亲生了个胖小子似的，起三更，睡半夜，精心照料。"功夫不负有心人"，麦子成熟了，获得了意想不到的大丰收。

如今，"赛洛斯"成为大格勒推广的小麦良种之一。可以预言，明年或者后年，"赛洛斯"将会在八百里瀚海飘香。

朋友，您说，杜庭珍同志像不像一粒璀璨的科学种子？

（本文刊登在《海西科技》1986 年 4 月号上）

考试　考试　考试

他，只上了三学期初中，却通过考试，成了高中语文教师，全国优秀语文教师……

他，64 岁，通过考试，拿到了中医医师资格证，然后，华丽转身……

之前，他曾用中草药神奇地化掉了一位妇女两侧的卵巢囊肿，使 16 年不育的她生了一个大胖小子；之后，他又用高超的医术，挽救了晚期膀胱癌患者的生命……

今天，快 70 的人了，他仍然奔波在路上，为了病人的幸福，也为了自己的梦……

迟到的考试

庞义又一次站在招聘桌前。他明白，这又是一场考试。

几次应聘，都功亏一篑，他不后悔，这样的结果，他经得多了。这次，他应聘的是西安市一个二级医院，接待他的是一位副院长。这位副院长老半天没说话，也不看他的求职材料，只是上上下下打量他，好像鉴赏一件刚出土的古董。是的，他老喽，跟秦俑有点像，高高的，木木的，不同的是，脸色红润，"鹤发童颜"，院长心里祷告，"再不敢来个外绣内稗的主。"

"您——之前在哪里高就？"

"深圳市××中学。"

"中学？"院长拿起他的材料，"校医？"

"文秘。"

"文秘？"院长翻开了他的求职材料，"啊，你今年……今年才拿到……"院长指着他的中医医师资格证。

盯着红色的中医医师资格证，他的心里翻江倒海——

1962年夏收的一天，不到14岁的他，去学校办了《肄业证》。那时，初中才上了三个学期——父亲殁了，他得顶起这个家！他清楚，这次离开，这辈子注定再也进不了校门。看着别人家的孩子背着书包，蹦蹦跳跳地上学，他的眼在流泪，心在滴血。

他曾是家里的"倩蛋蛋"——父亲52岁得子，给他起名"恩赐"。满月那天，抓阄，他一把就抓住了书！亲戚们都说，这娃怕是文曲星下凡吧？可今天，父亲去了，他这个"地主崽子"，不仅没了丝毫"恩赐"，连书也没得读了！

那些天，每到晚上，他都夜游似的走到村外，坐在田垄上，望着天上的月亮出神，望着黝黝的北山出神。他不明白，人都说，岐山是周文化的发祥地，是民族医学巨著《黄帝内经》的诞生地，怎么她的后人却没书可读？他迷惘了一阵，愤懑了一阵，骨子里的"犟"唤醒了他：好马不停蹄，好牛不停犁，不能上学就自学！可那个年代，不仅缺粮，更缺书啊。很快，他把周围能借到的书都读过了，怎么办？正当他彷徨四顾的时候，堂兄问他，我这儿有几本医书，你看不看？百无聊赖的他借回一本，读了几页，立刻被里面的内容粘住了。就这样，他像牛犊吃草一样，囫囵地吞下了《中药学》《药性赋》《汤头歌诀》《中医基础理论》《寿世保元》《中医妇科学》《证治准绳》等等。这些书，不仅填饱了那个年代的精神饥渴，也在冥冥之中，注定了他一生的志趣。

第二年正月，60多岁的邻居老太太找上门来，"恩赐，给我看看吧，头疼死了！"她患头痛病几十年了，不发作和常人一样，一发作，头痛得站也不是，睡也不是，轻一点，就昏睡，一连几天醒不来，急得儿女抓耳挠腮。"我能看吗？"他喃喃地问自己。"你天天读医书，咋不能看？我老了，命不值钱，你大胆看！"

犹豫再三，他战战兢兢地伸出三个指头，为她把脉。"好像是头风头痛"，他用了搜风镇痛与活血的中药，大胆地加了几钱蜈蚣和蝎子。几副药吃完，奇迹出现了，老太太的头一点也不痛了——直到她80多岁去世！

牛刀初试，意外成功，中医的神奇，让他刻骨铭心。他后悔：要早学医，父亲不是还健在吗？这么一想，学医的激情变成了恒久的动力。白天，劳动间隙，有人谝闲传，有人顶方，他从口袋里掏出书看；晚上，无论皓月当空，或阴风怒号，他都趴在炕沿上，拨亮煤油灯，彻夜苦读。水利工地的窑洞里，对着嘀嗒的渗水，他背熟了几百条汤头歌诀；大山深处雪夜的草棚里，和着远处狼群嗥叫，他抄了几大本借来的医书。就在这三五年间，他的医术有了进步，也治愈了一些病人，其中也有多年难以治愈的疑难病。他，成了他们公社小有名气的医生。乡亲们都说，大队医疗站要换人，恩赐排头一名。1979年3月，他费尽周折领到了乡村医生准考证，参加了全县的乡医考试，得到了93分的优异成绩，公社医院院长拿着成绩单向大队推荐，让他进大队医疗站工作，又被大队领导拒绝了。有人当着他的面说，"病看得再好，这辈子恐怕也吃不成医生这碗饭了！"一句阴阳怪气的话，呛得他五内俱焚，他真想烧了所有医书！过了几天，他忽然醒悟："医生是治病救人的，只要有这个心愿，不论何时，不论何地，都能治病救人！听了这样的话，就丢了学医的志向，那才是大傻瓜！人呐，不能等别人同情，要争取被人嫉妒——被人同情是弱者，被人嫉妒才是英豪！"

天有不测风云。1972年，他给村民打针染上了严重的肝炎，8个月躺在床上不能下地。那时，重度传染性肝炎，除口服保肝药外，最快捷的是肌肉注射。说来可悲，他病前给全村人免费打针，白天晚上，随叫随到，可当他病了找人打针时，没有一个人愿来。这时候，他的倔脾气又上来了，没人给他打针，就自己动手。开始，吸上药水，照着镜子在屁股的一侧注射，打着打着，不要镜子，就能左右开弓在两侧屁股轮换打针。除了打针，他每天给自己开一剂汤药，熬，喝；每天对照医书，在自己身上摸索经络穴位，针灸。慢慢地，他攒下了一副副治疗传染性肝炎的方剂，针灸的手法也越来越娴熟，提、插、转、留的针感越来越清晰。一个月下来，他去医院复查，各项指标比同期住院病人好得都快。

　　塞翁失马，安知非福？这期间，疾病折磨得他乏力、厌食，不能下地挣工分，却给了他清静的时光读书。他怕传染给家人，独自住一间屋子，土炕一头堆着医学书，一头堆着文学书。中医经典和临床医学读累了，就翻开小说、诗词，遨游在文学天地。

　　真是祸不单行，他给自己打针时又感染了，一侧屁股又红又肿，疼得不敢挨炕，打了三天三夜青霉素也无济于事，只好住进地段医院。化脓切开引流后，疼痛减轻了。病情刚一好转，他又躺不住了——没书读，没病人看，这日子怎么过？他拄着棍子，鼓足勇气走进中医科，向一个从不认识的年轻中医鞠了一躬，嗫嚅地说，"我想跟你学中医，行吗？"这个医生愣住了，"你坐下，慢慢说。"他便把自己的出身、家境、爱好中医、业余给人看病、生病的情况一五一十地和盘端出，医生的嘴唇哆嗦了，"行，我愿意收你为徒"，接着，又补充道，"我姓马，大你一岁，也是富农家庭，也是幼年丧父，咱俩算是同病相怜吧。"

　　每天，他早早打完针，就来到中医科，看马老师诊脉，替马老师抄方，跟马老师查房。他穿上白大褂，戴着听诊器，像医生一样上下班，有时也跟着老师值夜班。那段日子里，他时时都处在新奇、紧张、幸福的状态中，望、闻、问、切，诊断、处方、医嘱等临床的每一个环节都认真地观察、学习，口诵心记。马老师打趣说，"你呀，还真像个地道的大夫。"听了这话，不知为什么，他流了泪。马老师语气深沉地说，"这个年代，你当医生的愿望恐怕难以实现。但你学好中医，小点说，至少可以维护自己和家人的健康；大点说，对乡亲也有好处哇！"这话说到了他的心坎上，他默然地点了点头。

　　好景总是不长，他跟马老师三个星期，身体康复了，就不得不回村参加劳动了。临别时他千恩万谢，又借了马老师七八本中医大学教材。

　　几十年的自学，几十年的"地下"行医实践，使他掌握了相对丰富的中医知识，也治愈了不少病人，其中不乏疑难杂症，在周围也颇有口碑。可是，他的医术到底如何，达到了哪一级水平，自己也说不清楚。1990 年，他在格尔木市教研室任教研员，青海省首次开设了中医大专自学考试，他十分欣喜——终于有了一个检验自己多年来学习中医的实际水平的机会，也能为今后从医储存资本——按当时的政策，获取大专文凭就有了处方权。

一场艰难的跋涉开始了：上班时到各中学听课、评课，下班后和夜晚就研读中医高校教材。中医自学考场当时设在省会西宁，距格尔木800多公里，往返一次要四五天；中医自学考试每半年一次，一次只考一科或两科，有的科目几年才开考一次，要考完所有科目，至少需要六七年时间。他考过了几科之后，闲言碎语就来了，有人说他"在公田里放私骆驼"，有人说他"吃着碗里的，看着锅里的"，他一概笑而置之，上班，踏踏实实地工作；下班，依然埋头在他的中医世界。

有一年，他的母亲病重住院，在火车上、在病床前，他见缝插针读医书。母亲去世后，作为独子，他扶柩回乡，料理丧事。迎来送往哭丧祭拜一天后，全身累得都散架了，客人散去，他强撑疲惫的身躯，剪下灵柩前蜡烛的灯花，坚持读书。母亲的遗体就在他的身旁，每当读困了，揭开面罩，看看母亲充满期待的遗容，想起孤儿寡母经受的种种苦难，他立刻就来了精神。母亲入土四天后，他赶回西宁参加自学考试，所报的三科全部高分通过。

就这样，一科一科地学，一科一科地考，学了八年，考了八年。1998年，51岁的时候，他终于拿到了他人生的第三个文凭——中医大专文凭。

1999年，国家推行执业医师法，只持有大专文凭是不能行医的。这年，他退休了，南下广东，先后在东莞、深圳的几所中学从事教学和文秘工作。这期间很想参加执业医师资格考试，但是，当地政策规定，必须持有当地户口，不能异地借考；要考，必须回户口所在地——格尔木。深圳到格尔木，要经过七个省份，横穿大半个中国，路程太遥远了，而且，报名、照相、实践考、笔试考、领证等所有程序至少五个来回，必须本人完成，不能替代。而他，又是个特较真的人，吃了人家的粮，就必须为人家干得响。两相权衡，只有埋下考资格证的念想。

等呀等呀，等了9年！2008年深圳市出台新规定，外地户口的人可以在深圳参加执业医师资格考试。得到这个消息，他简直喜疯了！5月报名，7月参加实践技能考试顺利通过。离笔试只有两个月了，白天上班搞学校的文秘、档案工作，晚上和周末抓紧一切时间复习。9 月中旬，他参加了全国中医助理医师资格考试，一次性顺利通过。61 岁那年，他获得了中医助理医师资格。

国家的政策又进了一步，助理医师资格还是没有处方权，怎么办？他没有怨天尤人，继续考！2008 年 12 月在获悉助理医师资格通过的当天，他又开始复习，准备冲击中医医师资格证。

又一次艰难的复习迎考开始了！他明白，这是自己最后的也是唯一的一次机会——他的年龄不允许他像年轻人一样一年年地考下去，他必须破釜沉舟，背水一战！

报名参加中医医师资格考试，队排得老长老长。他挤在一群活力四射的年轻人中，像行将枯萎的芦苇夹在翠绿粉红的荷叶荷花中，格外刺眼。

"老人家，您替孩子报名？"他身后的女青年问。

"给自己。"

"给自——己？"他身前的男医生搭话了，"您不知道，中医师资格考试有多难！我考了 5 年都过不了！"他当然知道，中医医师资格要考 14 门中医大学教材，每年只有百分之十几的通过率。

稍前的一个中年人问："您退休几年了？"

"9 年。"

那个中年人下意识地摸摸鬓边，那里有几根白发不甘寂寞地蹭出来。"我们不考就没有饭碗了，您为啥要自讨苦吃？退休 9 年了，不愁吃不愁穿的，打打麻将跳跳舞，多好，真不该受这份罪！"

他笑笑："这哪里是受罪？明明是享福！"见大家都瞪着惊讶的眼睛，他咽了口唾液说，"我自学中医 50 多年，等的就是这一天！只是，只是，这一天来得太迟了。"

"啊！老人家，请往前站！请往前站！""请！""请！"他在一群年轻人的谦让下，排到了队伍的最前面。

考试在 9 月。天还没亮，他背了只布袋，里面装了几片锅盔，几根黄瓜，倒了几次车，赶到宝鸡市应考。到了考场外，他放下布袋，大踏步走进考场。他知道，他的周围有不少异样的眼光和指指戳戳的手，他甚至听到"早饭吃的啥，恐怕都忘了……"的嘲笑。他不在乎，一进考场，他就有一种异样的兴奋和别人体察不到的幸福感。他14岁辍学，常想着走进学校，走进考场，可是后来国家连中考、高考都取消了。今天，他走进考场，长期被压抑的渴望和激情一下子迸发出来，就像追慕了多年的情侣今天就要在一起，又像修行了几十年的僧人要成正果，他感觉自己一下子年轻了几十岁，头脑异常清晰，大脑像天河计算机一样高速运转。人在全神贯注于一件事的时候，机体的各项功能就会调整到最佳状态，甚至超常到极致。许多考生惧怕中医自学考试，150分钟150道题，1分钟1道，根本就没有多少思考的时间。可他不到十分钟，就把前边的二十几道选择题做完了。回头一检查，全对！

他有绝对的自信。

教学研究的经历，让他掌握了最科学的复习程式：先认真研读教材原文，接着做该章节的练习题，总复习时，把知识归类，串通，弄清逻辑关系，再做相关的模拟题，本来就事半功倍；在复习备考的两年半里，他天天看书，天天做题，就连除夕和大年初一，也没放松过手中的书和笔。临考前的第22天，他就进入了实战演习，一切按照综合笔试的时间进行。上午9点，他开始答模拟试卷，选择、涂答题卡，11点30分准时结束。午饭后小憩一会儿，两点又答第二场的题，到4点30分再收卷。那天一连两场5个小时300道试题做下来，当晚头胀欲裂，浑身像散了架一样酥软无力。毕竟是64岁的人了，从来没有这样密集地高强度地练习过，第21天，他整整昏睡了一天。第20天，他又开始了实考练习。第19天、第18天……第10天……第5天……一天比一天精神，一天比一天答题速度快，准确率也不断提高……

这样扎实的复习迎考，考不好，那才叫怪咧！

11点半，第一节考试结束，考区封闭了。他走出大门，坐在街道的屋檐下。他一口锅盔一口黄瓜，吃得津津有味，就像农民割麦在地头小憩，跷起了二郎腿。几个年轻考生围过来，"大爷，自我感觉如何？"他明白他们话外的意思。"还行吧。""第几题，噢，就是那个地骨皮与丹皮的区别那道题，你怎么答的？""地骨皮治有汗骨蒸,丹皮治无汗骨蒸。""不对吧？"他笑了笑,"请你翻开《中药学》的清热凉血药看看……""佩服,佩服！您老真是学通了！"一位中年考生虔诚地递上一瓶绿茶,"谢谢！"他扬扬手中的黄瓜,"这个好,既抵饿,又解渴！"

苍天不负苦心人,2011年12月底,考试成绩揭晓,他以超过分数线58分的优异成绩,一次性通过了全国中医医师资格考试,在64岁那年,获得了中医医师资格。范进中举时54岁,韦庄折桂时59岁,他拿到中医医师资格证那年,比韦庄大5岁,比范进大10岁。这时,距他获得中医自学考试大专文凭14年,距他参加中医自学考试21年,距他开始自学中医整整50年！他高兴,比范进中举,比韦庄折桂还高兴！

只是,这个考试来得太迟了！

难忘的考试

院长留下了他。

他问自己：高兴吗？高兴——萦绕心头半个世纪的夙愿终于变成现实了！可在高兴的同时,他更清楚,真正的考试才刚刚开始。

2012年1月16日,第一天上班,刚穿上白大褂,院办公室主任领来一个十六七岁的少年,脸上长满丘疹和瘢痕疙瘩。家长说发病五六年,跑了市区多家医院,中药、西药吃了几抽屉,激光、蓝光、红光照射都不见好转,反倒越来越严重。他反复检查了孩子的症状,心里一咯噔,"这是痰湿型粉刺,一种极其顽固的皮肤病。医界常说,神医不治癣。我,能治好吗？"一看家长期盼的眼神,他把"这病难治"的话咽进了肚子,说："皮肤病,用中药好,就是慢一点儿。您别着急,咱们共同努力,把孩子治好。"他开了5剂药,第三天,那位家长专程赶到医院,乐颠颠地告诉他,她儿子服药两天,症状就减轻了,额头上的痘痘收敛了,结痂了。后来,连续服药一个多月,困扰这个少年五六年的疾病彻底治愈了。本院三个患粉刺的女护士结伴找他治病,他诚恳地说,"粉刺可不容易治。"她们嘟起了嘴,"院长的亲戚你能治得又白又光,像个瓷娃娃,

到我们这儿，就不能治了？"他愣了一下，说："我说不容易，只是说服药的时间要长些，没说不能治。"接下来，三个女护士的粉刺全治愈了。

有个40岁的女患者桂某，15岁就患上哮喘，20多年来时好时坏，最近大发作，在本院输液6天非但不见好转，呼吸反而更加急促，哮喘更为严重，手脚也都肿了。主治医生填发了"病危通知"，家里也为她准备后事了。内科主任试探地问她的亲属："最近，我们医院来了一位中医，听说医术高超，要不，您找他试试？"病人推到他的面前，他没有畏惧，没有退缩，认真地为她诊脉，详细地询问病情，"您这是肺肾两虚，可以治愈，要乐观。"他和颜悦色地鼓励病人和她的亲属，果断地运用了对症且有一定力度的中药。患者服用了一剂半中药就喘停肿消，再继服一周多的中药就阶段性治愈了。

一位53岁的男性病人杨某某，患复发型口疮12年。刚得这病前，患痢疾一个多月，老治不好，痢疾治好后嘴就烂了。起初嘴烂的地方不多，也不怎么痛，治好后几个月没复发。可到后来，复发越来越勤，近五六年，好不了十天就发病，而且治疗周期越来越长，病人越来越痛。中药、西药吃了无数，大小医院的门诊、住院都治过，即便是当时治好了，不几天又复发了。自己和家属都没有信心了，近几年干脆不治了。这次来西安探亲，听说庞大夫善治疑难杂症，亲戚带他来医院专找庞大夫。

他看病人，舌面、舌侧、口腔多处有溃疡，中间苍白，周围红晕，直流口水。脉象沉溺，舌白苔腻。又仔细查看了他保存的检查资料和病历，看到他服用的全是西药消炎、中药清热、退火、祛湿药。他想，本病初期，多是火热之邪所致，运用清热剂是对的，但不能长期这样用药，病程长就会引起阳气不振、虚火上炎而造成病症反复发作、迁延不愈。要治愈，必须扶阳泻热，在温药补阳的同时，少佐以苦寒之品，振奋阳气。循着这条思路，他认真布排味味中药，经过六次诊治，患者的口疮彻底痊愈了。

随着治愈的病人越来越多，他的名字不胫而走，他的门前排起了长队。5个月后，医院给了他专家待遇，规定给他每天只挂25个号，又分给他一个医科大学本科毕业生帮他抄方。他在医院的脚跟站稳了。

有的同仁在背后说，"人家福气大，净碰了些死老鼠！"有人城府深，说话阴阳怪气，"你们呀，打过麻将吧？刚上场的新手，稀里糊涂，又了无顾忌，不按常理出牌，却常常赢……"听了这些嘀咕，他不置可否，只是笑笑。

医生靠的是疗效，不是红口白牙。

2013年4月，他接诊一个中年病人张某某，西安市曲江人。三年多来，每天傍晚开始，两脚开始发热，到晚上越发厉害，足心烧得像蒸笼一样往外冒气。起初双脚露出来，足掌贴在水泥墙上还能入睡，过一会儿，水泥墙也被烫热了。才四月份，他就一个人住一间屋，把空调冷气开到最大，上身盖着厚厚的被子，将两脚露出，还在冰箱冻四瓶水，两脚踏在两瓶冰冻的瓶子上入睡；到半夜，瓶子里的水化了，脚烧得又睡不着，再把另两个冰冻瓶子换上。患者三年来到处看病，吃了不少西药、中药，一点儿不济事，脚，反倒越来越烫。

听了病人的诉说，他仔细诊脉，脉象沉细，舌头苍白、舌苔白腻，他又看了患者以前服过的药方，几乎全是清热、滋阴、降火的中药。他开了一张温中为主的单子，递给抄方的医科大学毕业生，大学生盯着药方看了半天，小声问："怎么？病人的脚那么热，你还开大热的药？"他又笑笑，说："等病人服完这几剂药后，我再告诉你。"一周后，患者来了，喜滋滋地说，吃药前两天脚还热，从第三天起，症状就减轻了。二诊时，他又加大了温热药的剂量，病人的症状进一步好转。服药20多天后，病人三年多的痛苦彻底消失了。那位大学生连称神奇。"大学五年，老师从没讲过这样的病例，这样的治法。"他笑着回答："按中医理论，肾主水，心主火。这个病人是肾阳下亏，水不制火，致使阴不制阳，虚阳外越。病人久服凉药而无效，是病人前面碰到的医生，仅仅看到表面的热象，而没有抓住根本。我在中医理论的指导下，瞄准了'阴盛使阳气浮越'这个抓手，用热药直入肾阳虚这个病的枢纽处，使浮阳潜藏起来，患者就治愈了。"他又语重心长地告诫这位大学生，"古人早就说过，'读书须知出入法。始当求所以入，终当求所以出'（陈善《扪虱新话》）。中医理论博大精深，我们首先得学懂学通，然后在临床中灵活体悟，创造性运用，才能治好病。'学而不化，非学也。（《庸言》）'杨万里的话，真知灼见啊！"他见学生还有些懵懂，又说，"病人呐，不会按教科书上的条文得病，因此，治病绝不能死抠书本，一定要创造性运用治

疗原则和药物，要'统观全局，抓住根本，辨证施治'。"

"抓住根本，辨证施治"，说起来容易，实践难呐。"难"在哪里？难在"辨证"二字背后的条件是人的综合素质，而综合素质的提高绝非三年五年之功。著名画家、书法家的技艺精到，常常得益于他们深厚的文学功底，中医水平的高低更和他们的中文水平高低尤其是思辨能力戚戚相关。庞大夫经常说，"我之所以能治愈好些疑难病症，赢得医院和病人的认可，我得感谢我的中文文凭和教学研究生涯。"

生活就是怪，一粒真正的种子，大石头压住这边，就会从另一边冒出来。他痴爱中医，在那个年代，百姓的口碑，公社医院院长的权威推荐，都没能使他实现中医梦。谁知道，阴差阳错，他却考上了教师，从此，走上了教学、研究和文学之路。

1979 年 9 月，中学教师缺得吓人。他的家乡岐山县也学邻县经验，从社会上招收中学教师，而且，招哪科只考该科一门。"机不可失，时不再来！"他决定，考！得知消息时，离报名结束只剩半天，他急匆匆赶到公社中学，负责报名的教师已经离校往县上送报名表去了。就在他怅然失望的时候，那位教师折回来了，没有赶上班车！他大喜过望，连忙补报上名。报名之后，那位老师告诉他，离考试只剩八天了！

那时，他血脉偾张，庆幸自己终于可以像他人一样进考场比试了。他心里明白，这，就是他改变命运的机会———生中唯一的一次机会。他提了个小凳子，坐在窗前，开始备考。可他没上过高中，翻开高中语文课本，两眼一抹黑！他一摸头，尽是虚汗。而这一天里，找他看病的、打针的，派他农活的人接二连三，他又抹不下脸拒绝，怎么办？盼了多年的机会到了眼前，能放弃吗？他想了一个绝方子，把自己反锁在一个小屋里，给媳妇说，"谁要问，就说我上北山挖药去了，得好几天。"吃饭时，媳妇从门缝里递饭、递汤。他又叫媳妇给他屋里放了一个大暖瓶、一个尿桶——怕读累了睡觉时间太长，就大量喝水，不断地让尿憋醒自己。然后就夜以继日地啃书、喝水，喝水、啃书。看了几个小时的书，累了，思维不清了，就睡一会儿；叫尿憋醒了，就把前面的内容想想，记住了，再看后面的书。这几天，在他的意识里，早已没有了白天黑夜的区别，只知道媳妇递来饭菜，就吃，吃了，就看书，看累了就睡，睡醒了再看。

如此这般苦读了八天八夜，他竟然以优异成绩被录取为公社中学的民办教师。一个初中肄业、在生产队干了18年粗重活的33岁的农民，竟然成了中学语文教师，这个消息，在大队、公社一传开，立马成了轰动性新闻。是的，那时，学校缺教师就像菜里缺盐一样，并不意味着"盐"的身份高贵——公办教师都不被人看好，何况民办？但对他来说，却是人生一个极其重要的里程碑和转折点，他十分看重这次考试，也十分珍惜民办教师的身份。令人哭笑不得的是，命运故意捉弄人，就在他考上语文教师后十多天，又传来了国家从社会招收中医的消息，他愣怔了半天，"咳"了一声，"既来之，则安之"——他已经在当教师的承诺书上填上了"愿意长期任教"的誓言。

民办教师，苦哇！虽说是教师，实质是农民。工资低不说，还要干两份既费心又费力的活。课余时间，是农民，到了地里，撅起屁股，汗流浃背，拉粪，犁地，锄草，收割，哪样不是紧赶慢赶；到了上课时间，又成了教师，匆匆赶到课堂给学生讲课。到了晚上，劳作了一天的农民都进入了梦乡，他还要在灯下备课、批改作业到深夜。这样的苦，有的人满嘴牢骚，有的人干脆丢了一头，可他不怕，他还有更苦的经历：

20世纪60年代，谁家都囊中羞涩，缺衣少食。他母亲是裹足后变形的小脚，50岁已不能下地干活，生产队就不分给她口粮；一连12年，全家5口人就只分四个人的口粮。一家人想尽办法省着吃，再掺些野菜，还是有断顿的时候。1968年11月初，大雪纷飞，家中彻底断粮了，他到亲戚家借了一斗玉米救急。他那时正年轻，吃得也多，肚子常常"咕噜咕噜"地叫。有时上山打柴，挑到半道上饿得大汗淋漓，不得不学乞丐，厚着脸皮求爷爷告奶奶地讨要点吃的。

他家又是村里最穷的，常常连2分钱的火柴都买不起，做饭时要到邻居家去引火。他灵机一动，在铁匠铺打了一把小刀，天一下雨，当大伙都在家睡觉的时候，他戴上草帽披上塑料纸踩着泥水奔向一个个学校，给学生钢笔上刻字赚钱。刻个姓名2分钱，刻幅花鸟图案3分钱，刻一天有时能挣两三块钱。可干这事是"资产阶级尾巴",挨批判不说,还要罚款。他怕被熟人看到,鸡叫两遍就起床,赶往二十几里路外的学校刻字。肚子饿了,就用刻字换学生的馍、柿子、大枣。有一次,一连在雨中刻了三天,晚上借住在饲养室的土炕上。到了半夜,口渴得嗓子直冒火,舌头粘住腮帮子都动不了,他这才想起,自己这三天只顾刻字,还没有喝上一口水,只吃了些柿子和大枣。听着房檐水"滴答滴答",他仰起头,大张口,想喝点雨水,雨水没滴到口里,却把脸颊打得生疼。口渴难忍啊!他蹑手蹑脚摸到饮马槽前,把从池塘里挑来的臭烘烘的水喝了一肚子,这才睡下了。

在生产队劳动的十八年中,他干的大多是最苦最脏最危险的活。脱土坯是生产队最重的活,还必须在七八月的大太阳底下,哪个男社员都不愿意干。队长派他,一连十多天也不派人替换。太阳晒得全身黑不溜秋,皮都一片一片卷起来,随着石锤子震动"呲啦呲啦"往下掉。石锤子把手震得全是血口子,垒土坯的间隙,苍蝇"嗡嗡"地叮上了石锤把。最脏的活是掏人粪尿。全村八十多户,一户一户掏,一称一称称出斤两算工分,再一桶一桶挑到陡坡上。冬天还马马虎虎,夏天掏粪尿呛死人,只想吐。十九岁那年,队里派他到秦岭深山里砍竹子。摸黑吃完饭,天麻麻亮就上山,砍呀砍呀,砍得腰疼腿酸,胳膊疼得举不起来。天黑了,背上一百七八十斤的竹子下山。在山里,他一连干了三十七天,没洗过一回脸,没吃过一口菜,全是盐水下饭。有一次赶马车走夜路,拉套的骡子受惊,把胶轮车曳着狂奔,他和辕马一起掉进五米深的水渠里,差点丧了命。

饥饿、贫穷和苦役磨砺了他百折不挠的意志,青年时期受尽的苦难,却使他受益终生。他说,"假如我出生在贫农家庭,有父兄庇护,在生产队干点轻省体面的活,衣食无虑,活得滋润,就不会拼命学这学那。

"苦难是人生的财富。"想着在生产队吃的苦,他觉得,今天的苦倒像是享福。再说啦,读书,是人生改变命运的最佳途径,他不能辜负那么多学生期盼的眼睛。"既然干上了教师,就要干好。"教书 5 年后,他被推荐参加全县教师讲课比赛,获取了"教学能手"称号。1980 年,他考取了陕西教育学院中文大专函授班,开始了教师——农民——学生身份的频繁转换。整整四年,周日听课,寒、暑假考试,一门门学,一科科考,经过了大小几十次考试,1983 年末,终于获得了他人生第一个重要文凭——中文大专毕业证书。

1984年初，他又通过考试，成了陕西师范大学"文革"后首届中文本科函授生，又开始了三年的艰苦学习，于1986年底，获取了他人生的第二个文凭——中文大学本科毕业证书。七年来，他没有消闲过一天，没有睡过一个囫囵觉。好多和他一起参加函授学习的同事，经不起长期艰难学习的磨练，中途辍学而功败垂成，而他，却在艰苦的学习过程中，汲取了中华民族的灿烂文化，开启了心灵的文学殿堂，启迪了心智，提升了品位，丰润了灵魂。

难忘啊，考试！这三次考试和两本文凭，改变了他的命运，成了他人生前行路上的奠基石。他深有感喟地说："无论别人怎么评论，我认为，考试是最公平、最客观的选才手段。对我来说，它是登攀的阶梯，也是最大的激励和考验。"他觉得，从32岁到64岁一路考下来，越考越自信，越考越充实，越考越幸福，越考越显现出自己的人生价值！

终究，民办教师，比"一头沉"的公办教师还苦，那是"两头沉"呐！如果能解除后顾之忧，他相信，他会在教师这个岗位，干出更大成绩。1987年3月，青海省格尔木市教育局出台新的招聘政策，专门招聘通过自学考试获得大专以上学历的民办教师。他敏锐地感到，这是一个提升表演平台的好机会，必须抓住。他的为人，他的学识，得到了招聘人员的器重，把他分到市教研室任中学语文教研员。教研员，不仅要毕业于名牌大学，业务更是个顶个的呱呱叫，要不，你评教师的课，人家能服吗？初到教研室，一些人也瞧不起他。他又凭借那股韧劲，发奋学习，勤谨努力，语文教学教研能力大幅提高，评课也迭出新意，教研论文、散文、文学评论一篇接一篇地在省级、国家级的教学和文学刊物上发表，因此，他被青海省中学语文研究会聘为常务理事，被青海省作家协会吸收为会员，还被评为全国优秀语文教师。

考取中文大专、本科学历的过程，大大提高了他阅读中医典籍的能力，这一段教学、研究和写作实践，强化了他永不满足的心理，铸成了他不停探索的习惯，启发了他的辩证思维，使他在中医理论学习和临床实践中永不满足，勇敢探索。这，正是他解决疑难杂症的基石和诀窍。

幸福的考试

有一句话，庞义把它牢牢地镌刻在心扉，那就是："夫医者，非仁爱之士，不可托也；非聪明理达，不可任也。"（晋 杨泉《物理论》）他经常说："要做一名称职的中医，至少具备两个基本要素：一是菩萨心肠，一是勤学善悟。这两点，其实就是医德和医术，也是作为医生无法躲避的终生考试。"在他坐诊的几个中医诊室，座右铭上写着三句话：真真恳恳待人，兢兢业业看病；不图虚名，只求疗效；诚心对待每一位病人，精心布排每一味药物。

医院把他升格为专家，限定他每天只挂 25 个号，看完为止。实际上，他哪一天都突破了限号的人数。他早上班，晚下班，上午、下午一坐就是四五个小时。正吃饭来了病人，就撂下碗筷，诊病，开方。晚上住在医院，有病人敲门，他翻身爬起来，看病，处方。半个世纪积压的夙愿和近于痴迷的爱好得以实现，长期业余和不能公开看病的压抑得以释放，使他爆发出极大的工作热情。每天限定的 25 个号看完，30 个病人接着看，40 个病人接着看，50 多个病人还照样看，病人和同事都称他是"从不拒绝病人的医生"。

他把每一个病人都当作自己的亲人，都怀着敬畏之心，小心翼翼，绝不应付。每选一药、每配一方都想着疗效、副作用和预后，即便伤风感冒也是如此。他生怕诊断有误，治则失准，用药不当，给病人留下痛苦，给自己留下遗憾。"每看一位病人，都是一场考试啊！"

2012 年春，他请假回老家盖房子，乡亲们听说恩赐大夫回来了，奔走相告，从四面八方蜂拥而来。他急忙停下手中的活，洗净手脸，就在盖房的现场给乡亲们义诊。来的病人再多，他都热心接待，细心诊治。有些患者家境困难，他开完药方还给五六十元抓药的钱。乡亲们眼看盖房工匠那么忙，又心疼他连吃饭喝水的时间都没有，妇女老人挽起袖子，烧茶递水做饭，青壮年也主动干起了"义工"，抬木料，和水泥，搬砖运瓦，帮他盖房。看病处屏息宁静，盖房处热火朝天，两个场面每天都这么和谐地上演着。

就在盖房现场，一位妇女给他的茶杯续水，另一只手不经意地摸了一下腹部，他瞥了一眼，她年龄不大，怎么又黑又瘦？他对她说："您把暖瓶放下，不要走开，等看完这位，我给您诊诊脉。"待他的三指搭上她的手腕，"您是不是有囊肿？"她从怀里索索地掏出一沓病历。原来，她是岐山县董家村人，姓李，37 岁，双侧卵巢囊肿，16 年不育，医院检查出左侧囊肿 46 毫米 ×33 毫米，右侧囊肿 37 毫米 ×30 毫米，告诉她：这么大的囊肿，要治愈，必须手术切除，费用大概一万多。她哭了："四口人三个有病，成年吃药，哪能拿出那么多钱！"向亲友借，人家看她又黄又瘦，过了今儿都不知道明儿的主，谁敢借给她？她只好这么挨着。他听完她的哭诉，安慰她，给她开了药方，"看病不要钱，药也不贵。但要坚持吃，千万不敢半途而废。"她千恩万谢地拿着方子走了。那年夏收，她在地里割麦子，觉得肚子痛，回到家里，下身掉下两块血糊糊的东西。第二天去医院做 B 超，双侧卵巢光滑透明，囊肿完全消失。医生们问她："怎么回事？"她一五一十地告知实情，医生们连呼"奇迹！""花了多少？"她毫不隐瞒，"50 副草药，每副 7 元，共花了 350 元。"听了这个数字，有人摇头，有人啧啧，连称"不可想象"。更神奇的是，她 16 年想生孩子老怀不上，服了庞大夫的 50 副药后，当年就怀孕了，第二年生了个大胖小子！自此，恩赐大夫的名字在他的家乡——岐山四围就传红了。

2013 年冬季，他的诊室搀进一位 70 多岁的女病人，面色青紫，气喘吁吁，说不出一句完整的话。家人说，最近坐也坐不住，坐半小时就要躺在床上。家人补充说，老太太患冠心病十几年了，安了七个支架，心脏功能五级，稍不适就得住院。"听人说您的医术神奇，我们就赶来了。"他依旧平和地笑笑，开始诊脉。"不好！"这位的脉象为结、代脉，舌紫绀且有瘀斑。"怎么办？是推辞不医，还是开'和平药'？"他的心里也打开了鼓："和平药"，敲不响锣也打不破锣，至少不会影响自己的声誉；尽力救治，肯定需要几味"虎狼药"，出现副作用咋办？她可是 74 岁的老太太！犹豫了两三秒，他坚定地选择了后者，给病人开了药，还加重了"虎狼药"的分量，以尽快调整心脏功能、提高心脏供血量。初诊的三剂药服完，病人气急、气喘的症状明显减轻；二诊调方服药一周，病人脸上出现了红色。接下来再诊治了一个多月，气促、紫绀、腰膝酸软等症状完全消失了。家人眉飞色舞地说，老人家自己能走路了，打麻将一坐四五个小时也没事！他语重心长地叮嘱："老人年龄大了，又有冠心病，不敢让她一人走得太远，更不敢长时间打麻将……"

2014 年 12 月，他又接诊了一位高龄危重病人李某某，男，75 岁，西安市东郊 × 厂退休工人，膀胱癌扩散已到晚期。患者去市某医院求治，医院说要手术摘除肿瘤，让回家等病床。过了几天，病人再去医院，医生还说"等病床"，又过了几天，家属找医院，医生还说"继续在家休养"。家属明白了，和医生吵，医生无可奈何地说："你爸的病，你们还不清楚？75 了，下不了手术台，你负责还是我负责？"家属绝望了，他们搀着病人找到庞大夫，倾诉了病人的痛苦和自己的心愿，恳求他开几服药，给病人减轻一点痛苦。他仔细把脉诊断，只见病人面色苍黄，口唇青紫，手足冰凉，头足浮肿，小腹胀痛，腹股沟刺痛难忍，小便频数，前半夜 20 多分钟就要小便一次，几天不吃饭也不觉得饿，一天只喝一点点稀粥。他的心头一紧，"病人癌毒扩散，阴阳俱衰，医院拒绝收治，情有可原啊！"他迟疑了一阵子，思索了一阵子，还是给病人开出了治疗力度大但副作用也大的药——包括几味有毒性的药，其它药大都超出了常规用量。

喜人的疗效出现了。初诊一周后，患者腹股沟疼减，小便次数明显减少。二诊后脸和脚浮肿消退，下腹部基本不痛，夜尿仅三四次。三诊后脸色红润，食量大增，体重增加。四诊、五诊后，家人欣喜地发现，病人两颊凹陷处长出两块红扑扑的肉来，性格也平顺温和了。服药两个月后，似乎全身的症状都不见了，能吃能睡，每天在公园、市场连续转悠四五个小时。

亲朋好友见他常常接治疑难病、危重病和高龄病人，都劝他，今日的医患关系你比我们清楚，你也是奔七十的人了，别给自己惹麻烦。该拒治的就拒治，能开"和平药"维持的就别开猛药。他说："我知道，你们都是为我好，我也知道治这些病的风险。您想，病人痛苦成那样，你不伸手，他就可能更重甚或死亡，你能见死不救？咱们也老了，看着那些步履蹒跚呻吟不断的老伙计，我能把他们拒之门外？医圣孙思邈早就给我们做了表率，'见彼苦恼，若己有之，深心凄怆，勿避艰险，昼夜寒暑，饥渴疲劳，一心赴救。'"（《千金要方》）他顿了一下，又说，"说起风险，干啥都有风险，吃饭都噎死人哩。药圣不冒风险尝百草，哪有《本草纲目》？我欣赏林则徐的两句诗，'苟利国家生死以，岂因祸福避趋之'，那就得照着它做，我不能学好龙的叶公！"

从医这些年来，他与患者没有一次口角之争，没有一次医疗事故，没有一次医疗纠纷。而用纯中药治疗脑梗、心梗、肝炎、肾炎、帕金森病、白塞氏病、多囊卵巢、不孕不育、小儿五迟、白癜风、银屑病及肺癌、胃癌、乳腺癌、肾癌等多种疑难病症的病例，却与日俱增。

疗效是最精确的试金石，患者是最公正的考官。在庞大夫坐诊的中医馆，他的病人总比同行的多。有人问他，你正式当医生才三年多时间，为什么每天有那么多病人找你看病，为什么治了那么多疑难重症？他淡淡一笑："勤学，善悟。"

他读了那么多医学著作，对中医的神圣与崎岖，也有自己独到的认识。他深知，中医发展到今天，凝聚了几千年来中医先辈的心血；深邃的理论和独特的治疗体系，是无数中医先贤毕生研究创造形成的。常用的一千多种中药，在长期的发现、实验、应用中，不知经历了多少坎坷与反复，不知道有多少人中毒甚至殒命。就是再高明的中医，他的认识、判断、治法和方药都有其长处和局限；哪一种治法和方剂都不会具有普适性而屡用屡效，此时可用，彼时则不一定可用，此人可用，彼人就不一定适用。但是，当你把数位、几十位医家治疗该病的经验、方剂一一对照、甄别时，你的视野就广阔了，判断就明晰了，你选定的方药就有效了。"我在治病时，时时怀着虔诚的心情，对历代中医贤人心存虔敬；在选方时，对祖先遗存下来的方、药心存敬畏。"他说，"要成为一个好中医，首先要勤学，然后要善悟。"

他从小爱读书，如今快七十岁的人啦，依然嗜书如命，爱书读书买书的劲头一点不减当年。有一点空闲时间，他的去处只有两个：一是书店，一是图书馆。年轻时无钱买医书，工作后，有了几个闲钱，见了好医书，绝不放过。到格尔木后，买得更多、更勤。后来，格尔木——西安——深圳——西安，几次搬家托运时，锅碗瓢盆被褥衣物的重量，不及书捆的十分之一。他自己也摇头窃笑，"真成了'孔夫子搬家'"。安顿清点时，丢几个被褥衣物毫不在乎，丢掉或损毁一本书，他心疼得直吸冷气。这几年，凡是他看上的书，不论数量，不论贵贱，一概收入囊中，有时一买就是十几本。网上购书刚一兴起，他就成了当当网、卓越网的常客，自己选中的书，鼠标一点，不几天就有人送到家。老伴有时嘟囔，一把年纪了，还买那么多书干吗？该消停一下了。他还是笑笑，心想，"小时没有父兄教导，母亲大字不识一个，是书教我怎样做人，教我怎样处世，教我逆境不颓丧，顺境不张扬。书改变了我的命运，使我从一个农民成为教师，又从一个教师成为医生。我身上的一切好东西，都是书给予我的！毫不夸张地说，我这大半生，对我帮助最大的是书，影响最大的是书，得益最多的也是书！我能不买书读书吗？"书仍不断地买，人也在不懈地读。一个书架不够用，又添置一个大书架。坐卧其中，看着填塞满架的书籍，舒坦而惬意。他不抽烟，不喝酒，不打麻将不跳舞，每天的日程只有两件事：白天看病，晚上读书。这样的习惯坚持了五十多年，自己也解嘲地说："这个习惯，恐怕到死也改不了喽！"

的确，医书对他的帮助太大了，白天看病时，他认真留下方底，每一个病例、每一味药都一一记录备查。到了晚上，他再翻医书，对照先贤和当代医家的论述和医案，比较、验证自己的病证诊断、治则选定、方药运用的成败得失。长期大量的中医理论和临床知识的积累，使他初诊时既能比较准确地诊断，又能选用对症的药物，而且，如象棋大师走棋，初诊时对二诊、三诊及之后的症状发展和用药安排已经心中有数。

说到读书，他笑了笑，醇厚的皱纹中隐含着一丝不易觉察的狡黠，"我正式当医生，第一天上班，碰到的第一个病人，噢，就是院长的亲戚，您知道，祭的是什么法宝？"不等别人猜，他自己就说出了答案：早在十多年前，他在图书馆查阅资料时，看到一篇论述痤疮（青春痘）的论文，里面说，痤疮（青春痘）是一种厌氧杆菌类的短棒杆菌在作祟。从那时起，他就从清热、解毒、祛湿类的中药中，遴选出几十种对短棒杆菌敏感的中药，在临床实践中不断实验、比较、筛选、摸索，终于掌握了治疗痤疮、粉刺、丘疹、囊肿、聚合型等多种证型的治疗方法。"再严重的痤疮，只要按照我设计的疗程服药，没有治不好的。"如果只用肺经风热的常规治法，疗效大多差强人意。他深有感触地说："人要与时俱进，要不断地学习。因循守旧，不知更新，什么事情都干不好。"

爱读书不等于"尽信书"，读书还得善悟，在学习总结前人经验的基础上，还要敢闯，敢求新，敢亮出自己的东西。如果太过爱惜自己的"羽毛"，谨守自己的声誉，对同行都回避的疑难杂症一概回避而不敢涉足，你就失去了历练自己、展示自己、提高自己的机会，就会不知不觉地成为一个平庸的医生。

2014 年 4 月，他接诊了一个子宫肌瘤病人郝某，39 岁，住西安市雁塔区×× 小区。2013 年 10 月做 B 超检查，发现患有多发性子宫肌瘤，最大的 3.4 厘米 ×3.2 厘米，2014 年 1 月复查，三个月竟增大到 4.1 厘米 ×4.0 厘米。此前，郝某先后在市内四所有名的大医院求治，四所医院的医生、教授一致认为，肌瘤已经很大，又属多发，只有连子宫一起切除。

"不做手术行吗？"她总想保住子宫。

"不行！"

"听说，吃中药能消掉肌瘤……"

"不行！这么大的肌瘤，吃中药，天方夜谭！你吃一辈子中药也吃不掉！"教授的口气坚定得不容置疑。

在教授面前，她没有再坚持。可一回家，她和丈夫磨开了。

她爱人已经给她预约好了床位，第二天就入院，准备手术。"您让我试试……听说，庞大夫能治这种病。"看着妻子诚挚而恳求的眼神，丈夫心软了。

她走进了庞大夫的诊室，他笑脸相迎，请她坐下，给她诊脉。他看她面色苍白，消瘦乏力，脉象细涩，舌青紫而有瘀斑。她有气无力地说"小腹胀痛，月经量也不正常。"她丈夫把她查出子宫肌瘤和最近检查治疗的情况简单说了说，他查看了她的资料，得知她还患有糜烂性胃炎、宫颈炎、盆腔炎、贫血等疾病，意识到"这是一根很难啃的骨头，是一次很难的考试"。他郑重地告诉她，中医可以治您的病，您要有信心。治疗过程中，无论发生什么情况，都要坚持按疗程服药。她说："我一定全力配合。"

他先运用疏肝、活血、补气的法则治了一段时间，病人的气色好了些，人也显得精神了。两个月后，病人心急地做 B 超复查，肌瘤不但没有缩小反而增大到 4.5 厘米 ×4.2 厘米。庞大夫仔细地查看了检查单，看到了肌瘤中心的光点由原来的密集变为稀疏，认为是散开破碎的好转现象，鼓励她继续服药。四个月后，肌瘤果然缩小为 2.78 厘米 ×2.34 厘米。他继续转换运用化瘀、理气、祛

痰等多种治法，在去除肌瘤的同时又相机兼治她的并发疾病。六个多月后，奇迹出现了，原先最大的肌瘤缩小为 0.4 厘米。

郝某十分欣喜，困扰她几年的肌瘤基本消失了，还保住了子宫没被切除。她以全家的名义，在医院门前，贴了一张大红感谢信。看着感谢信，他脸红红的。身旁的护士说："你看，庞老师的样，像喝醉了喜酒！"是啊，他心想，这次考试，又通过了，幸福啊！

他爱考试。

33 年间，他拿到三个大学文凭（中文大专、中文本科、中医大专），三个职业资格证书（中学语文教师、中医执业助理医师、中医执业医师），在农民、教师、医生三者之间连连转换，每一次转换，都有台阶式的提升。如今，他被西安的五所中医馆、门诊部聘为专家，每周七天奔跑在五个地点轮流坐诊。爱好和工作完全融合在一起，每天沉浸在幸福之中，虽然年近七旬，满头白发，他却精神焕发，像一颗进入正常轨道的卫星，徜徉在浩瀚的医学太空，迎接着人生一个又一个幸福的考试，也创造着人生一个又一个辉煌。

他渴望生命的又一个高潮，他要演绎更加精彩的老年生活！

（本文登载在 2015 年 12 期《中国报告文学》上）

格尔木文学丛书

GEERMU WENXUE CONGSHU

（第四辑）

第四章

教坛絮语

汉字乱拆（四篇）

汉字，是人类诞生最早的文字，也是世界上唯一一个表意文字，里面的趣味，任谁穷毕生精力，也难尽尝。

这些天，读书之余，我常常对着汉字出神，惊叹祖先的睿智，有时候又觉得它似乎需要改改，待想清楚了，又摇头笑笑……

我还是把它记录下来吧，让朋友也乐乐。

等

生活中，谁都会碰上"等"——等人，等车，等雨，等通知……

等的时候，常常看见许多人等得不耐烦，焦躁地转来转去，有的还抓耳挠腮，跺脚甚至骂娘……这时候，您若还静静地瞅瞅"等"字，一定会神静气闲。

"等"，从"竹"从"寺"。单根竹子，咬定大地，亭亭玉立，恬静而稳重。微风习习之时，则飒飒作响，像唱着小夜曲。竹子，生命力旺盛，常常是家族簇拥，呼朋引伴，形成竹海，那更是深邃幽静、去燥去热的好去处。"寺"者，吃斋修行的净地，容不得焦躁喧嚣。您看那肃立的石人石马，高耸的青松翠柏，个个静谧虔诚，还有那些僧人，匆匆地走，悄悄地说，静静地坐。想着他们心无旁骛地修道悟禅，您还会坐立不宁吗？

看看我们的祖先是怎么等人的吧——"黄梅时节家家雨，青草池塘处处蛙。

151

有约不来过夜半，闲敲棋子落灯花。"淫雨霏霏，连月不开，单调的雨声蛙声塞满了耳膜，您能不无聊吗？请了一位朋友过来下棋，半夜了，他还不来，您能不焦躁吗？这位主人用"闲敲棋子"来排遣自己的无聊焦躁，多么大度清静，心平气和。这种心境，才是等的最佳尺度！

活

活，《中华大字典》解为"物之生也"，后人便把二字连在一起，称作"生活"。

您看这个"活"字，一个"水"，一个"舌"，它就在提示您，要好好地品尝生活。可是，水是无色无味的，好多人尝不出其中滋味，有些人稀里糊涂地生活，这都是没弄明白"活"的意义。

俗话说，"年好过，月好过，日子难过"，也就是说，生活里充满了艰难困苦，上天生人，就是要你品尝生活的酸甜苦辣，你只有遍尝了，彻悟了，才通畅了生活的真谛。张学良活了104岁，他的一生，就是对生活的最好诠释。

水确实是无色无味的，无色无味才是最纯洁的颜色，最朴实的味道。这种颜色最中看，这种味道最中吃。小时候爱吃甜，长大点爱吃辣，退休了，才知道，白开水最耐喝，纯馒头最耐吃。五色令人目盲，五味使人癫狂，说的正是这个道理。生活要的就是平平淡淡。

《说文》把"活"解作"流水声"，解释得妙！您听，小溪林中走，潺潺湲湲，清泉石上流，叮叮咚咚，多么动听的音乐！人要生活在这样的意境中，该有多么惬意！流水不腐，户枢不蠹，人生要有意义，就要常常流动——"半亩方塘一鉴开，天光云影共徘徊。问渠那得清如许，为有源头活水来"！

仓颉造字，把"活"字造成"水""舌"，要人们尝水以明人生，更伟大之处在于暗合了《老子》的最高准则——"上善若水"。"水善利万物而不争"，它处在最底层，却不忘贡献，不忘为万物服务，还不争究名利，这种精神，可能是人生的最高境界吧？

家

"家"字和所有的字一样有好多义项,所不同的是对本义的解释也有好几种。一种说法,"居"也——户牖之间扆(yī,一种屏风)之内谓之家。另一种说法认为,房下是猪,那就是猪圈,后来转义为人住的家,好像"牢"字,本是牛圈,扩大为饲养牲畜的地方,后来转义为"牢房"——关押犯人的地方。第三,人住的屋子。氏族公社后期,打猎吃不完的野猪人们就留下来饲养,逐渐形成了一种风气。所以,就用房子下面养着猪代表人住的地方,即"家"。

这些说法都有一定道理,我觉得,第三种说法似乎更合理。氏族公社时期,人们聚群而猎,得到的猎物共同分享。初期,猎物常常不够分,后来,或许是弓强了点,箭利了点,或许是狩猎技术熟练了点,或许是运气好了点,猎物常有剩余。剩余的猎物怎么处理?豢养是最明智的选择。开始豢养,肯定是人猪混住,这就形成了家的雏形。至于豢养的人选,我想可能是这两种:部落酋长或有一点养殖技艺的人——即当时的能人。这样一来,承担养殖的家庭就鹤立鸡群,招来了其他人羡慕甚或有点嫉妒的目光,这就给"家"字的成形打下了思想和社会基础,造字的能人以此创下了流传千古的"家"字。

"家"字的出现,说明社会富裕了(当然,这种富裕,只是奴隶社会的萌芽阶段,远没达到初级阶段。和今天的富裕不可同日而语),人类更聪明了。从社会学的角度说,它不仅体现了畜牧业的兴起,也促使了原始公社制的解体,私有制逐渐地替代了圣人们标榜的原始"大同社会"。这,的确是社会的一次飞跃,划时代的飞跃。

正所谓"福兮祸所伏,祸兮福所倚",自从"家"诞生,权力和财富就成了人们狂热追逐的目标;权力和财富一旦成为人们的追逐目标,也就变成了双刃剑——要家显赫,要家富裕,必须有权力,或者有财富,或者兼而有之;但是,权力过重,财富过多,肯定没有好下场——即使别人不找麻烦,蛆虫也会从内部滋生,家也就垮喽。"显宦多纨绔""富不过三代"就是这种社会现象的总结。先贤早就明白这个规律,他们造"家"字的时候,就隐藏着这样的谶语——财多了,权重了,始作俑者就成了猪,免不了一刀;而其他亲属,因为你受了益,自然得带点灾。——老天永远是公平的，百姓永远是神圣的！

安

安，《现代汉语词典》的主要意思是"安定""平安"，《说文解字》解释做：徐也，止也，宁也，静也。我却以为，"安"字是宝盖底下一个"女"字，应该读"jiā"，即"家"字——谁都明白，没有女人就没有家，有了女人就有了家嘛！

转念一想：家中有个老娘，想到她拄杖倚荆扉的身影，你就是浪迹天涯，也会适可而止；家中有个媳妇，念及她的体贴与辛劳，你就是游走在灯红酒绿之中，也会心安神定；家中有个娇女，梦到她神采飞扬的眸子，你就是伸出了手也会抖抖地缩回……家中有女还真是"安"哪！您再看，西汉出了个王昭君，汉匈边境安宁了几十年；大唐出了个文成公主，唐蕃和好上百年……国有好女也安然哪！"安"字真是一个天才的创造！

突然，我的脑海泛起《新五代史·皇后刘氏》中的一小段："四方作乱，军无粮草多日。宰相请出库物以给军，庄宗许之，后不肯，曰：'吾夫妇得天下，虽因武功，盖亦有天命。命既在天，人如我何？'因取妆奁及皇幼子满喜置帝前曰：'宫中所有唯此耳，请鬻以给军！'宰相惶恐而退。"刘皇后的蛮横凶残，令人发指！这个女人爱财如命，为荣华权势，竟杀害亲父，又嫉妒淫秽，亲小人，害忠良，毁了后唐庄宗，毁了好好一个大唐！由此，我又想到了潘金莲，想到了妲己，想到了杨玉环……平心而论，我们不能把家国破败的责任全部归咎于女人，但是，她们作用的微妙绝非一般男人所能想象。

请允许我套用"成也萧何，败也萧何"的句式，家国"安也女人，危也女人"！从这个意义上说，读者君，您觉得"安"字造得如何？

再说择校

近几年，择校之风越刮越紧，越刮越狂，大有形成沙尘暴之势。

学生想去好学校，学校想收好学生，这本是两厢情愿的事，又符合竞争原则，似乎无可非议。望子成龙，望女成凤，不惜请客送礼求神拜佛，把孩子往自己认为的好学校送，家长的一片苦心，苍天可鉴！难怪哟，煌煌的中国历史里孟母择邻、程门立雪的故事不是像秋天的夜空繁星闪烁吗？

我们承认，好学校，好老师，对孩子的成长肯定会起到较大的促进作用。但是，学校和老师都不是学生能否成才的决定条件，莎士比亚高尔基欧阳修华罗庚等人，不是连学校都没进过吗？"外因是变化的条件，内因是变化的根据，外因通过内因而起作用。"（毛泽东语）外因是学校、教师，内因就是学生自己。学生缺乏学习动力，没有良好的学习习惯，孔夫子再生也教不好，学生有了强烈的学习欲望，又具备坚忍不拔的毅力，自学也能成材。

学生的学习动力、毅力哪里来的？靠社会、学校、教师，更靠家长的教育、培养。因为，社会、学校、教师和孩子接触的时间都不如家长和孩子接触的时间早、时间长。许多教育家多次指出，孩子的学习动力、毅力，从两三岁的时候萌生，到五六岁时基本形成，以后只是逐步强化、成熟。这正是所有孩子一上幼儿园或学前班就表现出学习兴趣程度不同注意力时限不同的根本原因。如果从家庭送到学校的就是一棵歪歪扭扭的畸形小树，现在还在伤害他，扭曲他，在学校的短短时间就能把他扳正？今年高考，青海有一名12岁的男孩子，压根就没进过学校，却以高出大学本科录取分数线 41 分的优异成绩考入了洛阳工学院，这个事实，不是很值得我们家长深思吗？

按片就近上学，既有利于国家，有利于社会，有利于学校，也有利于家长，有利于学生。盲目择校，不仅人为地伤害了原学校教师的感情，挫伤了他们的教学积极性，也破坏了学校正常的教学秩序，败坏了社会风气。更重要的是，家长煞费苦心，出力花钱，把孩子送入"热门"学校，而这样的学校，人满为患，教师想管也管不过来，到头来，岂不是害了学校，害了家长，更害了孩子？

盲目择校，正应了古人的两句话：聪明反被聪明误，赔了夫人又折兵！做家长的，应该三思而后行。

（本文登载在 1997 年 9 月 11 日《格尔木报》）

孩子的见识，令人深思

—— 2006 年全国普通高考语文作文题同步摩写

　　俗话说："人贵有自知之明。"没有自知之明，就像拔着自己的头发要上天一样，的确是天下最悲哀的事。文中的乌鸦，不知自己没有强壮的身体，强健的翅膀，锋利的爪子，虽然也树立了雄心壮志，也费了九牛二虎之力，却没能如老鹰抓到小羊，美餐一顿，反而被人抓住，奚落了一阵。乌鸦的错误，就在于不知道自己叫什么鸟！

　　诚如所言，是乌鸦，就做乌鸦的事，别整天"癞乌鸦想吃羊羔肉"。可是，人世间的事绝不那么简单，尤其对于年轻人，他们后边的路很长，发展空间很大，谁敢说，这个年轻人就是乌鸦？那个青年就是老鹰？项羽看到秦始皇出游，冠盖如云，车马相属，就发出"彼可取而代也"的豪言壮语。此时，谁能知道，项羽是只乌鸦，还是只老鹰？假如，小小的项羽没有如此雄心壮志，长大了肯定没法完成"取而代也"的丰功伟绩，当然，他也肯定成不了老鹰！虽然，他的业绩并不完满，可我们谁都不会认为，他是只乌鸦！作为后来人的我们，在为他惋惜的同时，都把他从小敢立雄心壮志作为激励我们上进的范例。因为，我们知道，想，才有可能，不想，就绝对没有可能！这也许是"不想当将军的士兵不是好士兵"的另一种表述。

　　青年诸葛亮隐居隆中的时候，"每自比于管仲、乐毅"——把自己看作老鹰，可惜，"时人莫之许也"——别人都不那么看。甚至，在刚接触的时候，刘备也压根没把他看作管仲、乐毅。可是，诸葛亮不仅坚定地认为自己就是老鹰，还把先"三分"后"一统"的重任勇敢地挑在自己肩上。虽然，他也明明知道，以刘备当时的力量，定荆州，夺巴蜀，有多么困难，他也明明知道，偏居一隅的小小蜀国，绝对没法打败魏国，一统天下，但是，他却风餐露宿，呕心沥血，六出岐山，鞠躬尽瘁，最后，累死在军营里！他也不能算圆满成功的典范，可我们谁都不会认为，他是只乌鸦！作为后来人的我们，在为他惋惜的同时，都把他"鞠躬尽瘁，死而后已"的精神作为激励我们上进的范例。因为，他，更体现了人类对事业不屈不挠的进取精神，体现了对工作竭忠尽智的忘我精神。

对于经过努力取得成功的人，我们钦佩；对于经过努力却没成功的人，我们也钦佩；对于明知努力也不能成功却还努力的人，我更钦佩！这几种精神，对于年轻人来说，尤其重要。文中牧羊人的孩子摸着乌鸦的羽毛说："它也很可爱啊！"或许，就是源于这两个原因吧？假如，真是这样，愚以为，孩子的见识可能更令人深思。

我们今天怎样做父母问题讨论

今天，我们怎样做父母

做父母，说难，很难；说容易，也很容易。

说"很难"，是因为，孩子是一个独立的人，他的思想，就是一个纷纭复杂的世界，你想左右他，很难。而做父母的，对孩子，却偏偏天经地义地承担着许多责任——前途设计、性格培养、生活照顾……而且，这些责任，不是一时一刻一月一年，而是几十年，甚至一辈子！这就更难。说"容易"，只要六个字就大功告成：尊重，以身作则！

既然孩子是一个独立的人，自然有他自己的想法，自己的人格，作为父母，你尊重他，这样的父母就好当。但是，他又是孩子，还不成熟，你就得教育他，引导他，这既是他的需要，也是做父母的义务。在这个过程中，始终坚持以身作则，因势利导，这样的父母，又有何难？其实，这个结论，《高三，走在刀尖上的日子》里的母亲，已经形象地告诉我们了，我就不再絮叨了。作为父母，有些问题，我们可能还没注意到，或者注意了，却没能引起足够重视。下面，我说三个问题，和有兴趣者讨论。

第一，不要推卸责任。

对于孩子，一说教育，人们马上想到学校，一说影响，人们马上想到社会，都忽略了家庭。我想说的是：家庭教育，绝对不可忽略，从某种意义上说，家

159

庭教育，决定孩子的一生！每一个家长，都是自己子女教育的第一责任人，绝对不要推卸自己的责任！

这个观点，有些人可能口头上赞同，理论上不大赞同，实践上根本不赞同。请想一个司空见惯的事实：同一个班级，同一组老师授课，考试成绩却绝对不同。什么原因？除了遗传因素之外，根本原因就在于学生个人的学习态度、意志品质、学习方法和生活习惯等方面（教育科学家把它们称作"非智力因素"，并且认为，非智力因素决定人的一生）的差异。这些差异，早在刚进小学，甚至早在进学前班时已经存在。那么，我们要问：这些差异，谁造成的？父母！

我们常常看到，一个蹒跚学步的孩子，突然摔倒在地板上，我们的家长，特别是爷爷奶奶，颠颠地跑过去，抱起孩子，一边替他擦眼泪，一边装模作样地狠狠打地板，嘴里还响亮地声讨地板："看你还敢绊我们宝宝！看你还敢绊我们宝宝！"孩子破涕为笑，一家人皆大欢喜——殊不知，在这样的皆大欢喜中，我们泯灭了孩子辨别是非的能力，泯灭了自理自立和承受挫折的能力，培养了他们"老子天下第一"的蛮横！这样的孩子，以后还能做什么，不是一清二楚吗？古人云：三岁看老，说的就是这个道理。我们许多家长，有意无意地用溺爱戕害了一个个天才！

许多家长把孩子送到学校就以为"把教育孩子的接力棒交给了老师"。教师家访，希望家长配合，有些家长就嘀咕：你们是干什么吃的？我不能说，家长的嘀咕没有一点道理，因为学校无论从定义上，还是从职能上，都应该教育好孩子。但是，只要静下心来想想：教师，一人一天一节或两节课，面对的是几十或上百学生，有多少时间能摊到你的孩子身上？坦白地说，学校对绝大部分学生非智力因素的培养，不叫纸上谈兵，也叫无的放矢！家长却不同，你的教育对象就一个，充其量两个，你和他每天接触的时间即使只有十几分钟，也比任何一位老师多。更重要的是，你和他又有血缘关系，有许多老师无法企及的优势，还有与生俱来的责任！所以，古人说，"知子莫如父"！从这个角度说，无论何时何地，孩子没有健康成长，家长都难辞其咎！

"什么样的学校教育才能让父母能够从子女教育中解放出来"一句，如果说，"能够"一词的赘余只是笔误的话，那么，理论上的悖谬，则正好验证了上述论题的普遍性、重要性。实话实说：天下没有任何一所学校能够解放家长，也没有任何一所学校教育能代替父母的教育！还是古人说得好：养不教，父之过！父母对儿女的教育是与生俱来贯穿一生的，为人父母，千万不要推卸自己的天职！

第二，再富不能富孩子。

前几年，记不清谁提了个口号"再穷不能穷教育"，一时间，风靡全国。许多贫困地区的教学条件因之上了一个台阶，教育质量也有了一定程度的提高。这真是一个好口号。也不知道什么时候，它忽然迁移到家长身上，变成了"再穷不能穷孩子"！

请看《高三，走在刀尖上的日子》一文里所写的一个城里学生，她的"桌上摆的不是书本、笔墨，而是许多五花八门叫不上名字的糖果和糕点，色彩杂陈，令人目不暇接"。其实，这是一个极其普遍的现象。不必调查，城里的小孩子，谁没有上百件玩具？稍大点，哪一个没穿名牌衣服，骑名牌车子，揣名牌手机？有些，还坐名牌轿车呢。你要问家长，为什么这样，他们想也不想，"大人再难，还能穷孩子？"说完了，还用异样的眼光看着你，似乎你是外星人。

在同一篇文章中，作者通过一个乡下大学生的口说出了城里学生的缺点：一，"学习要看他们的眼色，学多学少要依他们的心情而定"，二，"学习怕苦怕累"……她认为，城里的孩子"心理承受能力太差了""不知道什么是真正的失败，什么是真正的压力"，因此发出"谁来给城里的孩子'精神扶贫'"的感慨。为什么会这样啊？实际上，作者已经给出了答案：城里的孩子，"从小到大很少吃苦，也许从来没吃过苦，缺少必要的磨砺"。有一个不争的事实：考到北大、清华的学子，常常是家境贫寒连学费也交不起的农民子女，而腰缠万贯的大款的子女却根本不爱学习。所以我说：不用"精神扶贫"，来个"吃用减富"就得了。说得准确些：家长们，再富不能富孩子！

理论上，谁都知道"没吃饱，才知道饭香""缺钱花，才知道钱贵"，而"物质丰富的孩子容易形成好逸恶劳的习惯"，可实践中，几乎所有父母都想给孩子最好的饭菜，充足的花销，几乎所有父母都想给孩子创造最优越的学习环境。殊不知，给孩子的条件过分优裕，使他们整天陷在吃里，陷在玩里，对生活的认识就只限于享受，自然有腿而不愿动，有手而不愿作，衣来伸手，饭来张口。"人都是有惰性的"，富裕，无限地扩张了他们惰性，造成了他们的身残。

身残了，懒惰了，啥也不想干，久而久之，必然走向心残。心残了，什么自理自立，什么拼搏奋斗，都与他无缘。怕苦怕累，不做作业，厌恶学习，只是最低表现。身残了，心残了，只想享受，而享受是要靠钱支撑的。小时候，向父母伸手，心安理得，大点呢？自己都不好意思了。怎么办？要么，浑浑噩噩虚度终生，要么，跳楼、卧轨、服毒、触电，要么，坑、蒙、拐、骗、偷、抢、制假贩毒，杀人越货，无所不用其极！到了这个时候，父母们，是不是呼天抢地后悔莫及？

再富不能富孩子！

第三，他的书包，让他自己背！

我家附近有一所小学，每天清晨上学，小学生在前边蹦蹦跳跳，爸爸妈妈更多的是爷爷奶奶肩背书包一手托着饮料一手托着食物气喘吁吁地追，追上了，学生回头咬一口或喝一口，扭头又蹦蹦跳跳，爸爸妈妈爷爷奶奶把书包往上换换，再托着食物饮料气喘吁吁地朝前赶。我常常问学生：你干什么去？他们头一扬：上学去！我也常常问落在后边的爷爷奶奶：你干什么去？他们下巴朝前一努：送爷去！有时候，我还拍拍书包多问一句：咋不让他自己背？他们苦笑着说：你试试，多沉重！

我常常想：他的书包，为什么不让他自己背？就因为沉重吗？

或许，这是一个最恰当的原因——教育界不是天天高喊"减负"吗？

生而为人，谁没有负担？谁的负担不沉重？人一生下来，就有了神圣的权利——生存啊娱乐啊，同时，也肩负着义不容辞的责任，"责任"就是负担。作为厂长，有指挥工人的权利，也有为工人发工资的责任。一个厂长，只知对工人吆五喝六，而不想怎样发展生产，怎样挣钱为工人发工资，这个厂长能当下去吗？在工厂林立的今天，厂长的负担不沉重吗？作为工人，有休息的权利，娱乐的权利，也有劳动的责任，赡养父母的责任，养育儿女的责任。一个工人，只知在歌舞厅灯红酒绿，不愿工作，拿什么赡养父母养育儿女？在岗位如此紧张的今天，工人的负担沉重啊！

　　作为学生，当然应该有自己的负担。他们的负担，无非就是怕自己的成绩差些，这种负担，不仅是正确的，也是天经地义的。且不说祖国人民的期望，也不说父母的血汗，就说自己的权利和责任。每个人都有吃饭穿衣的权利，玩耍游乐的权利，更有养活自己、赡养父母、养育儿女的三重责任。孩子啊，将来，你凭什么本领挑起自己的三重责任？

　　非洲的角马刚生下来三四分钟就得自己学会站、学会跑，否则，它就会成为猎豹口中的美味佳肴——"本领就是生命"的真理在这里表现得极其鲜明而又残酷。随着人类的进化，我们的生存条件大大地改善了，再也不怕野兽的侵害了，人类的幼崽因为受到成年人无微不至的保护而健康地成长。但是，这并不是说，在幼年时期，你只需吃了玩，玩了吃。"上帝永远是公平的"，你幼年受了保护，成年之后，你就得还债——既要养活自己，还要保护父母、保护子女，这个责任可不轻松吧？所以说，"本领就是生命"的真理本质上并没有任何变化，只是时间推迟了些。更为重要的是，人类的竞争对象已经不再是野兽和低级意义的自然，而成了高级自然和人类自己，这些竞争更加激烈复杂，更加隐蔽残酷，这就要求每一个人都必须具备更强的竞争能力。这种能力从哪里来？相当大一部分就从幼年的学习中来！中小学是把孩子从懵懂无知的"自然人"培养为具有一定社会知识科学知识和基本技能的"社会人"的关键时段。古人早就说过："人生百年，立于幼学"（梁启超），今人也说，中小学的基础课是人生的"立命之本"。由此看来，中小学的学习是孩子今后生存的需要，无论它多么沉重，也不叫负担！既是他本人的需要，无论爸爸妈妈还是爷爷奶奶，谁也无法替代！

　　问题的症结在哪里？上文说过，非洲的角马刚生下来三四分钟就得自己学会站、学会跑，否则，它就会成为猎豹口中的美味佳肴——"本领就是生命"的真理在这里表现得极其鲜明而又残酷。随着人类的进化，我们的生存条件大大地改善了，这种改善，大大地拉长了人类幼崽学习生存本领的时间。时间的拉长，稀释了"本领就是生命"的急迫性，模糊了它的鲜明性，使我们的孩子在该学习本领的时候还一味玩耍而心安理得，使我们大人在该督促他们的时候还一味娇惯，甚至越俎代庖——替"爷爷"背书包，为学生喊"减负"——在这里，我们以溺爱代替了真爱，以盲目代替了理智！

　　孩子的学习负担重吗？不仅中华民族，世界上所有的民族，都把勇挑重担看作美德，看作光荣，都悉心加以呵护，不遗余力地加以褒扬。玛丽·居里把寻找放射性元素的责任扛在自己娇嫩的肩上，这是多么沉重的负担！毛泽东和他的战友们，青年时代就把解放全中国的伟大理想镌刻在自己的心上，这是多么沉重的负担！他们的名字，理所当然地刻在历史的光荣榜上！比起他们的责任，孩子的书包，又有多沉重？

　　爸爸妈妈爷爷奶奶们，别再害自己的宝贝，他们的书包，让他自己背！

（本文刊载于《北京文学》〔精彩阅读〕2008 年第 5 期）

今年的几个高考作文题简评

今天，是全国普通高考的第一天。我从网上看到了部分省市的高考作文题，有几句话想说。

高考是选拔性考试，最重要的是区分率。尽管如是，作文题，无论是什么形式——命题，给材料，读漫画……首先得切近学生生活，让所有考生都有话说。从这点上说，广东的"与你为邻"就出得好。学生既可以写与同桌之间的故事，也可以以他们之间发生的事为例证，生发议论。如果想得远点，还可以写以日本为邻，以俄罗斯为邻，以火星为邻等等；如果想写得深一点，还可以写无形的"邻"——以友情为邻，以上进为邻，以科学为邻，以绿色为邻等等。海南的"参与"，重庆的"难题"等，都可以列入这类题目。

更好一点的作文题是，既能切近学生生活，让学生有话可说，又能激发学生思考，测出他们思维能力写作能力，陕西的作文题目就是这方面的代表。陕西的题目紧扣学生的健康成长给了三则材料，一二条强调了环境对学生成才的作用，第三条揭示了个人后天努力的作用，辩证而又全面。又如安徽的题目：哲理诗引发的思考。他们给考生提供了一首哲理诗："交流四水抱城斜，散作千溪遍万家。深处种菱浅种稻，不深不浅种荷花。"这个题目对生活在江河湖汉的安徽考生来说，比较好写。但是，考生必须首先弄明白材料蕴含的哲理，这就考察了他们的阅读分析能力。然后，才能启用写作程序，在自己预存的材料库中搜寻素材，筛选，加工，构思，起草行文。

　　四川的作文题是从"一个点"看人生，猛一看会让人觉得"丈二和尚——摸不着头脑"，向后一看就恍然大悟———一个点可以成为一条线，一个面，一个立体，人生正如此。学生只要稍稍想想自己学的每一门课的科学序列，数学物理化学这些理科科目自不必说，就是语文历史地理英语，也是由一个个知识点的学习，逐渐连成一条线，组成一个面，再形成一个立体知识结构，由此生发，就会写得很好。社会生活也如此。比如好的生活习惯，学校和社区的文化建设等等。这个题目很切近学生生活，又激发了学生的思维，确实是个好题目。

　　有的题目出得偏了一点，也深了一点。例如上海的给材料作文：丹麦人钓鱼的时候常常带把尺子，钓上来的鱼先量量，小的就放生——他们说："让小鱼长大不更好吗？"我国古代的孟子说，"数罟不入洿池，鱼鳖不可胜食也。"这两则材料都指的是，对自然界的事物，取要有度，不可竭泽而渔。学生生活中虽有这类情况，终究很少，写起来难度就大多了。浙江的"角色转换之间"也是这样。鸟儿有没有"反哺"的优良传统，我没有认真调查过，儿女不孝敬父母，的确是当今社会的一大隐患。从这个意义上说，出这个作文题确实不错。但以现今的社会科学知识，价值观念、生活方式、审美情趣等有了很大变化，"越来越明显地影响着年长一代"，孩子就会"文化反哺"，便以为"施教者和受教者之间，角色常常发生转换"，笔者觉得牵强。我不是说没有这种现象——我对电脑几乎不懂，在这个领域，我就拜所有懂电脑的人（90%以上是年轻人）为师，其中，请教最多的是我的两个早已成年的儿子——我只是说，我们的考生还是半大孩子，他们还没到反哺的年龄，还没有这样的意识，也缺少这样的实际行动，要他们写这种内容的文章，恐怕是强人所难。这个题目，让有感触的老一代人写，肯定能出好文章。为什么会出这样的题目，愚以为，恐怕是出题人以己度人，自以为自己的感触考生都有，而没有设身处地替考生多想想。

　　有些题目出得有好有坏，亦好亦坏。辽宁的作文题"幸福是＿＿"后缀了一句话："幸福是一个永恒的话题，它真实地填充着我们的生活"。这句话的前半句好，后半句的"填充"含义不很清晰，模糊了作文的指向性。后边给的四条材料，第二条极富启发（一位哲学家掉进水里，差点淹死，被救之后说：呼吸是一件多幸福的事），第一条幸福与屋子（中国八成人认为，幸福与屋子有很大关系，而日本九成人认为，幸福与屋子没有关系）还勉强，第三条说幸福是由欲望和物质带来的，永远没有满足，可能是要学生批判这个观点吧？而第四条则告诫人们，不要因为追求幸福而坑害国家，坑害别人，我都不知道题目该怎么续全。江西的"找回童年"，搭眼一看还不错，如今的社会太功利了，压力过大，童年早已离开，因此，要找回童年。如果为了"纯真"而找回童年，我举双手赞成，如果因为"压力过大"，孩子没疯玩而找回童年，这样的童年不找也好。现在的孩子，尤其是城里的孩子，绝大多数不缺吃，不缺穿，不缺玩，缺的是劳动，缺的是艰苦，缺的是毅力，缺的是学好基础知识。他们，因为要学点语文数学，要做几页作业，就抄，就出钱雇人，就逃学，就离家出走，甚至轻生……所有这些，都是因为我们的家长过分溺爱，我们的教育理念误解了幸福和快乐的真正含义，把孩子的童年和"玩"画了等号！

作文题最怕大而空，江苏的"绿色生活"，天津的"我生活的世界"，我一看，头就大，真要动笔写，肯定得咬破几支笔杆。当然，写作能手可以以小写大，但是，对"一寸光阴一寸金"的考生来说，最好不要碰上这样的作文题。

刘校长有没有"状元情结"?

读了北京四中校长刘长铭的博文《培养创新型人才是一场深刻的教育变革》受益匪浅，使我进一步确立了"培养创新型人才是我们建立人力资源强国必须确立的教育价值"的观念，同时，也勾起了我的一些疑问，写出来，与刘校长也与有兴趣于此的同志讨论。

刘校长在他的文章中说，"就人数来讲，中国的科举状元与诺贝尔奖得主大体相当，然而不论是对国家还是对人类的贡献，两者绝不可同日而语，这是不争的事实。"我不明白，刘校长为什么拿科举状元与诺贝尔奖得主"对人类的贡献"比较? 科举，是一种取士方法，或叫制度，而诺贝尔奖是一种奖项。科举取得的士，尽管学识渊博，尽管皇帝和当时的社会对他的期望值很高，但是，我们知道，他们还没有真正融入社会，能不能建功立业，还有自身的社会的特别是皇权等许许多多因素制约，而诺贝尔奖是当代的，针对的就是成果，奖的就是对人类的贡献，两者怎么能够相提并论?（至于我们国家没有诺贝尔奖得主，原因复杂，本文暂不讨论。）

如果说，刘校长用科举状元与诺贝尔奖得主相比没有一点道理，那也有些绝对，因为"今天，我们的教育仍然有着深深的'科考情结'和'状元情结'……许多教育者仍然关注的是怎样制造状元或优秀考生。许多学者关于学习策略的研究，也基本上属于应试策略的研究，基本上是围绕着如何提高考试成绩来展开、以考试成绩作为检验的。"那么，我们要问："科考情结""状元情结"错了吗？答案似乎是一边倒的，我却有不同认识。之所以不同，关键在对教育特别是基础教育的认识不同。当今流行的理论是：中国落后，根源在教育；教育落后，关键是推行科举考试——近几十年教育的落后，在应试教育——所以，教育要改革，要推翻应试教育，实行创新教育。这套理论，看起来非常正确，其实，稍微想想，漏洞百出：推行科举教育的封建社会，中国落后吗？改革开放三十年来，中国发生了翻天覆地的变化，是推行创新教育的结果吗？答案不言自明。

问题出在哪里？出在我们把"考试"和"创新"的实质没有弄清楚。考试，只是一种考核知识掌握程度的方法，不是教育的内容，更不是教育的本质；通过考试选拔人才，只是选拔人才的一种方法，而不是全部。但是，我们必须明白，这种方法不仅过去、现在还是将来都是教育或者选拔人才不可或缺的。事实早已证明而且还在证明，推倒应试教育的想法只是一些人乌托邦式的臆想——尤其是在我们这个拥有十几亿人口的大国。而"创新"是意识，是观念，是非智力因素，像韧性一样，是把学习、工作、生活作为载体，经过长期的磨炼和强化才确立的，而不是毕其功于受教育的十几年，更不是把它当作教学内容翻来覆去，喋喋不休。生活中的创新，是"站在巨人肩头摘果子"，你先得爬上巨人肩头——也就是说，必须掌握一定量的知识，然后，使已有知识经过酝酿、发酵，才有可能创新。阿基米德洗澡时，猛然悟出了测量皇冠体积的方法，的确源于他的创新观念，但是，没有相关知识作为基础，他的创新只会成为空中楼阁。在学校，淡化了基础知识和基本技能的学习，创新就成了海市蜃楼，要学生创新，就好比要学生拔着自己的头发上天。所以我说，所谓的创新教育，是"多走了半步的改革"。

这样，就牵出了一个极其重要的问题：现代学校的任务是什么？这似乎不成问题。其实，正是因为我们不懂这个问题，才引出了错误答案。现代中小学学生为什么要进学校学习？目的就在于，在较短的时段内，更多地掌握基础科学知识和一些必备的技能，使自己尽快地融入现代社会。换一种说法，通过中小学的学习，使自己尽快由一个"自然人"过渡到"社会人"，以便出校后为我们的国家服务。从这个出发点推理，教育，特别是中小学教育，任务就是迅速学会某些基础知识和基本技能，而不是一味地宣扬创新。

事实上，创新能力不是每个人都能具有的。刘校长也认为，"人的创造高峰期是在 40 岁左右，也就是说，多数人是在基础教育完成 20 年左右、高等教育完成 10 年左右进入创新成果的高产期"，因此，我们的教育，特别是基础教育，培养的是各个层次的人才，过分强调学生的创新能力，正像一些性急的父母，在孩子三两岁的时候，就要求孩子背诵三四百首唐诗宋词一样，是典型的揠苗助长。

还有一个问题，刘校长说："创造需要激情，需要积极乐观的人生态度。坦率地讲，我们今天的教育在这方面重视得是不够的，认识是有偏差的，甚至我们有些文化观念是错误的。我们常这样教育学生，学习就要刻苦，要头悬梁、锥刺骨，十年寒窗，卧薪尝胆，忍受痛苦的煎熬。工作也是一件苦差，似乎牛顿、居里夫人、爱因斯坦等科学大师都是牺牲了个人幸福的生活、克服了巨大的痛苦才取得辉煌成就的。这是一种十分错误的教育观念。一个人在痛苦的心境下是不可能产生创造的激情和灵感的。事实上，对于他们来说，思考就是享受，这是一种智者的享受。他们的幸福主要是来自于对工作乐趣的享受。"在这段议论中，刘校长把"事实上的快乐"与"心理上的快乐"混为一谈。读书是不是苦事？居里夫人用几吨矿渣寻找放射性元素的时候，苦不苦？苦，苦，苦！但对爱读书的人来说，对把创造当作生命的人来说，这种苦才是人生真正的快乐！在这里，衡量的标准是人生观、价值观，正像连熬几个通宵上网或打麻将的人，眼圈都黑了，他们还笑嘻嘻地说：真过瘾！

"学生只有形成这样的生活观、工作观和人生态度，他们才有可能成为创新型的人才，成为一个领域中未来的领军人物甚至大师"，依据刘校长的这句话看，我斗胆问一句："刘校长，您的创新教育是不是精英教育？您有没有'状元情结'？"

（2010 年 3 月 18 日）

对中国基础教育的几点看法

　　现在，一说起中国的基础教育，怨谤之声便纷至沓来。我觉得，没那么糟糕吧？虽然也有不少需要改进的地方，但总体还是不错的。基础教育有两大任务：一是帮助学生完成"自然人"到"社会人"的过渡，二是为学生升入高一级学校做准备。愚以为，这两大任务都完成得很不错，国际奥林匹克知识竞赛，我国中学生每每荣获金奖便见一斑。

　　归纳怨谤之声，主要是两类：第一，与外国比，孩子缺少快乐，"他们的生命已被科学的教育体系所安排"，窒息了他们的创造才能。有个教育专家说："教育的第一任务不是灌输知识，而是辨别每一个学生的才能。帮助孩子发掘其独特的才能，让其才能显露并超越他人……"第二，与中国的传统教育比，今日的教育缺乏因材施教。

　　猛一看，这些观点非常正确，如果静下心来仔细分析，就会发现，这些观点脱离实际，是"多走了半步的真理"。

　　正如大诗人陆游说"功夫在诗外"一样，"教育的第一任务不是灌输知识"也是一个极具辩证色彩的理论——关键在针对的对象。对像陆游这样的大诗人，功夫当然"在诗外"，对初学诗歌的人来说，功夫肯定在诗内；对研究教育的专家、教师和家长来说，"教育的第一任务不是灌输知识"，而是注重培养他们的非智力因素，但是，对孩子们来说，学校尤其是中小学的第一任务肯定是传输知识，非智力因素（包括创新意识）是在传输知识的过程中逐步培养和加强的。

为什么要创立学校？这似乎是一个根本不必提出的问题。其实，正是因为我们忽视了这个问题，才导致了思维的错误。我在另一篇文章中曾经说过："中小学学生是一个特殊的群体，他们的年龄，他们的知识水平，他们的学习目的等许多条件大致相同，这就决定了他们的学习有可能也有必要放在同一时间、同一环境进行。这也正是我们创立学校的条件和原因，是社会需要大批人才的必然，也是学生个人迅速成才的必然。""只要你进入学校（哪怕是中央党校），加入了群体教育，即便你是成人，必定会有统一的内容、统一的时限、统一的要求，还要进行统一的检测，这是人尽皆知的公理。"（《"不求甚解"与中学阅读教学》）

中小学学生的知识有限，他们不知道自己成长究竟需要哪些知识，怎样安排这些知识才能使自己尽快成长。如果想让他们快乐，那只有由着他们的性儿来，想干什么就干什么，或者吃了玩，玩了吃。任何正常的人都不会赞同这样的安排。正是基于这个原因，才由专家学者们研究他们的成长需求，结合他们的年龄和认知特点，依据教育规律，给他们的学习规定了内容、时间、要求……进而形成了中小学教育的科学体系。这许多"规定"从表面看，似乎没有尊重他们"某一个"的"个性"，没有"辨别每一个学生的才能"，没有"帮助孩子发掘其独特的才能"，但是，却尊重了孩子这个群体的共性，满足了某个年龄段所有孩子的需要，这，正是学校的群体性质决定的，是完全正确的抉择。这样的科学学习，不仅能使孩子尽快完成由"自然人"到"社会人"的转变，也为他们的创新奠定了坚实的基础。

地球人都知道，创造，是"站在巨人的肩头摘果子"，要创造，你得先爬上巨人的肩头。也就是说：你必须掌握一定量的知识，并使这些知识酝酿、发酵，才有可能创新。对中小学学生来说，他们最急需的是掌握基础知识、基本技能，以便尽快地融入社会。因此，在中小学，淡化了基础知识的传输，淡化了基本技能的训练，天真地强调创造，无异于釜底抽薪，无异于让鱼儿在干涸的河床跳舞，无异于拔着自己的头发上天。

我们这样说，绝不是否认创新能力培养的重要性，更不想反对在中小学培养创新能力，相反，我们认为，没有创新就意味着落后，教育，必须把培养创新意识作为自己义不容辞的责任。但是，我们更应该明白，创新是一种观念，或叫意识，像韧性，虽然贯穿在教育的整个过程，并以之作为教育的出发点和归宿，却并非教学的具体内容。在中小学，首先应该重视基础知识的传输和基本技能的训练，在此过程中，注意培养学生的创新能力。过分强调学生的个性，把中小学的教学目标界定为培养学生的创新能力，不仅弄混了教育目标，也扰乱了正常的教学秩序。

说到"孩子缺少快乐"，愚以为，这种说法本身就含混不清。什么是"快乐"？夜以继日上网打游戏是不是"快乐"？夜以继日搓麻是不是"快乐"？他们觉得累了吗？没有！老祖先留下一个成语，叫"乐此不疲"，洞穿了个中神韵。那么，六点起床上学，多做一点作业，十点或十二点睡觉就不快乐吗？古今中外，哪一位有建树的人敢"春眠不觉晓"？哪一位有成就的人不是"寒月对青灯"？问题的根子在哪里？在学生是不是把学习当成人生的第一需要，是不是把学习看作天底下最幸福最快乐的事。几千年来，人们崇尚"闻鸡起舞"，赞扬囊萤、映雪甚至头悬梁、锥刺股的苦学，虽然有点过分，但他们对学习本质的理解和勤勉发奋的精神，却值得我们永远学习并发扬光大。作为现代的中小学学生，需要学习的知识太多了，如果不发扬这种精神，撇开祖国的命运不说，自己的前途也会黯淡无光。现在，个别学生认为学习"压力大"，甚至因之轻生，根本原因，在于我们社会和教育理论引导错误，致使他们把"轻闲"当作了人生。"快乐教育"的真谛，在于教育学生了解人生的需要，牢固建立学习是天底下最幸福最快乐的事的理念。如果，学生把学习看作天底下最幸福最快乐的事，他们还缺少快乐吗？

持第二种观点的人，还是对学校教育的本质理解不清，这里不再多说。而拿孔子作镜的人多半是人云亦云，真正自己读了《论语》而"悟"出来的为数不多。孔子的教学，的确有他成功的地方，尤其是尊重学生，因材施教。可是，你稍微想想，处在他那个时代，不这样教，又能怎样？首先，他的教育对象是成人，一部分是"现役官僚"，一部分是"候补官僚"，一部分是"研究生"，他们的学习对象各不相同，问题也各不相同，作为先生，他能怎样教？只能采用"人家问啥他答啥"的教法。这种教法，对全体教育对象来说，针对性、系统性、科学性无从谈起；对中学生，简直就是"风马牛——不相及"！二，从我们能看到的资料分析，当时，授徒的"家"们大部分只教自己的学说，而《论语》在孔子辞世前并未成书。也就是说，孔子的教学，没有系统的教材。这种教学，从积极方面评价，是因材施教，从消极方面评价，其实是一种无奈。

现代的中小学，并不是孔子的学堂，也不同于封建社会的私塾，一门学科，一位老师，三五个学生。现代学校，学生多了，课程多了，教学内容也多了，必须多位老师联合起来，轮流作业，共同完成教学任务。对某一位老师来说，一天只有一两节课，内容又是规定的，怎么因材施教？又怎么发掘某一位学生的独特才能并加以有意培养？如果真要这么做，其结果肯定是抓了一两个，丢了一大片！毋庸置疑，每位学生都有自己的个性，而且，这种个性都会遵循自己的轨迹发展。主导这种发展的，主要是学生自己。其次，是他们的家长。好的老师，也只能从外部作些引导，影响，更痴情者，冒着某种危险，力排众议，为他的个性发展创造条件——如湖南师范之对毛泽东。这种做法，只能对个别学生，不可能对全体。在中小学，"辨别每一个学生的才能"并加以挖掘培养只是理论上的一厢情愿，是美丽的梦想，也就是多走了半步的改革。

"把中小学教材砍一半"论可以休矣！

　　最近上网，读了不少好东西，也看到一些奇谈怪论——比如有人向新教育部部长建议，把中小学教材砍一半，不许教师给学生布置家庭作业。这个建议一出，立即得到许多人激赏，据说，教育部部长也很认同，还有个政协委员准备把它作为提案提到会议上去……

　　我笨想，你把教材"砍一半"，能把社会上的书"砍一半"吗？没有家庭作业，让学生泡网吧吗？当然，我们的建议者并不想要这种结果，可是，现今的出版物铺天盖地，良莠不齐，网络世界又那么精彩，我们的未成年学生能够既自觉地选择好书又有效地抵制渣滓的诱惑吗？家长和教师能够控制吗？如果说，我们的教材需要优化，我们的教法需要优化，我举双手赞成，要把教材"砍一半"，要弃家庭作业，不是痴人说梦，也是哗众取宠。

　　提建议的人心里也明白，砍教材、弃作业只是手段，目的是要学生到社会生活中去。可叹的是，在这里，他犯了两个更大的错误——第一，没有找准中小学教育的症结，建议自然成了无的之矢，到头来，还成了自杀之矢；第二，把书本知识和社会实践对立起来，最后的归宿是取消学校教育。

　　中小学教育的症结在哪里？"钱"和"一孩化"对教育的冲击。这个问题不是一两句话能够说清的，和砍教材、弃作业的关系也远一点，暂时搁置吧？我们说第二个问题。

　　对于中小学生，他们的年龄、身体、知识、能力以及社会对他们的期望，都要求他们集中一段时间在学校好好读书,尽快由懵懂无知的"自然人"转化为具有一定社会知识科学知识和基本技能的"现代人"。这,正是我们的祖先之所以创建学校的根本原因,也是学校这种教育形式能够发展壮大以至延续至今而且肯定还要发展壮大延续下去的根本原因。中央党校哲学系教授李振霞是国务院授予的有突出贡献的专家,她把四个子女都培育成世界顶级大学的博士。她在深圳谈她的教子经验时说,中小学的基础课是人一生的"立命之本",可谓一针见血,振聋发聩!这些基础课正是把懵懂无知的"自然人"升华为具有一定社会知识科学知识和基本技能的"现代人"的唯一法宝。在中小学生学习"立命之本"的这段时间里,要学生深入生活,读"无字之书",目的也在于印证并掌握这"立命之本",以便在离开学校真正进入社会后应用。因此,在"读书"和"深入生活"这两个问题上,学生永远以"读书"为主。在集中时间集中精力读书的这个阶段,要求"想方设法"把学生的目光引向生活,要么是掉进了钱钟书先生所说的"城里城外"的怪圈,要么是不明白中小学教育的性质,要么是别有用心。

究其实,书本和生活并不是"城里城外"的关系。"书"是什么?是历史经验的荟萃,是科学探索的结晶,是知识和智慧的宝库,是整个人类几千年几万年社会生活的高度浓缩。书,就是生活,而且是最全面、最集中、最鲜明、最生动、最深刻的生活!学生读书,本来就是在集中地迅速地参与生活、感受生活、学习生活。小学生读了《小蝌蚪找妈妈》,明白了青蛙的生长过程,懂得了要保护青蛙的道理,有的学生甚至会进行诸如"外表与本质"的哲学思考。假使没学这课书,要学生自己深入生活实际,弄清上述过程,懂得上述道理,进而进行一定的哲学思考,何其难也!事实上,作为人类的每一个个体,深入生活能不能有所收获,不仅受着自己的知识水平、认识能力等方面的限制,更受着时间、空间的限制。今天的人,谁也不可能和周瑜一起品味蒋干中计以后欣喜而又忐忑期待的心情,更不可能从研究硫磺的性质开始制造载人飞船。但是,借助于书,您可以揣摸到杜甫《新婚别》中新妇那炽热、柔韧而又深明大义的心;借助于书,十一二岁的孩童也可以站在时空的前沿,遨游在电脑带给他的五彩世界!

书和学校是我们人类最伟大的创造,是人类区别于其他灵长类动物的根本,

也是人类每一个个体由一般的人成长为优秀的人的捷径。从绝大部分情况看，一个人的优秀程度，总是和他读书的数量、质量成正比。对于中小学生来说，以后深入社会的时间有的是，但年龄、生理、心理以及社会角色赋予他学习"立命之本"的时间却少得可怜，是以古人才编撰了许多歌谣诗赋劝学"一寸光阴一寸金，寸金难买寸光阴"……如果不了解这一切，那可真要"少壮不努力，老大徒伤悲"了！

教育是关系千家万户的事，中小学教育又有许多亟待解决的问题，急得某些人"猪娃子丢了满楼上寻"。正是因为这个原因，砍教材、弃作业才有了它的市场。当潮流把我们卷进一个奇怪的黑洞的时候，我们常常不由自主地把真理向前多推了好几步。劳动生产孕育了知识，社会生活推动了科学，这是千真万确的真理。

第五章

书苑杂谈

写字与书法

"写字"与"书法"不同。

第一印象,"写字"是动宾词组,"书法"是名词。如果都划作名词,则"写字"代表活动过程,"书法"指活动结果。如果将"书法"当作词组,它的意义是"书写的方法",那是偏正词组,和"写字"也不同。可是,近来,常听某些"书法家"或"评论家"说:"这不是书法,是写字!"在这里,很显然,他们把"写字"与"书法"都看作名词,并界定为两个概念。

有人说:"存在就是真理。"既然那些"家"们把"写字"与"书法"都看作名词,我们也就姑妄听之,并以之为前提,姑妄论之。

是的,随着社会前进,分工愈来愈细,界定也就愈来愈精准,这是谁也阻挡不住的历史规律。"写字"与"书法"分成两个概念,正是这个历史规律的明证。不过,实话实说,"写字"起于何时,"书法"起于何时,我们都说不准确。尽管如是,我们却能断定,"书法"比"写字"要晚得多,而且,"书法"真正成为热词,只是近几十年的事。

几千年前,我们的先祖创造了文字,从那时起,"写字"就开始了。

"写字"的初期,其实是"画画"。无论甲骨文还是金文,都有绘画的影子。由于当时"写字"的目的都是记事占卜,加上会"写字"的人太少,所以,只要会写,就算高人,至于字的美丑,写者不大注意,观者更说不清。到了小篆,写字不仅要记事,又增加了理论的阐释和感情的抒发,写字的人逐渐认识到字形和内容的相关作用，便在字形上下了一定功夫，看字的人也渐渐植入了美丑观念。随着社会的进化，人们生活内容的繁盛和对交流的重视，字不得不由篆体简化为隶体，再到楷体。从这时开始，"字"脱离了画，进入"写"的范畴。这时，虽然，字还是为了记事论理抒情，交流的权重却越来越大，因此，又产生了书写更为简洁流利的行书和草书，写字的人也更加重视字的形态，字的美丑随着社会前进变得更加重要。这便是王羲之、欧阳询、柳公权、赵孟頫们成名的社会根源。但是，在如此漫长的历史进程中，他们仍然没有被加以"书法家"的桂冠，这个事实，也从侧面说明，"书法"依然没有从"写字"的概念中迸裂出来。议论至此，有两条结论需要强调：第一，书体的演化虽以记录与交流的简洁、顺畅为动力，而每种书体的代表人物却以写字的美丑为鉴别标准。第二，这些代表人物的封禅是由历史由社会，即由人民群众进行的。

历史辗转到 20 世纪，铅笔、钢笔传入中国，人们通过毛笔写字进行的学习、交流几乎全被铅笔、钢笔代替了，加上我们的社会还在内斗与饥饿中震荡，人们没有心情也没有余力从事求生之外的"闲"事，毛笔的生命几乎走向绝迹的深渊，"书法"一词也没有可能挤进日常生活。改革开放后，经济繁荣了，人们口袋有了闲钱，加上一大拨退休干部，说有钱却不足投资，说没钱却月月有余，自然滋生了闲情逸致或高雅追求，棋牌、舞蹈、摄影、绘画等等活动，便风生水起。而组织协调这些活动的协会学会研究会便如春天的蘑菇，随着春雨，纷纷钻出地面，蓬蓬勃勃地铺展开来。写字，因为人人都接触过，门槛低，又没有明确的鉴定标尺，卷入的人就更多，因此，书法比起其他艺术门类似乎更加熙熙攘攘鱼龙混杂。

静下心来想想，熙熙攘攘鱼龙混杂也不全是坏事。熙熙攘攘，说明参与人多，事业兴盛，大大的好事！鱼龙混杂更是自然规律，谁也改变不了。试想想，铺一条路，只要石子，不要沙子水泥，或只要水泥，不要石子沙子，能行吗？一个群集正因为有鱼有龙，鱼翔浅底，龙腾海天，各得其乐，兴旺而不杂乱，岂不快哉！设若鱼勤勉，每天强筋健骨，待时飞跃龙门；龙胸廓，常存奖掖后学之念，助鱼腾飞，更能强群娱己，那不更是天大的好事！但是，实际情况却让人大跌眼镜！社会上，真能称作"龙"的，本来就凤毛麟角，而假托的"龙"，又忙着开班授徒，眼里只有一个"钱"字。鱼们，大都不甘心游在"浅底"，却又不沉下心来，研墨临帖，反而争先恐后地捅角粘须，打出"书法家"旗号，出册子，售字画，书法世界怎能不乌烟瘴气？就在这种情况下，为了维护既得名分，假"龙"们便纠合评论界，把写得符合他们意念的，称作"书法"，不符合他们的意念的，叫作"写字"。从此，"书法"便塞进了新的内涵，和"写字"区分开来，借以讽怼"鱼"们。看来，"书法"与"写字"分开，界定标准并不是美丑，而是某些人心中的意念。从这个角度说，"写字"与"书法"分开，目的并不大地道。

可是，在大部分普通人眼里，"书法"与"写字"分开的标准是美丑。他们认为，字要写得漂亮，的确有许多道道，比如最简单的"点"，有左点、右点、长点、短点……你不懂笔法，就是写不好；比如章法，有横幅、竖幅，有扇面，有斗方，你不懂布局，不懂连属，不懂留白，就不成一幅好字。上文说过，自小篆兴起，写字的人就开始揣摩怎么把字写得更好看，这就是书法研究，只不过，他们没有提明叫响罢了。王羲之等人"书法家"的桂冠虽然得到得很晚，但是，他们之所以被称作"书法家"，就是因为他们把"书法"研究得很透，字写得很美。当然，自改革开放书法热得发烫之后，其中，也有一些人不满足做"刀笔吏"，着意研究写字理论，也颇有心得，但这些心得，说句实话，和王羲之们比起来，顶多是小巫见大巫。尽管如是，到了国家需要文化艺术深入发展，到了毛笔退出交流神器成为部分人赚钱或消磨时间的工具之后，"写字"升格为"艺术"，"写字"与"书法"割裂开来，却也是历史的必然。

按老百姓的认识，把"写字"叫"书法"，并升华为"艺术"，是社会的进步，历史的必然，从这个意义上说，我们更应该认真地研究书法，使它站在巨人的肩头上，发扬光大。可惜，当前绝大多数写字的人，起点是消遣，归宿也是消遣，他们没有意识或没有能力研究书法，而那些书法掌门人，有的满口书法理论，张口"神"，闭口"意"，把书法弄得玄而又玄，让普通人望而生畏；有的缺乏基本功，却在"创新"的口号下，鄙弃先贤，阉割历史，拿起笔来，泼、洒、抹、甩……把书法弄成了杂耍、跳神，甚或人体"艺术"。当今书法界之所以黄钟毁弃，瓦釜雷鸣，根源恰恰就在这些掌门人身上，和"写字"与"书法"的分割没有半毛钱关系。

书法，该回归原点，该反璞归真了！

顾名思义，"书"者，"写"也，"书法""书法"，就是写字的方法，"书法"这种"艺术"，归根结底，就是写字方法，也就是"写字"！天底下，做任何事都有方法，写字肯定也有方法。事实正是如此，写字得法者，把字写得或娟秀，或雄浑，或古朴，而不得法者，或孱弱，或奇谲，或丑陋。这种高下之分，高者叫"艺术"，低者叫"写字"，虽说有一定好处，但必要性却值得商榷。摄影、绘画，也是艺术，它们也有高低之分，为什么就没另起名字？反过来说，如果写字不是书法，不是艺术，那么，"书法家"抹洒的那些符号该叫什么？至少不应该叫作字吧？怪不得，"书法家"写的那些个东西，老百姓不认识！

有人说，"老百姓不认识就对喽——书法是顶尖艺术！顶尖艺术普通人怎么能认识？"这个观点纯属川普的推特——胡说八道！持这种观点的人，把书法与人民群众剥离，禁锢成极个别"高人"的玩物，闷死了书法的生命。持这种观点的人有一套理论：书法，是注重主观心理的艺术，是书法家个人对某段文字的"独特"认识，写的是"书法家"个人的"心"。这个理论的最人失误是：忘记了创作目的。任何人创作一件书法作品，都是给人看的，都想起到一定社会作用，没有一个人说，我写这幅字，只供自己欣赏。就是颜真卿的《祭侄文稿》，也不单为自己和侄儿，否则，在祭罢侄儿之后，他就该把文稿烧给侄儿。文稿没烧，在他本人，是想留下他的感情轨迹，对他人，就是想让社会感知他的悲愤。

艺术是为人民大众服务的，是为社会服务的，因此，评判艺术作品优劣的主体就是人民群众，就是社会，就是历史。"少小离家老大回，乡音无改鬓毛衰。儿童相见不相识，笑问客从何处来。"贺知章的《回乡偶书》是千古名诗吧？老先生写的，百分之百是"个人"的"独特"感受，千百年来，没人不爱，个中原因，诗中的感慨得到了人民群众的广泛共鸣。东汉有个书法家名叫蔡邕，精通当时书体篆、隶。他写的隶书《熹平石经》勒石之后，观者蜂拥，每天，光载着观赏人的车就有一千多辆。《熹平石经》成了后人学习隶书的经典。蔡邕也写虫鸟篆，还多次宣传倡导，群众却不买账，虫鸟篆至今也不兴红。这些个例子，再一次证明，人民群众是艺术的审美主体，那些非要把写字排斥在艺术之外而把书法禁锢在

"高人"圈内的人，如果不是妄自尊大，就是别有用心。

如上所述，"写字"与"书法"的纠纷起源于书法界的混乱。怎么破解？理论上并不难：第一，明确写字的日的。书法，是中华民族的国粹，深化并发扬国粹是每个中华儿女的神圣使命。在认识这个目的的前提下，每个人都应对汉字对书法培植敬畏之心，不可轻乎，不可随意，更不可梦想以之沽名谋利。第二，明确自己在写字路上的位置，努力向上攀登。写字，有好奇的，有消遣的，有学习的，有研究的……"人贵有自知之明。"写字的高下虽不像围棋有段位，器乐有级别，但自己对自己的水平应该有个基本估计，是初级？中级？高级？中级上还是中级下？是初级，就多买几刀毛边纸，找几本自己喜欢的字帖，练，不要急于创作；是中级，就买几刀便宜宣纸，在临帖基础上，写几幅字找行家评评。千万别好高骛远，干不是自己级别该干的事。第三，国家成立专门机构，对书法市场进行规范管理。认真研究书法艺术，参考绘画及音乐舞蹈科学分级，给书法分等，并进行严格考核，授与资质。

学写字的几点感慨

从三四岁跟着父亲学写毛笔字，到上小学写大字，再到工作后涉猎书法，断断续续六十多年，字没有多大长进，感慨倒不少。今天，试摘出几条，和痴于此道的朋友共勉，并就教于方家。

敬畏汉字

世界上的文字有几百种，汉字是独一无二的。她有独特的形。虽说，她们都由横竖撇捺点组成，却因为位置不同笔画不同而组成了世界上最为丰富的文字。她有独特的音，有单音节的、双音节的、多音节的；有同一个字读好几个音的，有同一个音，形不同义也不同的；还有形相近却义不同的，有义近却形不同的，等等。

最神奇的是，她不像所有拼音文字，几个字母凑在一起，强加一个涵义，你看着这些字母，绝对说不出它和意义之间的联系。可你读汉字，形音义那么神奇地融于一身，令人啧啧赞叹。看着"日"，立刻能想到"圆圆的太阳"；看着"罹"，马上会感受到遭难与心悸；假如端详"材"，就会明白，人，想要成为"人才"，就不要炫耀自己的"才"，木木的就行——"大智若愚"表达的正是这条哲理；假如你剖析"安"，心灵深处会体会到女人的重要——母亲的大爱，妻子的柔情，女儿的娇嗔……

汉字，是一个个有生命的精灵，有的端庄沉稳，有的泼辣犀利，有的大智若愚，有的玲珑剔透，有的绚烂如花，有的质朴似土……这样的字，您敢轻慢她吗？您敢亵渎她吗？

可是，今日的社会，就有那么一些人，还没弄清她的笔画，没搞明她的间架，更不懂她的本义、常用义、比喻义、引申义等等，撮起毛笔，胡涂乱抹，竟自称"书法家"，还加上"著名"二字！"书法家"，是对书法有深厚造诣的专家加冕的，是要大众认可的，还须历史检验。王羲之生前没自称过书法家，颜真卿生前没自称过书法家，于右任生前也没自称过书法家……在他们面前，我们是不是应该深思？

有一首诗，陈廷佑写的，名《书法乱象漫笔》，抄在下面，聊供一笑：

写字名流满帝都，蜂劳蝶嚷走江湖。
唬人卡片官称大，壮胆头衔谁认输。
一世抄来由尺寸，半生卖去是功夫。
笼鹅事迹资谈笑，何必官奴与豹奴。

书法的生命——美

俗话说，字是人的门面。一个教师，字写的好不好，常常是学生判断这位教师课教得好不好的最初标准。虽说这个标准有点偏颇，细细一想，却也不无道理：字好，说明这人做事认真，学风严谨。毛泽东曾经说过："世界上怕就怕认真二字，共产党就最讲认真。"而学风严谨，既是对一个老师的基本要求，同时，也是做教师的最重要的看家本领，学风严谨了，学，还有教不好的吗？

字在过去，是交流工具，写得美了，人爱看。投稿者字美，编辑看得清楚，同等条件下，登载率自然就高。到今天，在某些场合，字成了纯粹的艺术品，对美要求自然应该更高。无论是苍劲有力，秀丽飘逸，或是富丽堂皇，古朴典雅，不管哪种风格，根本的标准都是"美"——艺术的生命就是追求美嘛！

耐人寻味的是，现在，一些踏踏实实写字的人慨叹：字，太难写了。说这种话的人可能有两种情况：第一种，见得多，练得多，深深地体会到书法艺术博大精深，深感自己与书法家的差距太大，至于创新甚或自立门户，那是想都不敢想的事情；第二种，见得多，却被当前书法界的乱象迷惑，良莠不分而不知所从。这两种，无论哪一种，对字对书法都有敬畏，态度值得尊崇，他们的作品，至少对书法的发展不会产生消极作用。可怕的是，一些人无所畏惧，随心所欲地涂画着自己心里的点横撇捺，弄得现代书法充斥着奇、谲、险、怪、丑，远远地偏离了"美"的正确轨道——不仅各种大赛获奖作品如此，许多书法报刊登载的作品也如此。可以断言，如果把王羲之、颜真卿的作品拿给今日的大赛，不仅获奖无门，恐怕连参展的资格都不一定能够取得。我真不知道，今日的"书坛大家"要把书法艺术引向何处？

当今有一个时尚的词，叫"创新"。我们深知，没有"创新"，社会就不会前进。然而，"新"并不全等于"美"。在书法界，我们有意无意地陷入了"创新"的误区，把奇、谲、险、怪、丑当作了美。宋人葛立方在《韵语阳秋》中指出，有些诗人，无真情实感，或规范语言不过关，"而翻为怪怪奇奇不可致诘之语以欺人"，在书法界，基本功不逮，又不愿意下功夫，便美其名曰"另辟蹊径"，"翻为怪怪奇奇不可致诘之线条以欺人"。从这个意义上说，书法上的奇、谲、险、怪、丑绝不是美。

传统，是几千年甚至上万年几亿亿人对美的创造、筛选和传承，"创新"必须在此基础上进行。有一位著名科学家说过，"创造，就是站在巨人的肩头上摘果子"，形象地说明了创新的实质和途径。我在《王老九 雷乐长与诗歌创新》中写过，"从某种意义上说，传统就是美。"我们的祖先，发现了小麦、稻谷，今天，我们还凭它养育着我们和我们的子孙。虽说，我们今天常常想吃点野菜、杂粮，那是好东西吃腻的缘故，并非小麦、稻谷不好。如果你以野菜、杂粮为主食，我敢断定，过不了三个月，你非浮肿、乏力不可（我们这一辈人早有切身体验）。王羲之、王献之的书法漂亮，有人胡乱写，那是初中学生式的逆反，逆反的原因，大多是功力不逮，并非二王的书法不美。如果谁长期以奇为美，以丑为美，别说会像东施一样被人嗤之以鼻，更会像邯郸学步的寿陵余子，匍

匐而归。

书法，要美，不要奇、谲、险、怪、丑！

书法要流利

字在过去，是交流工具，既要美，还得讲究时效，所以，流利，就成了书法美的一个要素。成语"倚马可待"赞赏的不仅仅是才思敏捷，也强调写字的速度，而书法美与速度的完美体现，就是流利。在中国书法史中，赵孟頫能为一代宗师的原因，就在于他"下笔神速如风雨"，他的"速、畅、秀、逸"风格是当代书学大师于右任终生追求的最高境界，也是于右任成就功业的不二法门。可惜的是，当今不少写字的人崇尚慢，一点一横，一撇一捺，都在细细地描，慢慢地画，以至笔画栓塞，字形做作，如即将干涸的细流，断断续续，鲜有生机，如风烛残年的老翁，踯躅蹒跚，毫无韵致。

学书大致可分两个阶段，第一摹仿，第二创新。第一阶段，有选择地大量临帖，这个阶段，当然要慢，一竖一弯，一钩一折，都要到位，都要形似，待学到一定程度，就要逐渐加快，在快中努力体现横的气势，弯的气韵。要知道，书法的最高境界，是自然地无意识地运用各种技能技巧。

学习任何技艺，初期阶段都离不开摹仿，都要慢。真要创作一幅书法作品，构思布局要慢，要细，待到下笔，则须一气呵成。已经写开了，还在想点怎么起笔，横怎么行笔，钩怎么收束，字迹肯定涩滞，气韵也绝不会流畅。

书法不单是技艺

书法绝不单单是技艺，而是书法家德、识、才、学的综合反映。

余秋雨在《中国文脉》中为唐代书法家排了个序，他把颜真卿排在第一位，而不赞同"颜筋柳骨"的说法，原因之首，"颜真卿的人格力量，我实在太敬佩了。"对颜真卿挥泪书写的《祭侄文稿》，他看成是"千年文脉的突发性呈现。由神赋形，那份文稿的书法价值达到仅有《兰亭序》可比肩的程度"。文中，余秋雨无限感慨地说，"书法是无声的，但中国成语'可歌可泣'四字，在这幅书法中得到最佳体现。"在余秋雨看来，书法的根本在人格力量，在书法家创作时有没有倾注自己全部心血。于右任先生是我最崇拜的人，他是胸襟博大的政治家，激情奔放的诗人，博雅通识才思敏捷的新闻记者，学贯中西的学者。著名书法家、教授钟明善先生在《于右任先生的书法艺术》中赞扬说："于先生他的精神、气度、修养、情操无不寓于书法之中，溢于书法之外。他的书法豪放、劲健、清奇、旷达，既有粗犷质直的美，又有慰藉潇洒的美。为什么多年来习其书者多能形似而难得其神韵，就是因为习书者的经历、学识、修养、怀抱、气质与先生相距甚远。"这个评论切中肯綮！

以此看来，要进书法殿堂，最重要的是，提高自己的综合素质！

格尔木文学丛书

GEERMU WENXUE CONGSHU

（第四辑）

第六章

花甲论道

书海有梦看潮生

—— 关于文化养老的思考

内容提要：进入老年，转型与选择十分重要。早期老人应积极应对，最好选择文化养老。有些老人已经为我们做出了表率。但文化养老必须加强学习。只有态度端正，作风严谨，再加上社会助力，文化养老才能健康进行。

关键词：老年早期　文化养老　学习

告别壮年，进入老年早期，心里五味杂陈。不管是欣喜，是苍凉，还是无奈，都得面对人生的又一次转型。剖析早期老年人的心理，引导他们对以后生活准确地再定位，进而选择最契合自己的生活方式，无论对他们本人人生的完善，还是对社会的稳定、繁荣，都有着十分重要的意义。

正是夕阳霞万丈　莫将惆怅毁福门

每个人都会变老。老了，您都得转型，都得重新选择一种新的生活方式。

现阶段老年人的生活方式，大概有这么几种：

1. 宅型。整天足不出户，猫在家里，自我封闭。他们的活动主要是看电视，听广播，或养条小狗，抱只小猫。接触的人除了老伴，就是孙子、孙女。早晚也可能出门溜达，碰见几个熟人，说几句话——这些话，仅至于"最近怎么样""今儿个天气"之类。

2. 养型。这类老人把生命看得十二分重要。在家，非常注意饮食，水要特纯净，菜要最新鲜，每天变换花样吃喝。出门，听讲座，买补品，免费测血压，试验做按摩……他们在家的活动，最多就是浇花养草，花要吸甲醛的，草要排氧气的……

3. 玩型。这类老人喜欢走出去，或旅游，观山赏水，或唱歌跳舞，打打麻将，下下棋……他们接触的人多，视野开阔，精神爽快。其中，相当多的人还练得了一（几）技之长，或摄影录像，或吹拉弹唱，或练成了棋坛高手……

4. 锻炼型。这类老人笃信"生命在于运动"，或街舞广场舞，或乒乓球羽毛球，或武术太极拳，没有上述技能，也要快走慢跑。他们还了解许多锻炼常识，比如对老人来说，球类、武术类，甚至街舞广场舞都容易过度，像太极拳，会伤害膝盖，"专家特别指出，慢跑或快走是老人锻炼的最便捷也是最佳选择"。

5. 文化养老型。学一点书法，学一点绘画，学着写诗、写散文、写小说，既活动身躯，促进思维，推迟老年痴呆，也净化心灵，陶冶情操。尽管，他们中的一部分人年轻时并不太热爱，没有多少积累，可今天的社会升平，向学尚文之风浓烈，也就推着他们走上了文化养老的路子。

我们应该选择哪一种？

答案似乎比较明了，然而，"人在事中迷"，尤其是初入老年，每个人又有自己的个性、爱好和特殊情况，特殊环境，马上要说出个一二三，还真不大容易。但是，仔细分析归纳老人的心理类型，有的放矢地积极引导，对老人们迅速而准确地进行选择还是有所帮助的。

心花怒放类——这部分人早就有爱好，可惜因为工作，没时间去干自己喜欢的事，这下龙归大海，没有人指拨自己，限制自己，可以全身心地投入自己心爱的事业。这类人的角色虽然变了，却心情愉悦，精神振奋，转型与选择自然笃定，水到渠成。

随遇而安类——这部分人大多心境平和，说苛刻些，对生活对工作都看得比较淡然，缺乏应有的热情。退休后的定位与选择自然就慢，需要细心而着力地指导。但这类人也不会因为选择的快慢而发生恶性转化，对自己对社会都不

会产生破坏性效应。

无所适从类——这些人大多在岗时从事的工作分得太细，和社会联系很窄，而他们又一直埋头兢兢业业地工作，等到退下来，回归社会，发现自己什么都不会，什么都不适应。因而，极易产生急躁心情或抑郁心理，对本人或社会都可能有较大副作用，需要自己和社会共同努力，帮助他们及早定位、及早选择。

痛苦抑郁类——这些人大多是有过一官半职的经历或工作时一帆风顺，"风风光光"。在岗时前呼后拥，灯红酒绿，退下来，一切光环都没了，门前零落，落差极大。他们先是牢骚满腹，"怀旧懒思人负我，抚今笑谈钱通官"，继而宅在家里，"愤俗难描趋时样，何畏人谗笑穷酸！"他们顶多养花赏草，或与小狗小猫逗乐。这类人虽然不多，能量与影响却极大，选择好了，对自己对社会收益巨大。转变不顺，对本人对社会损害也极大。所以，要非常重视他们的转型。好在，他们都是聪明人，"响鼓不用重锤"，只要差几个和他们地位相当又"说得来"的人，多登几次门，他们就会快速转型。

"人生没有回头路"。从壮年到老年，谁都得转型。为了转得快，选得准，避免过多的宅型、养型，社区、老年学会特别是老人的子女应该多观察，洞悉老人心理，在充分照顾老人自尊的前提下，采取多种手法因势利导，促使他们尽快地融入新生活。

生活在中国是幸福的，生活在今日的中国更是幸运，尤其是孩童穷困、中年坎坷、而今悠闲的老年人——"正是夕阳霞万丈，莫将惆怅毁福门。"

白发难添老 黄金不买闲

人的一生，很有意思，小的时候，总盼着快快长大；大了吧，上有老，下有小，工作压力大，太累；等老了，又觉得鼻涕眼泪，丢人现眼。其实，这是从消极一面看人生。如果以积极的态度体验，人生的每一个阶段都是快乐，都是幸福，我们应该好好享受，过好人生的每一天。

老喽，身体虽不如青壮年，知识的积累，经验的丰富，却不是青壮年能够媲美的。青壮年时期，你有自己的职业，现在回想，那个职业未必是你热爱的，未必是你主动选择的，这里有社会原因，也有主观不成熟等原因。今天，面对生活，你有知识，你有大堆的人生积累，你完全有能力主动选择自己热爱的生活方式，来一个华丽的转型。从这个意义说，老年早期，是人生的又一个黄金时段。

我的几位朋友，对这点理解很深，他们把老年早期的生命燃烧得更加灿烂辉煌：

P，他当过农民，当过民办教师，通过自学考试，考过了中文大专、本科，获得了高中教师任职资格。他课教得很棒，后在一个市级教学研究机构任职，发表了不少论文。退休后，又自学中医，拿到了中医大专毕业证和中医资格证书。刚求职时，不仅院方不大相信他的医术，病人更不买账。可他一出手就治好了几例疑难杂症，令院长和同仁刮目相看，找他的病人也排起了长队，院长不得不给他专家待遇，给他限号——每天只许看 25 个病人。如今，几家医院争相聘请，68 岁的他每周上 7 天满班，没有一晌能够休息。

R，他也当过农民，当过民办教师，后来在一个小学当校长。他为人谦和，行侠仗义，喜欢结交三教九流，更喜欢和老农盘腿坐在碾盘上"谝闲传"。退休后，出版了长篇小说《西风怀仁》。著名作家高鸿评论道："这是一部积淀了深厚文化底蕴与内涵的作品，小说以传承和弘扬中华传统文化为宗旨，坚持了'天不变道亦不变'这一中华文化的核心。作者采用散点式叙事，语言质朴、清新，借古喻今，显示了其深厚的传统文化功力，这是许多有名作家也难以做到的。"

W，他也当过农民，做过供销社的售货员、统计、出纳、文书，后来凭人缘上了工农兵大学。虽然学的是中文，可谁都知道，大学中文系并不教写诗填词。工作期间，他一头扑在教学上，成果优异，先后出版了教育教学和诗词鉴赏类图书 23 本，发表了 160 多篇论文，赢得了学校领导特别是学生的欢迎，也赢得了全国优秀教师全国优秀教研员的最高荣誉，就是冷落了自己早就热爱的诗词。退休后，他再一次研读了王力先生的《汉语诗律学》及《诗词韵律合编》《诗词曲赋知识手册》等著作，创作了 400 多首近体诗词，赢得了"当代优秀诗词家"的荣誉称号。

……

进入老年，他们还能取得如此辉煌的成绩，除了社会大环境的优越外，本人的酷爱，一生的积累，不能不说是一个重要原因。就拿 P 说，他爱上中医，源于自己小时候得了肝炎。那时，农村不仅缺医少药，更缺钱。为了治病，他买来医书，啃，照着上边的图上山采药；又买根针管，给自己打针。就这样，硬是治好了自己的肝炎。从此，他迷上了中医。无论是生产队上工，还是学生拉练，他都带着中医书；碰上哪个学生或朋友有病，他都摸摸脉，开几剂草药。由于文化层次高，理解能力强，他诊断高屋建瓴，开药灵活辨证，总是药到病除。在职期间，他已经是同事、学生和周围群众眼中的"神医"。可是，没有医师证，总是江湖郎中呀。临退休的几年，他参加中医考试，以优异的成绩拿到大专毕业证；退休后，满头白发的他，又和小青年一起参加中医师资格考试。在正规中医大学毕业的小青年的啧啧赞叹中，又以优异成绩顺利地拿到中医师资格。如今，他虽然很忙，没有一点时间休息，却因此更加健康，神采奕奕。

和 P 截然不同，R 当农民、当校长的时候，甚至退休后相当长一段时间，都没有写小说的想法，可他和朋友"谝闲传"的时候，说到自己的大婆，感动得泪流满面，常常哽咽得说不出话来。朋友们鼓励他"写出来，让我们也受受熏陶"，他才逐渐扯起了一丝写小说的念头。他的大婆，就是书中勤劳善良急公好义蜚声乡里的"大姐娃"——16 岁嫁到他家，18 岁守寡，她强忍悲痛，埋葬丈夫，独自擎起了一方天。生下"遗腹子"后，母子相依为命，刚刚有了盼头，儿子却青春夭折，她接过部队给的 100 块银圆，"哗"地撒向天空，唱着"我不愿我儿高官显，只愿他看看老娘，看看家园"，再次顽强地站起来，勇敢地直面生活，把孙女抚养成人。"是传统文化、传统道德激励我写出了这本书"，他写小说的初衷，目的就是传播传统文化、传统道德，而传统文化、传统道德正是中华民族生生不息的强大源泉。

P 和 R 又有一个最重要的相同点，就是钟情学习。R 读了不少书，天文地理，野史轶事，能抓到的，一概不拒。还喜欢听铁匠说今古，和老太太拉家常……P 读书的痴迷，接触过他的人无不交口称赞。他考中文大专、本科的那段时间，常常光着膀子，把自己反锁在房间，让家属从窗洞递饭送水。一位朋友打趣说，他就差囊萤映雪、悬梁刺股了。W 打小失去母亲，衣不蔽体，又饱受饥饿煎熬，是亲戚朋友是国家的助学金帮助他完成学业，他说："我永远不敢慢待生命，不敢浪费时间。"现在，生命已经进入老年，来日不多，他们更加珍惜生命，拼命学习。正如 W 的诗词中所表白的"白发难添老，黄金不买闲"，人，如果用这样的意识这样的精神养老，永远都青春焕发。

白发如蒿仰天啸　莫迷游戏学少年

余秋雨在他的文化散文《一个王朝的背影》里指出，王国维死于文化，愚以为，文天祥、岳飞，再上溯到晁错、屈原，哪位不是死于文化？文化具有超常的韧性，无论政治、军事如何折腾甚至蹂躏，都无法剔除文化对人类灵魂的净化、升华与凝聚。中华民族之所以繁衍五千年而愈加强盛，恰恰缘于中华民族创造的灿烂文化。胡锦涛在党的十八大报告中说："文化是民族的血脉，是人民的精神家园。全面建成小康社会，实现中华民族伟大复兴，必须推动社会主义文化大发展大繁荣，兴起社会主义文化建设新高潮，提高国家文化软实力，发挥文化引领风尚、教育人民、服务社会、推动发展的作用。"据此而论，文化养老，不仅能使老人青春常驻，也是老年人对社会爱心的再奉献，更是建设小康社会的需要，是党的十八大提出的"完善终身教育体系，建设学习型社会"的需要。

但是，我们应该明白，文化养老，选择的过程固然重要，实施的过程则更加艰难——这就需要我们学习，学习，再学习！

文化养老，前提条件是了解文化市场的现状和老年人在其中的地位、作用。

当今的文化市场主流虽说是好的、健康的，但从另一个角度看，也称得上光怪陆离，乱象迭出：音乐，完全抛弃了旋律的灵魂作用，把说、喊误认为唱，把声嘶力竭当作悠扬悦耳；绘画，不讲点、皴、勾、渲，满纸杂乱线条，没有给读者留下一点想象和再创造的空间；书法，字不成形，描抹做作，把奇、谲、怪、拙当作新，如乱草，似爬蝇；诗歌，抛开中国诗歌的特质，把外国译诗奉为圭臬，只在文字的排列上猎奇，写了一些奇奇怪怪的让读者猜谜的文字。就拿当红的电视剧说，抗日英雄飞起一脚，三五个鬼子顷刻毙命，完全悖谬了生活真实和艺术真实……

这样的乱象，一是社会升平日久，忧患意识缺失，消遣与享乐思想抬头的必然产物；二，也因为市场经济的负效应，催生了人们的浮躁心理。在这个大环境中，我们老年早期的一些人，也混迹其中，推波助澜，扮演了不大光彩的角色——

今天的老人，相当多的是老干部制度老工资制度的享受者，这种制度造就了大批虽不暴富却安乐闲逸的"知识分子"，他们没有更多的银子显示自己的身份，转而追求精神愉悦——或抓起毛笔，抹几个字；或买盒染料，描只花鸟；或拿起钢笔，写几篇文字……初看这种现象，的确是文化养老，应该肯定，深入审视，这群人大部分是"半路出家"，对将要从事的文化门类的特质不甚了了，加上一些人作风欠严谨，不努力学习，把文化养老这个极其严肃的选择蜕变为附庸风雅，自然催生了文化乱象，"诗人不见了，遍地都是作'诗'的人，书圣不见了，漫天都是画字的人"。如果，他们明白自己作品的质量，消遣消遣，自得其乐，那还等同于玩型，不仅无可厚非，还应该欢迎并大力提倡——这是文化养老的初始阶段与必经之路——可怕的是其中一些人，大胆地把根本称不上作品的东西推向社会，还贴上"著名书法家""新锐画家""资深作家"的标签，文化市场焉得不乱？

社会承平日久，自然会孳生享福思潮，在文学艺术，也就滋生了消遣论，促使文学艺术趋于"媚俗"；而投机取巧的人类劣根，又给满足于肤浅的人开了绿灯，造成了文学艺术的"低俗"。以此看来，要文化养老，必须认真学习！六七十岁的人了，应该懂得"知之为知之，不知为不知，是知也"的道理，不懂或懂得不深，就学习，千万莫附庸风雅，自称儒林巨擘，却又做着盛唐时期的"长安游侠"，整天悠游嬉戏，斗鸡走狗。

"白发如蒿仰天啸，莫迷游戏学少年"！

但愿春来草动　人人写尽春光

作为早期老人，想以文化养老，必须学习。在进入专业学习之前，还得敬畏文化，端正态度，严谨学风。

敬畏文化。"敬畏"这个词造得好——有所敬，才有标杆，才有前进的方向；有所畏，才不致随意妄为，才不致误入泥淖。它既指出了应该做什么，又指出了不应该做什么，一方面"疏"一方面"堵"，无论对小孩的成长，还是对成人品德、知识的自我完善都有极强的警示和路标作用。然而，当前，人的敬畏品质正在弱化、变异，敬畏的神圣性、警示性和规范性都严重缺失。我们的祖先，创造了灿烂的文化，天文地理，农林牧渔，社会哲学，文学艺术，各个领域都有无与伦比的成就。是的，今天看来，有些自然科学的发明似乎微不足道，可你把它放在当时的历史环境看，都是划时代的，都要花去亿万人几十年甚或几百年的智慧与汗水。而社会科学特别是文学艺术的发现与创造，都达到了人类智慧的最高峰，不少观点、著作直到今天，还喷薄着灼人的光芒。著名作家林斤澜在《论武松没有绰号》一文中说，自然科学和文学艺术的确不同，"若打比方，科技的发展如比盘大山，盘到三千米高处，看看两千米那里，虽有名昭史册的事迹，但远在脚下。一千米那里纵有奇迹一般的发明，也在脚下的脚下了。"文学艺术"不像盘大山，倒像桂林山水。个个高峰都在头上，永在头上。""千年前的唐诗，到了高峰绝顶，永远在我们头上。哪　个真正的诗人会说李白杜甫，趴在他的脚下？"我在《梦追王老九·序》的结束段写道："古典诗词言约旨丰，朗朗上口，是中华文化的精髓，代表着中华文明的最高成就，它的博大精深即便穷一生精力也不一定能谙熟其中奥妙。正是因为这个原因，我们才能理解，为什么蒙学背唐诗，学生学唐诗，博士后还研究唐诗。"我们一些人不懂诗词，胡乱写，还煞有介事地标上"七律""菩萨蛮"等等令人炫目的名称，不正是因为无知而缺乏敬畏吗？只有学习，才有敬畏，只有敬畏，才有学习的动力，才能静下心来学习。只有学习了，才能真正享受到中华文明带给自己的愉悦，这才是真正意义的文化养老。

端正态度。文学艺术是高尚的事业，想以它沽名钓誉，想以它谋财逐利，的确是难上加难——李白杜甫的一生就是这条结论最生动的诠释。对于老年人，想以它养老，用的是它怡情养性陶冶情操的功能，绝不该塞进沽名钓誉、谋财逐利的邪念。对于老年人，文学艺术可以有消遣作用，但应明白，消遣作用只是文学艺术的最末流作用，偶尔为之，情有可原，把它捧为归宿，那会遗祸无穷的。

文学艺术是"人"学，是要表现人的思想、道德，讴歌真善美，鞭笞假恶丑——说得更简洁点，文学艺术是用来"教化人"的。可在今天，在物质比较充裕的今天，许多人扭曲了文学艺术的功用，用"消遣"代替了"教化"。正是因为这种扭曲，才有了"一脚踢死三个鬼子"的解馋电视剧，殊不知，抗日战争，我国死亡2000万人，打死日军35万！看看这两个数字，我们的文学艺术还敢再消遣吗？

严谨学风。文学艺术要创造美。文化养老，就要学画美的画，学写美的字，学创作美的诗。今日以文养老的人，大部分半路出家，更应该有严谨的学风。需要特别强调的是，今日社会崇尚创新，却又陷入了另一个误区——以"新"为美，欲以文化养老的人，万万不可坠入其中。我在《王老九 雷乐长诗歌与诗歌创新》一文中说，创新，是需要。没有创新，社会就会倒退，民族就会衰败，国家就会灭亡，这是我们的共识。但是，我们还必须明白：新，并不一定都是美，新，还包含奇、谲、险、怪、丑。奇、谲、险、怪、丑很容易操作，又能赚取廉价的青睐，换得不菲的银子，而美，古人已经做到相当高度，想要超越，就得"站在巨人的肩头"，付出比巨人更多的智慧和汗水。我们中的大部分，吃不了那么多苦，下不了那么大功夫，便"另辟蹊径"，以奇、谲、险、怪、丑为美。如果长期以奇、谲、险、怪、丑为美，别说你会像东施一样被人嗤之以鼻，更会像邯郸学步的寿陵余子，匍匐而归。想做好任何一件事，都不要图省力，走捷径。柳青说过一句话："文学是愚人的事业。"文学艺术的每个门类都是"愚人的事业"，都要求我们以九折不回的毅力，呕心沥血，孜孜以求。

以文养老，当然也需要良好的社会环境，需要外力的帮助。

第一，领导、名人要以身作则，做学习的模范。俗话说，"村看村，户看户，群众看的是干部。"领导、名人的一言一行，都是百姓的规范和路标。另外，在为人处事上，要谨言慎行。不是文学家，少写辞赋，不是书法家，少题匾额。

第二，文艺界的行家里手应多做学术研究，为书法、绘画、音乐、诗歌等文化门类定规范、立标准，让参与者有所遵循。

第三，社区应该多组织各类普及活动，开展"官教官，官教兵，兵教兵"，更要多多联系一些学术团体，聘请学有所长的专家、学者，开展普及活动。"与君一席话，胜读十年书"，说的正是这个意思。

总之，愚以为，老年早期，最好的养老方式是文化养老。当然，这种方式需要学习，需要毅力，需要规避一些似是而非的做法。难是难了点，然而，不经历风雨，何以见彩虹？

最后，请允许我借拙作《何满子·博友寄语》作为本文的结尾：

窗外水仙绰约，花园月季迷茫。带笑红梅披雪被，枯藤老树苍凉。粒粒冲天焰火，无非刹那辉煌。

处世当知己短，交朋该学人长。浩渺群山藏真韵，檐间滴水顽强。但愿春来草动，人人写尽春光！

（此文获西安市、陕西省老年学学会论文一等奖，中国老年学学会2014年优秀论文奖。中国老年学学会论文奖不分等次。）

低、中龄老年教育亟待明确的几个问题

一

老龄化是世界难题，对中国来说，更难。

中国是一个人口大国，有人形容中国老龄化的到来是"白发浪潮"，迅猛而气势浩大；中国又是一个发展中国家，"未富先老""未备先老"，应对老龄化的形势比起西欧一些发达国家来说更为严峻。好在我们的民族是一个智慧的民族，我们的国家是一个负责任的国家，从中央到地方，紧急动员，上下一心，迅速行动起来，从理论到实践，研究制定了一系列应对策略，创建了相当规模、相当数量的养老机构，为老人们的生活照料、医疗护理提供了绵密的政策依据和基本的物质保障，赢得了老人和社会的信赖，也赢得了国际社会的赞誉。

检索我们的许多研究，调查我们的许多机构，您会发现，部分研究和绝大部分机构针对的是失能与半失能老人，对低龄和中龄健康老人则较少涉及。我笨想，失能与半失能老人已经不大具备自理能力，他们的生活迫切需要社会救助，因此，对于一个进入老龄化社会不久的发展中国家，把注意力聚焦在失能与半失能老人身上，为他们奔走呼号，为他们尽心尽力，不仅应该，而且必须。

随着时间的推移，我国失能与半失能老人绝对数会越来越大，办医养院也不是件容易的事情，要制度，要地皮，要器械，要资金，还要有专业技能的医护人员……因此，继续研究失能与半失能老人的需求，进一步完善医养机构，的确是我们的重要任务。不过，随着意识的转型，随着我国国力的进一步增强，加大资金投入，多办医养机构，这些难题还是会逐步解决——因为，意识到了，办法总比困难多嘛！

上文说过，我们的调查研究"对低龄和中龄健康老人则较少涉及"，这是一个很大的缺憾。据统计，2015年，我国60岁以上老人约为2.2亿，失能和半失能老人约为4千万，这就是说，健康或基本能够自理的老人有1亿8千万。以后，虽然这些数字会有所变化，但比率基本稳定，甚或随着生活、医疗的进一步改善，失能与半失能人口的绝对数会逐渐减小。从"关注大多数"这个原理说，我们更应该注意低龄和中龄的健康或能够基本自理的老人群体，而且，重视了这一群体的健康长寿，第一，能有效地延缓失能和半失能老人群体的膨胀，对老人来说，他们生活得更快乐，更有质量，更有尊严；对社会来说，既减轻了负担，又维护了稳定。第二，这些老人中的一部分，还能再次加入新的工作行列，为自己、为社会创造新的财富。这两点，是建设健康老龄社会的根本。从需要做的工作角度看，失能、半失能老人的需求基本明了，就是生活照料与治病、护理，也就是医院、医养院的工作，说得更绝对、更直白，就是"花钱买服务"，如此而已。而低龄与中龄健康老人的需求却十分复杂，有家庭的、社会的、个人的、群体的，有经济的、法律的、文化的、体育的、医疗的，还有心理的……可以说庞杂而深奥，而且，变数多多。

可怕的是，直至现在，我们因为疲于应付失能与半失能老人，却把数量巨大影响深远的低龄、中龄健康老人淡忘了。我们总以为，低龄、中龄健康老人还能自理，即使有点问题，也是小问题，他们和他们的亲戚朋友就能解决，用不着社会插手——这正是我们忽视低中龄老人工作的客观原因。殊不知，我们对失能半失能老人所做的工作，是被迫的亡羊补牢，顶多算应对及时、恰当，取得了初步胜利。主观上，我们没有尽到社会应尽的责任。战略上，我们没有做到统观全局，未雨绸缪——要知道，低龄和中龄老人这个群体如果出了问题，那就形同三峡大坝决口！

写到这儿，我突然想起了《史记·赵世家》里的一段史实：屠岸贾诬杀忠臣赵朔一门几百口，对赵朔的遗腹子赵武也要赶尽杀绝。门客公孙杵臼问程婴：

"立孤与死孰难？"程婴答："死易，立孤难耳。"公孙杵臼说："赵氏先君遇子厚，子强为其难者，吾为其易者，请先死。"说罢，自刎而死。程婴便告"公孙杵臼私藏赵氏孤儿"，并把自己的亲生骨肉献出，然后，隐姓埋名，呕心沥血，抚育赵氏孤儿。今天，我们对失能与半失能老人所做的工作，从某种意义上说，是公孙杵臼式的悲壮，却缺少公孙杵臼的清醒——立孤，不仅要面对背主害友的千夫指斥，更有至少十几年的含辛茹苦——住、穿、吃、教育、疾病等，而这中间，还不知道有多少变数……

的确，任何类比都是蹩脚的。尽管，照料、护理失能与半失能老人和公孙杵臼的英勇捐躯之难无法相提并论，但是，低龄与中龄健康老人生活中的问题、变数和"立孤"中的问题与变数却有许多相似之处。

低龄与中龄健康老人生活中有哪些问题和变数？这或许是健康老龄化工作更重要也亟待明确的一些问题。

二

低、中龄健康老人生活中有哪些问题？想厘清这个问题，先得从最深处就心理刨根。我曾经设计过几组题目，做过几次问卷调查，前后涉及56人，其中男性24人，女性32人，最大的82岁，最小的刚刚60岁，他们的身体状况都还可以。下面就是《低龄、中龄健康老人问卷调查表》的几组数据：

尽管调查的人数不太多，数据也不尽准确、典型，但仔细审读，也可以说明不少问题：

第一，茫然心理。

看看表2，很少有人读过《中华人民共和国老年人权益保障法》，我想，更没有多少人研读《国家应对人口老龄化战略研究总报告》；对自己今后的老年生活，很少有人做过认真设计。老人们脱离了原单位和熟悉的工作、熟悉的环境，既失去了心理归属，也处在被教育"遗忘的角落"，心里一片茫然。刚进入老年群体，对老年期的许多问题茫然无知，还没有意识到自己处在人生一个新的十分重要的转型期，思想上没能清醒地判断大形势，进而选择并确立自己新的社

表1

您的学历				原来的工作单位				老了，您最想做点什么？			
小学	中学	大学	研究生	农民	企业	行政	事业	旅游	玩	写回忆录	宅在家里
12	34	9	1	11	25	8	12	17	14	5	20

表2

您读过"老年法"吗？				您想再工作吗？				您有哪类特长？			
读过	见过没读	听过	没听过	想	不想	没想	无所谓	体育	文艺	书法绘画	没有
4	13	15	24	17	15	14	10	9	15	13	19

表3

您和谁居住？				您和家人的关系怎样？				您一人在家，经常做什么？			
独居	配偶	配偶子女	其他	很亲近	一般	不好	很不好	读书看报	做家务	看电视	逗宠物
19	25	9	3	14	25	12	5	8	15	19	14

表4

您喜欢参加社会活动吗？				您的电脑水平如何？				您怎么评价现在的自己？			
很喜欢	一般	不喜欢	无所谓	熟悉	一般	刚学	不会	还有价值	还可以	被淘汰	没有看法
14	19	16	7	2	9	12	33	16	11	20	9

表5

您经常体检吗？				您经常买保健品吗？				您喜欢锻炼吗？			
经常	定期	很少	不	经常	一般	很少	不买	喜欢	一般	不喜欢	说不上
16	18	16	6	17	18	12	9	19	21	9	7

会定位，行动上，自然常常如小儿般懵懂而无所适从。我的一位同学，曾任高中校长，他有一首诗，最能代表刚退休老人的这种心境："因为退休 / 我失去了方向 / 心中的苦闷 / 不知该对谁讲 / 我问树 / 路在何方 / 我问河 / 路在何方 / 没有人告诉我答案 / 我只好闲逛 / 只好四处游荡。"高中校长尚且如此，其他老年人呢？

"老小老小"，我们对"小"人的启蒙，编写了许多教材，也总结了很好的教学方法，足见我们的重视。可对老人的懵懂，却视而不见，错而不怪，岂非咄咄怪事！

第二，孤独心理。

居家养老，是当前比例最大（约占90%）的养老方式。这种方式，既契合我国几千年来的传统道德，也有利于老人和后辈之间的感情互动。可是，一，"一孩化"政策的推行，导致家庭的小型化、独立化，加上孩子们的自我中心观念，致使大部分老人愁守空巢。二，异地"叶落归根"和农村"进城享福"族的出现，因其地域距离，增大了"空巢老人"的阵营，膨化了老人的孤独心理。这些老人，要么用看电视消磨时间，要么用逗宠物排解愁闷。（参看表3）时间一长，抑郁症就会叩门而入，继而就是连锁反应。果真到了那个时候，悔之晚矣！

第三，被遗弃心理。

请读读表3、表4。人老了，肌体退化了，能力降低了，是不可避免的自然现象；社会进步了，新东西出现了，许多老人文化层次较低（见表1），又没有与时俱进，主动学习，自然而然地被社会边缘化，随之，自己也产生了被社会遗弃的心理。比如手机，大多数老人只会接电话，不会存号码，不会微信，更不会用它买火车票、订酒店。有的老人出去了，找不到要去的地方，甚或被坏人骗了。久而久之，觉得自己无用，是社会和家庭的累赘。这种无用感、累赘感，就会使其产生心理空虚，萎靡不振，自暴自弃。这些心理变化，对老人，对家属，对社会，危害极大。

第四，恐惧心理。

有个别老人，看到与自己年龄相仿的老人去世，兔死狐悲，推人及己，对疾病产生莫名的恐惧心理，极大地影响了身体健康。这些人，主观上不爱锻炼，又不辨真假，常常被骗子忽悠，盲信游医，乱买"保健品"，甚至求仙拜佛，助长了歪风邪气，损害了自身健康，也搅乱了社会的正常秩序。

以上几个隐性心理，猛一看，似乎是老生常谈，仔细推究，却是老年群体健康与否的基础和决定因素，是推进老龄社会健康发展亟待解决的问题。

"经济发展靠科技，国家富强靠人民，人民健康靠意识"，而意识的提高只能靠教育，靠学习。因此，想要建设健康的老年社会，必须重视老年教育，必须有针对性地进行健康老年教育，改善老年人的心理。

鉴于以上情况，我们应该尽快开展老年教育，特别是对低、中龄老人的教育。

三

要解决低、中龄老人以上的心理问题，建设健康老龄社会，应该从以下具体内容的教育入手：

1. 教育老人树立正确的积极的老龄社会观。

要大力引导老人全面客观地看待我国的老龄化国情，认识到独特的国情注定要走适合于自己的应对之路。

人口老龄化是社会进步的必然趋势，我们应该积极看待；"人一出生就向死亡奔去"，这是自然规律，任何力量也无法阻止，我们应该积极看待；老年人有劣势，这是事实，但也有特定的优势，我们更要积极看待。

我们是一个统一的社会主义大国，领导层牢固树立了"民本"思想，又有几千年的文化传统，经济发展的势头强劲等等优势，使人口老龄化带给我们的挑战与机遇并存。只要我们积极应对，把挑战化作动力，抓住机遇，把经济发展方式转变到依靠科技进步和体制创新上来，努力工作，我们的发展就不会停滞，人民的福祉就会更加厚实。

老了，身体和能力都有一定程度的降低，但是，长期的生活、工作，积累了丰富的经验，在某一行业有娴熟的技能，加上社会阅历和成熟的心理优势，这是青年无法比拟的。"家有一老，如有一宝"，正是这一认识的简洁概括。老人只要积极面对生活，在新的环境下，憧憬新的梦想，就不仅有能力进一步改善自己的生存与生活状况，而且有能力带头改善整个社会，继续为国家发展作出积极的贡献。老年人，不是包袱，而是"黄金资源"！

树立了以上这些正确的认识，对老人正确看待老龄化社会，建立积极的生活观念，选择并制定自己的老年目标，有着十分重要的作用。

2. 教育老人尽快建立新的人际关系，适应新环境。

退休，是人生的又一个驿站，是人生转型的又一个节点。脱离了原单位和熟悉的工作，脱离了熟悉的环境、熟悉的人，心里肯定空落落的。但是，这是必须经历的人生历程。在这里，应教育老人正确认识，迅速转型，尽快建立新的人际关系，适应新环境。在这个过程中，不仅要从思想上逐渐脱离原来的环境，也要逐渐告别原来的"我"（如，原先是老总，是"官"），在生活方式和思维方式等方面，也要做相应的调整，以迅速地融入新环境、新群体。

建立新的人际关系，就是重新组合。这个重新组合有被动的也有主动的。如同住一栋楼的邻居，楼上楼下，小区里的住户，都不可能自由挑选。这就要求自己能海量容人，不以自己固定的标准要求别人，哪怕是自己不喜欢的，同时，还需主动地了解别人的性格特点，以便和谐相处。为了以后的生活、娱乐、锻炼或者再次工作，那就要主动地寻求文化层次、特长爱好、处世为人与自己相近的人，迅速凝聚，形成新的群体。

这一点非常重要，它对今后的生活影响极大，要认真地积极地对待，切不可等闲视之。

3. 用互联网链接时代，避免被社会边缘化。

老龄化和数字化是当今社会的两大新生事物，学习电脑则是打开时代之门的钥匙。通过互联网，可以搜索到生活的所有信息，特别是新闻、健康、娱乐等与老人生活密切相关的信息，使老人与时代保持同步，避免被社会遗弃。学习电脑，还可以拉近与家人、朋友的联系，增进亲情，同时，还能锻炼大脑，延缓衰老。对部分意欲再次创业的老人来说，其作用更是不可估量。

老年人学习电脑的确存在诸多障碍，如记忆力衰退，动作协调性差，缺乏英语知识，文字输入困难等，但他们只需学习一些内容浅显的初级技能，要求不高，只要教学方法得当，还是可以掌握的。老人学会了电脑，融入了社会，缓解了孤独，增强了亲情，克服了对新技术的恐惧感，进而改善了跟不上时代发展的消极心态，促进了健康，哪怕不用在工作上，其积极作用，怎么褒扬也都不过分。

4. 用"参与"消减孤独。

过去的老年群体是伦理性群体，它承载着千年的"孝道"文化，是社会等级秩序在家庭的集中表现。这种反哺式养生，把老人的生活照料、医疗护理和精神慰藉全部压在儿女身上。正如上文所说，"一孩化"政策的推行，导致家庭的小型化、独立化，经济的分开，居住方式的改变，两人赡养四人，还要伺候"小皇帝"，工作压力一大，"孝道"的尴尬就暴露无遗。要缓解老人的孤独心理，首先要教育老人理解儿女，不要把养老的责任全部压在儿女肩上，而要依托社区，在政府的关怀下，联合医院、医养院等服务机构，激发老人自身的潜能，自我组织、自我管理、自我服务，互助养老。这一点，对低中龄的健康老人来说，是可能的，也是可行的。

这就要求老人积极参与。这里所说的参与，囊括了老人生活的方方面面，而老人群体藏龙卧虎，各行各业的能人都有，有长于组织管理的，有乐于送粮送菜的，有善于吹拉弹唱的，有勤于养花育草的……以这些人为核心，以爱好为依归，组成一个个朋友圈，大家在一起，淘淘爱好，说说笑笑，增进了感情，也赶跑了孤独。

其实，生活实践早已给了我们许许多多实证，如老人们自己组织的广场舞，自乐班，鼓乐队，老年书画协会，老年户外运动队，老年爱心互助服务队……所有这些参与，都给了老人欢乐与健康。"心畅百虑销，境闲万籁清"嘛。在这个过程中，参与，成了消减孤独的灵丹妙药。

5. 用积极的生死观战胜恐惧。

生死观真是个老生常谈的问题，道理谁都清楚，古人今人的论述连篇累牍汗牛充栋，无需赘述。真要面对，却几乎没有几个人不恐惧，有病乱投医，没钱也要乱买补品的行为就是明证。但是，恐惧不仅不能延缓死亡，相反会给死亡加速。既然如此，何不坦然面对？

对于老年人，怎么才算坦然面对？国家民政部副部长邹铭在回应"中国式养老"是什么样的时候说，"快乐地生活、健康地长寿、优雅地老去"，这三种状态就是坦然面对。健康是人生基础，离开这个基础，什么都是空的。而要健康，必须快乐。快乐就要积极地参与到自己喜欢又力所能及的活动中去。老年人在退出工作岗位进入老年行列后，能发挥专长，尽其所能，继续做一些事情，在这个'小老阶段'更多地投身于社会生活。如果身体出现问题需要有人经常照顾的时候，可以接受一些专业机构的上门服务，同时，继续在社区参加一些社会活动。如果真正到了失能半失能这个阶段，可以根据实际情况，选择继续在家养老，请护理人员上门服务，或者住到机构里头去，由机构提供服务，也就是一些专家说的"花钱买服务"。千万莫要乱投医，更不要乱买所谓的"营养品"。待到生命力枯竭，就顺其自然，坦然接受，让自己生得顺畅，死得尊严。

6. 劳动是人类生活意义和自身价值的体现。

退休之后，身体依然顽健的话，就应该做点事。其实，"人不可一日无事"，人的主观也想做事。主观与客观的契合，正是天人合一哲学的体现。在参与生产、创造的过程中，锻炼了肌体，找回了自信，体现了自我价值，对老人的身体和心理健康，都有着非常积极的促进作用。这也正是"和谐"产生的必然效益。

在竞争激烈、岗位紧缺的过去，许多人把老人的再就业看作和年轻人抢饭碗，是造成年轻人失业的罪魁祸首。在人口急剧老龄化的今天，人力资源供不应求，老年人再次就业就显得极其迫切，就成为缓解劳动力供给不足的一个重要渠道。老年人发挥余热，也有利于减轻社会养老压力。国家老龄委曾做过调查，中国每年有6万多专业技术人员退休，技术人才大大减少。如果老年人能够再次参与科技发展或经济建设，那就可以改善人才紧缺现象，促进社会的可持续发展，为自己，也为社会，作出令世人瞩目的贡献。

沈力，是中央电视台的"名嘴淑女"，1993年，中央电视台筹办老年节目《夕阳红》，邀请年逾六旬的沈力重新出山，她依靠原有的技能，以一个老人的视角研究老年生活，调查、研究，组稿、审稿，短短半年，使《夕阳红》成为台里收视率最高的栏目，荣登中央电视台"十大优秀栏目榜"。70岁后拜远在成都的弟弟为师，视频学习电脑，记下了厚厚的5本笔记，熟练地掌握了"绘声绘影"软件，为战友们制作了30分钟的专题片《世纪回眸》，快递给全国各地的战友，后来，又创作了《澳门你好》《花花世界》《友谊地久天长》《小城故事》等许多专题片，为战友，为自己，也为中华文化，添上了浓墨重彩的一笔！

莫道桑榆晚，为霞尚满天！

俗话说，"男怕进错行，女怕嫁错郎"。老年人第二次从业的时候，一定要慎重选择。一要量力而行，根据自己的体力，能干则干，不能干的，坚决不干，千万不要勉强。二要选择自己喜欢的或熟悉的行当，尽量不要"跟风"，不要"从0学起"。比如，当下，"文化养老"非常时兴，也能弄来不菲的银子，所以，写字的，画画的，写诗的，弄文的，真可以说是"乱花渐欲迷人眼"。如果只是觉得"高雅""好玩"，最好不要涉足。因为这里的水很深，绝大部分人穷一辈子心智，未必能真正进其殿堂。就是进了这一行，也要掂量自己的基础，估量自己的进步趋势，找准自己的位置。如书法诗词，就有取悦自我、社会交往、创造价值三个层级。能力只到取悦自我，非要拿出来换银子，卖不出去，徒增烦恼，卖出去了，拔高了畸形的自己，搅乱了文化市场，玷污了高雅的中华文化，有百害而无一利。如果说，原来就爱，也有一定基础，如沈力辈，那当然应该欣然进入，还要努力进取，一步一个台阶，攀登顶峰。"常念攀登志，又存知乐心。时时掂量度，方是快活人。"

或许，这个结尾是蛇足，可议论至此，顾不得许多了！

参考文献：

1. 中华人民共和国老年人权益保障法

2. 国务院关于加快发展养老服务业的若干意见

3. 总报告起草组：国家应对人口老龄化战略研究总报告

4. 陕西省老年人养老现状与需求调查报告

5. 曲玉萍 杨奇：论老年教育的困境与出路

6. 张铁道 张晓：老年教育的现状与发展需求调研报告

7. 姚远：老龄社会发展理论：基于"群体－权益"要素的构建

8. 原新：国际社会应对老龄化的经验和启示

9. 李军：人口老龄化对经济可持续发展的影响及战略选择

10. 吴玉韶：把握基调 适应形势 做好老龄宣传工作

11. 周文静：应积极应对人口老龄化

12. 陈露：构建健康老龄社会的思考

13. 李永红：老龄人力资源深度开发

14. 王秀梅：老年人居家养老现状及其需求

15. 陈雪丽：丹麦老年电脑教育的特点及其对中国的启示

（本文分获西安市、陕西省和全国老年学学会论文优秀奖奖项不分等级）

郊县社区医养服务的思考

一

老龄化是世界性难题。我国的老龄化因其基数大、来势迅猛而更为严峻。今年春天全国两会期间，全国政协委员、人力资源和社会保障部副部长胡晓义呼吁把应对老龄化的挑战上升为国家战略，采取积极政策迎接老龄化高峰期的到来。全国政协委员、北京医院呼吸与危重症医学科主任孙铁英，全国政协委员、安徽省老年病研究所副所长刘荣玉，全国政协委员、民进中央常委、南京师范大学副校长朱晓进等不少代表委员都对老龄化问题做了深入调研，提出了许多切实可行的方案。尤为可喜的是，有些城市如青岛、北京、天津等地已经对失能老人的医疗养护进行了有益探索，取得了初步成果。诸多成果中，最引人注目的是建立医养结合的养老机构。

所谓医养结合养老机构，指的是介乎于医院和养老院之间的一种新型养老机构，它依靠养老服务的资源，搭建医疗、康复和护理的组织形态，以医养服务机构为载体，为老年人提供多种形式的医疗服务，包括预防、治疗、康复、护理四位一体的养老服务模式。我们暂且把这种医养机构称作"医养院"，院里的工作人员称作"医养师"。由以上的界定看，医养院既有医疗设备，也有养老设施，里面的医养师既懂医术，又谙护理，老人住在里面，有病治病，无病疗养。从理论层面看，医养院弥补了医院"治病不养老"，养老院"养老不治病"的缺憾，对社会，整合了医疗资源，对老人，实现了持续服务，的确是一种理想的养老模式。相信在不远的将来，随着我国经济的进一步繁荣，随着养老观念的与时俱进，这种养老模式催生的新型产业——医养院会像雨后春笋一样，在祖国各地生根开花。从各地已开办的医养院的经营势头看，的确是欣欣向荣。

但是，我还是有些别样的疑虑。第一，从理论上说，诚然，"有卖的就有买的"，加上我国老人的数量又特别大，在人口稠密的大城市，办医养院，只会"车水马龙"，绝不会"门庭冷落"，可是，人类社会的发展趋向是分工越来越细，把医院与养老院整合起来，我笨想，对研究医养结合肯定有利，但对两个不同学科的高顶尖科研的利弊，我就有点拿不准了。从这个角度论，医养院经营过程中，有可能"医"不如医院，"养"不如养老院——至少，在大城市，医养院绝不可能替代医院，也不可能替代养老院——正像电动车既挤不垮摩托车也挤不垮自行车行业一样。再说，医养院是针对失能老人的，这类老人完全可以住进养老院，没犯病，就疗养，要治病，和某个医院定点联姻就可以；当然，医院也可以附设疗养院，推行医养结合。如果说，失能老人过多，医院不足，养老院不足，依照需求再建几批就行了。在原有的基础上增补完善，既有效也省力，何乐而不为？第二，从现实说，目前举起"医养结合"大旗的，多是新进驻养老、健康产业的企业大鳄，为什么？因为，建这样的医养院，既要有编制、隶属关系、医保报销、药品管理、行业资质等诸多政策问题，更需要土地和大量资金，建院，购买医疗设备，还需要培养大量的医养师，他们，既要具有"万金油"式的医疗知识与技术，还必须拥有老年心理学以及护工的耐心……所有这些，别说在郊县社区，就是在一般的城市，都不是短短三五年能够完善的。所以，郊县社区，应根据自身实际探索自己的医养服务模式。第三，更重要的是，失能老人和老人总数比起来，总归是少数，超不过五分之一——据民政部统计，到2013年底，我国60岁及以上老年人口2.02亿，失能老人约3750万，占老年人口的18.53%。是的，一年来，上引的两个数据都会增加，但其比例不会有太大变化。这就意味着，我们为20%的失能老人探索了一条行之有效的医养之路，却忽视了80%的老人的医养服务。这后一部分老人，不仅仅数量巨大，还是一个最危险的变量——这些老人，大多在 60-75 岁之间，他们在家，上有八九十岁的老人需要抚慰，下有三五岁的孙辈撒娇，中有儿女的家庭、工作萦怀于胸，而心理上又觉得自己"身体顽健"，其实肌体已开始逐渐老化，力不从心。对他们，加强医养服务，能有效地延缓衰老，减轻社会负担，如果放松了医养服务，将会使失能老人的群体急剧膨胀，其后果将是灾难性的。

因此，我们必须为 80% 的老人特别是郊县社区老人寻求一条经济便捷效果良好又易于操作的医养服务模式。

二

当前，我们的养老方式有三种：机构、社区和居家养老，机构养老，上文已有简短涉猎，恕不赘述。下面，我们就后两种养老方式作点探讨。

家由血缘凝结而成，是社会最强健最稳定的细胞，居家养老是最原始最便捷最经济也最有效的养老方式，最能体现血浓于水的眷眷亲情，也是继承、光大以"孝"为核心的中华传统文化的最佳渠道。对老人们来说，这种方式，也最自由最畅快，最容易被他们接受。但是，恰恰因其原始、自由而产生了养老过程的随意性、盲目性，加上老人自己以及子女对医学、养生学的一知半解，导致一部分老人对老年病的淡漠，一部分人对老年病的焦虑，进而影响老人的正常生活，损害老人的健康。

请看一户老人的支出、吃饭、买药对比表：

近两年总支出及吃饭买药对比表（单位：元）

	总支出		吃饭菜干鲜果等		零买西药中成药		住院	
	2013	2014	2013	2014	2013	2014	2013	2014
1 月	6228	8146	846	1720	344	237	3353	24519
2 月	5145	4601	839	564	133	96		20603
3 月	4274	895	1193	488	98	83		
4 月	1799	3018	964	519	111	193		

5 月	2658	3782	494	605	515	137	
6 月	11625	9313	676	707	232	131	2719
7 月	3963	1927	825	793	139	117	
8 月	2064	5447	928	690	88	149	
9 月	5616	2093	834	636	459	161	
10 月	13186	10638	812	876	145	317	
11 月	8631	5923	933	1087	159	121	
12 月	4106	1841	1188	551	108	152	
合计	67195	57624	10532	9236	2531	1894	6072	45122

（注：总支出不包括住院费用）

　　这张表是笔者从一户老人的流水账中提取统计的。其家就夫妇两口，双双接近 70 岁，儿子在外地工作。他们收入普通，支出节俭但不抠索，穿衣不讲名牌，吃喝也喜欢家常便饭。他们生活也算严谨（仅从女主人记了二三十年的生活流水账即见一斑），坚持锻炼。他们的生活、消费，比较典型，可以代表大部分居家养老的老人。

　　从对比表所列数据可以看出：一，他们的总支出较大。在这些支出中，有资助亲戚朋友的，有外出旅游的，也有主动寄给儿子孙子的。可见，这两位老人性格开朗，活得潇洒。二，日常生活中，他们的主食消费一般，买蔬菜、干鲜果花销较多，说明他们比较注重饮食的多样与平衡，生活相对讲究。三，零买西药、中成药的费用每月都有，数量还不少，有的月份竟达 400 多元，如果和住院的费用加起来，还大于等于吃饭菜干鲜果的费用。粗看，他们的生活很惬意，好像没有什么问题，仔细审读，至少隐含两个极其重要的问题：第一，他们的生活起居特别是饮食科学吗？他们的锻炼符合老年肌体需求吗？第二，他们零买的药都对症吗？是什么导致他们 2014 年花了那么多住院费？这两个问题，恰恰是这个家庭的两位老人的困惑和出问题的根源——他们买药，是看药瓶（盒）上的"说明书"，凭自己的一知半解，女主人已经有肾结石、胆结石，还补钙，还服藏药"七十味"，吃菠菜，登山，跑步，把小病弄成了大病，又在小医院震石，导致感染，差一点丢了性命……

217

　　我们的老年群体，特别是郊县社区的老年群体，主要由四类人组成：一类是本地正常退休的干部职工；一类是从边远或外省市认祖归宗的叶落归根类；一类是子女尽孝为父母买房的进城享福类，还有一类是自己太忙，把父母裹挟进城替自己养育或接送儿女的"保姆"类。进城享福的老人，前半辈子吃苦受累，练就了对苦累病痛的极强耐受力，有点病痛，根本不以为然，加上对儿女的感恩与体恤，常常主动隐瞒；替子女养育儿女或接送孙子孙女的老人，除乐颠颠地接送"公子""公主"上学放学外，还承包了打扫卫生、买面买菜，变着花样给一大家亲人做饭洗衣的所有家务，累得腰都直不起来，哪有工夫想自己的身体？这两类老人，养老意识淡漠，虽然算不上社区老人的主体，却是老人中"出事最多者"，他们一旦发现病症，常常到了晚期，令医生喟叹，儿女愧悔。而本地退休的干部职工，长期在本地工作，如虎在山，如龙在渊，儿孙绕膝，了无挂牵，自然把大部分心思放在自身的养生上；叶落归根的，空巢居多，不仅要打理所有内务外交，还怀遐念远，排遣孤独，对身体也就多了几分战兢兢的关爱。人老了，身体像运转久了的机器，少不了磨损，这儿僵，那儿疼，这本来是很正常的现象，可他们对这些肌体反应，大多不了解深层次原因，又不会对症下药，药吃了不少，症状却不见减轻，很自然把生病与死亡链接起来；间或听到某位同事病重住院，某位同年驾鹤归西，少不了兔死狐悲，精神抑郁，久而久之，就产生了焦虑心理。有了这种心理，要么小病大医，要么疯狂买药，要么胡乱投医，既戕害了自己，也给唯利是图的骗子行骗创造了可乘之机，妨害了社会和谐。

　　提起小病大医，医院的大夫人人挠头。一位大夫说，"现在大家都不傻，知道住医院最实惠，床位费很便宜，又能报销，都把医院当养老院了。加上那些小病'修理'的，换季预防的，弄得急病、重病没有床位……"据调查，前些年，核工业部417医院内科总共两个科室，120张病床，常有不少闲置，现在裂变为5个科室，260张床位，"我们内三科额定52张病床，加了12张，还天天爆满"，一位护士说，"预定床位大概得三五天到一个礼拜"，"就是急诊病床转科室，也得两三天。"我去调研的那个下午，随便到内三科转转，悄悄数数，有31张病床被子拉平了，没见病人。这31个病人全是疗养派吗？我不敢肯定。但在急诊室走廊上看到的加床，却把我的心揪得生疼生疼！

我们临潼，常常见到老人成群结队到酒店、厅堂听讲座。一个姓任的朋友，夫妻都患"三高"，去年，他在临潼的××大酒店听了几次讲座，买回两大兜"科马软胶囊"，问他花了多少钱，他说，"才5000多。"今年，他又买回两大兜，我问他"疗效"怎么样，他笑了笑，不置可否。我拿过胶囊瓶，指着标签上的蓝帽子，"您看，这是保健食品，不能代替药物。"他又笑笑说："攒钱干啥？娃又不要，还不如把它吃了。"我哑然无语的同时，脑海却泛起另一件事儿：

报载，家住北京的林大爷接到一个电话，对方邀请他到海淀区的一个高档酒店的顶层参加"老年人智慧保健"讲座，说"只要到场就有礼品赠送"。林大爷到了现场，果然得到了一把按摩梳子，一条毛巾。第二天，参加讲座的老人又拿到了一件小礼品。主办人说，还要赠送老人们一个保健床垫，但必须交7000元抵押款。林大爷有点犹豫，他的邻居交了，带回了一个保健床垫。第三天，主办人真的把7000元返还了。随后，主办人又抬出一台"价值上万元"的保健机械摆在老人们面前，撺掇他们试用。之后说，想要这样的保健机械，仍须缴纳7000元抵押款，明天提货。并郑重承诺，只要明天还来听讲座，凭抵押款收据提货，同时领取返还款。老人们听了，个个欢欣鼓舞，纷纷交钱。到第四天，老人们兴冲冲地来到酒店顶层，才发现大门紧锁，人去厅空。

还是去年，我的一个初中同学住院，我去探望，问他怎么了，他支支吾吾，罔顾左右。后来，从他夫人口中得知，那次上街，他又头晕，急忙到一个诊所，问卫生员，"我怕是脑血栓吧？"人家顺手给了他6片药，要了20元，他三个小时服了两次。第二次服过不久，就喊"肚子疼"，送到医院，医生说是肠胃出血。问他之前吃了啥药，他从口袋掏出剩下的两片递给医生，医生气得嘴唇颤抖，"你有胃溃疡，怎么还吃阿司匹林！再吃两片，大出血，要命的！"原来，阿司匹林不仅解热、消炎、镇痛，还有抗血小板聚集延缓凝血的作用，血小板数量偏少或胃溃疡的人，不宜服用。这个同学还算幸运，有的老人就不一定了。一位学生的母亲常常口渴，跑了几家医院都没好转，有人给她一瓶消渴丸，刚吃下去就晕倒了，送到县医院，抢救不果，去世了。事后才知道，他母亲得的是糖尿病，吃了消渴丸，低血糖休克！

以上现象雄辩地说明，郊县社区的老人更加需要科学的医养服务。

三

近些年郊县城镇化形成的社区，是居民聚居的地方，因其地域界定，类似于农村的自然村。这样的社会群体，有一定的组织形式和经济联系，是基层政府和百姓之间的天然桥梁，相当于基层政府的派出机构，承担老龄化社会医养服务的责任自然而然地落在它的头上，义不容辞。作为政府，应该尽快认识医养服务的重要性、急迫性，认识由此带来的医养产业的巨大潜能，尽快适应这种变化，套用我们建党初期"党支部建在连上"的经验，把医养院建在社区，是郊县社区医养服务的不二选择。因此，我们建议，政府要把医养服务的担子以授权的形式明确地赋予社区。

但是，这些社区，特别是中小城市或郊县的狭义社区，大多只管卫生与治安，它的旗下，大多没有卫生院、医务所，即使有，也设备简陋，医务人员素质参差，它们的功用，也像大医院一样，等病人上门看病。大多社区的文化娱乐和体育健身机构，还不健全甚或没有，个别社区也组织了一些文娱体育活动，却没有形成群众化、制度化、长期化，还没有真正开展医养服务。

为了促使社区医养服务尽快开展，政府应给机构、给政策、给资金、给人员。在医疗机构方面，无论是中小城市还是郊县，都有一些家底（临潼区就有基层卫生院28所，社区卫生服务中心25所，双管和民营机构12个，村卫生室351个，还有个体诊所87个等），但正如上文所说，"它们的功用，也像大医院一样，等病人上门看病""还没有真正开展医养服务"。鉴于这种情况，政府应该首先整合这些已有资源，按地域和社区大小，搭建医养院的雏形，然后深入研究，制定合适的标准、进行相应的建设，努力地逐步地加以完善。第二，在这个过程中，政府要给政策、给资金。比如，医养院的级别、规模，医养师的定编、待遇，资金的来源，医保费用的使用、报销等等，第三，加快医养人员队伍的培养，鼓励志愿服务。

建设医养结合的养老体系是一个复杂工程，基层卫生院、村卫生室的转型也需要时间，可以按部就班逐步进行，但医养服务却只能加速。目前，郊县医养服务最急迫的任务是，第一，依靠基层卫生院、村卫生室的人员，进行全面的老人信息普查，在互联网上建立60岁以上老人的生活、健身、医疗现状档案，为开展老人科学医养服务打下良好基础（对于本文列举的"进城享福类"和"保姆类"老人，查出病情，应尽快告知本人或家属，并协助他们积极医治）。第二，更新医养观念，变消极等待病人上门为主动进社区进户开展医养服务。首先要尽快地大力地宣传医养知识，使老人们明白养老，智慧养老，健康养老。在明白养老上，要让老人树立正确的生死观，明白生老病死是自然规律，有生，就有死，"生而尽其动，死而尽其静"。养老，目的是享受高质量的生活，追求"无疾而终"，不是寻求长生不老；生病，是自然现象，疾病≠死亡，不要一生病，就心生恐惧，把心理疾病躯体化，坐卧不宁，焦虑烦乱，盲从神医，笃信奇方，乱投医，疯买药。在智慧养老上，帮助老人克服不良生活习惯，规律起居，科学饮食，培养乐观向上的心态。"莲子花生绿豆，平和淡定圆熟。文火熬得焦躁去，心宽煮烂闲愁。苦辣酸甜运命，全溶一碗香粥！"（《何满子·人到老年一碗粥》）依这首词下阕的心态养老，老年生活，自会安详快乐。在健康养老上，要帮助老人寻找适宜自己的文化体育娱乐形式，督促他们积极参加。如果能像这位奔七十的老者所写，"坚持练身板，量力别着急。早晚压压路，随心三五圈。乒乓咱也打，输赢在老天。闷了喝杯茶，兴来唱乱弹。顾自未耄耋，还需找乐趣。画画或练字，跳舞下象棋"，如此的老年生活，自然会"心境常乐乐，生命长熙熙"！（《五古·六十七岁生日乱弹》）第三，作为医养院，要逐步完善社区医养院的初级医疗设备和人员配备，定期为老人体检，指导他们科学购药用药，督促他们"管住嘴，迈开腿"；尽力配齐各种文化体育娱乐设施，积极开展形式多样的文化体育娱乐活动。

综上所述，愚以为，对郊县社区的大部分老人来说，居家养老结合社区医养服务是当前最便当最实用的养老模式。郊县也可以根据实际情况逐步建立具有自己特色的医养院，但目前最急迫的任务是，依靠现有医务人员，做好普查，建立老人健康信息资料库，指导老人规律生活，科学用药，积极锻炼，以保障他们老年生活得健康快乐。

参考文件：

新京报："医养结合"圆桌访谈

新华网："医养结合"开启中国养老新模式

朱德开：发展医养结合的养老模式

Sarah：北京将推行"医养结合"养老模式

临潼区卫生局：改革创新 稳步推进 让基层医改惠及更多普通百姓

康普臣：关于推进我区养老服务体系建设的建议

（本文分获西安市、陕西省和全国老年学学会优秀论文奖奖项不分等级）

跋
红柳与桃杏

离开格尔木整整 20 年了，常常想到格尔木，说到格尔木。

1983 年 10 月，循着胡耀邦总书记开发西部的步点，我奔向格尔木。

那时，西宁到格尔木的火车还没通，只能坐长途汽车。汽车一出湟源，山高了，路窄了，曲曲弯弯。路旁，一边是峭壁悬崖，一边是深谷浅壑。偶尔，一两片飘落的树叶，打在车窗上，"砰砰"地响。路基上，时不时能看到出事的汽车残骸，以各种想象不到的样貌，歪着，卧着，翻着，摔碎的玻璃碴反射出凄凄的光。我打了个哆嗦，赶忙紧紧大衣的毛领。突然，"吱——咔啦啦"，我的身体腾空，落下来，头碰在前排椅背上，火辣辣地疼。随即，娘哭娃叫唤。原来，有几个小孩受伤了，手臂或面部出血。乘务员一边安慰乘客，一边拿出急救包。这时，有位穿制服的青年打开车门，跳下去，绕着车走走，看看，蹬蹬车轮，尔后走到司机面前，竖起拇指，"要不是您把得牢，一车人可就——"司机这才回过神来，站起身，对大家喊："对不起，请大家下车，我好调头。"一下车，我们才看到，这是个急转弯，右边是悬崖，左边是火车路，火车到这要下坡，刹闸喷水，把公路溅湿了，结了厚厚的冰。我们的车，转弯上坡，也得刹一下闸，车便转了个 180 度，车尾正对着前进方向，稳稳地停在路中间！两路之间，就有一辆面包和一辆小货车摔得变了形，面包车烧焦了，框架还"滴溜滴溜"地往下滴水。

在制服的指挥下，汽车调好了头，司机、乘务员吆喝大家上车。那位制服最后上的车，看到我的头，说："您碰了个寿星头，以后肯定交鸿运！"我下意识地摸摸头，笑笑。

诚如斯言，我在格尔木18年零两个月，虽说磕磕绊绊，却也学到了许多新知识，丰富了人生感悟。限于篇幅，这里只说两条吧。

头一次去察尔汗，我就出了好几次丑。吉普车出了格尔木十几分钟，没了树没了草，视野突然开阔了，一眼能看出几十里。我想，格尔木是沙漠绿洲，出了绿洲，应该是黄褐色、起伏绵延的沙丘沙梁地貌，可这里一色的黑褐，平得跟镜一样。黑褐色，那是水足肥饱的颜色！我问身旁的小吕，"这么肥沃的土地，咋没见庄稼？"小吕怔了一下，请司机停车，"我们下去。"下车以后，我才看出，这地是大平小不平，地面就像倒放的鱼鳞，坑坑洼洼的，一圈套一圈地涌向远方。走几步，"咔嚓咔嚓"地响，像踩在浮冰上。"您看，地里有一星草没有？"小吕提醒我。是呀，怎么一星星草都没有？我想抓一把土，却像抓住牛皮癣一样，粗糙，硌手。拿起一小片，像拿着酸枣刺，蜇手。凑近鼻孔一闻，噢，盐碱味！小吕说："这是高盐碱地，寸草不生的！"我脸红了，但脑海里立马泛起了另一个词：贫瘠。

又走了十几分钟，看见有人拿瓢往路上浇水，我纳闷——"你不怕司机骂？路上有水，车轮打滑！"鉴于刚才的教训，我没敢吭声。到目的地了，下车。这回，我绷不住了，悄悄问小吕："咋没看见万丈盐桥？"没来格尔木之前，我就知道格尔木有个万丈盐桥，还多次幻想过万丈盐桥的绵长与宏伟。没想到，司机是双猫耳朵，"刚才下车的地方，就上了盐桥！"小吕跺跺脚，"咱们脚下就是盐湖，我们站在盐盖子上。您说，这是不是桥？"司机又问，"刚刚，有人给路面浇水，你看到了吧？"还没等我答话，他接着说："那是盐桥路面凹凸不平了，浇上盐水，水一蒸发，盐就把路补平了。"哦，原来如此！我缩缩脖子。

干完正事，太阳斜吊在西天三两丈高，"走，上盐湖转转。"穿过几排简易房，就看见盐湖在阳光下熠熠发光。盐湖，不知用什么材料隔开，一方一方，像内地的鱼塘，一眼望不到边。远处，水天一色，近处，蓝中泛黄，清澈见底。池中，结晶盐千姿百态，晶莹剔透。"王老师，看那！"我们走到小吕指的盐池边。"哇——"我惊得张目结舌！这方池子的结晶盐钻出水面，一人多高。有的像云南石林，笔直刚劲；有的像阳朔山水，雍容华贵；有的像太湖奇石，嶙峋空灵；有的像丹霞钟乳，活泼柔韧；有的扭曲垂头，如蛟龙探海；有的昂首振翅，如凤凰问天。还有几个圆圆的，像观世音菩萨的莲花宝座，层层叠叠，上面又堆砌了多种形态各异的盐花，争奇斗艳。忽然，一阵微风吹过，夕阳照耀下的盐池，摇摇曳曳，闪闪烁烁，如蓬莱，如瑶池，又如童话世界，让人心旌震颤！

回住处的路上，小吕告诉我，察尔汗盐湖方圆6000平方公里，富含钾、钠、镁等多种矿物，总储量600多亿吨，是我国最大的化工生产基地。突然，我想到了"贫瘠"一词，脸又烧烧的。是啊，这里，虽然没有麦浪，没有森林，没有渔场，却有白花花的钾、钠、镁，为祖国强筋健骨。祖国的每一寸土地都像金子一样珍贵，都值得我们奉献全身心的智慧与汗水，建设她，赞美她！

第二，红柳与沙丘。

格尔木在柴达木盆地，四周都是沙漠，沙梁应该是最常见的地貌。可是，在我第一次经过大格勒的时候，远远地，看见了一片奇异的沙丘。那沙丘，像坟冢，说大，比帝陵小，说小，却比普通的坟堆大。说是公墓吧，却没有行，没有列，随心随性地堆在那里。我心想，或许，是《三国演义》里诸葛亮排的八阵图吧？可诸葛亮并未到过这里呀！当时，我就突发奇想，我虽然不是陆逊，也得探探这个八阵图，必须！

到格尔木的第一年，领导派我带高中毕业班，忙，竟将这事忘了。第二年秋，我调到教研室，有了下乡机会，碰巧到一位老师家说了几句话，又勾起我探究的强烈愿望。

暑假过后，是格尔木拉煤的季节。按规定，两家一车煤，我得找个伴，就上了于老师家。一进他家院子，就看见一大堆柴火。于老师从房内出来，问清我的来意，握住我的手说："你，来得好，来得好呀！一冬两吨煤，少了点。你到格尔木晚，没家底，我的两吨煤全归你，我不要了！""你不要？那，那你……"他指着那堆柴火说："这东西，比煤火猛！我这一堆，两年都烧不完！"我诧异了，啥柴火，能耐过煤？我凑近看那柴，沙子颜色，脸盆一样粗，盘旋虬曲，疙疙瘩瘩，像轩辕庙里的拧拧柏。我想拿一段掂掂，嘿，还真没拿起来。于老师说，"这是红柳根，烧起来又旺又耐！""红柳根？"我有些疑惑，从书上看，红柳是灌木，地面上只有那么一点点，又柔弱得像羊羔，哪有这么粗壮的根？于老师看出来我的疑惑，问："你到格尔木一年了，没去过大格勒？那一个个大沙包下，埋的就是红柳根。"这话，立刻搅乱了我的思维，我匆匆道声"谢谢"，转身去了教育局。

第二天，我让司机小刘开车，上大格勒。办完公事后，我喊小刘，"咱们去找红柳。"小刘撇撇嘴，"那还用找？我领你去。"路上，小刘给我说，他是山东知青的第二代。山东知青初到格尔木，条件艰苦，烧的全凭红柳根——不光冬季取暖，一年四季烧水做饭全靠它。他们每年至少要挖一次。话还没说完，一抬头，到了！这片沙丘至少有十几亩，散布着几十个沙丘。眼前的沙丘大概有两米多高，圆圆的，直径五六米。"这么大的沙丘呀！这下面……""全是红柳根呀！一个沙包，至少能挖一辆卡车！""啊——"我的音还没到尾声，小刘接着说，"从去年开始，不准挖了，防风固沙。大伙知道了，也主动不挖了。"不知是因为日晒还是雨淋，沙丘表皮稍硬，还零零星星长着些小草，枯枯的，黄黄的，似乎一攥就能成沫。我绕着沙丘转了几圈，"想上去？"我点点头。他用手刨刨，拍拍，"来，这儿上。"说着，两手十指交叉，放在腹前，示意我。在他的帮助下，我手脚并用，爬到丘顶。丘顶有一丛红柳，一米多高，枝条红棕色，细细的，还有很多节，每节都吊着几朵枯萎的花，黄中带点淡淡的红，让人心头生出一丝丝悲悯。

我下了沙丘，问小刘："咱这的红柳啥时候开花？""七八月。那时候你来，那花，红红的，粉粉嫩嫩，可漂亮了！"我说，红柳就那么一点，它的花，能漂亮到哪里去？听我这么说，小刘一下变了脸，"可不敢小看它！"他拍拍沙丘，"你看它露脸的就那么几枝，一两米高，可要露这么点脸，您知道有多难！"小刘换了口气，慢慢地说：沙丘怎么来的？一粒红柳籽，风吹到沙地上，几次小雨滋润，发芽了。为了活命，它赶忙往沙里扎根，再扎，再扎！它也明白，它的根扎得越深，活命的几率越大。风吹沙子，埋了它，它把断了骨头连着筋的枝蜷曲起来，变成须，变成根，搂住沙子，拽住沙子，一边往下扎，一边拼命往上钻。它更知道，不钻出沙子，不见阳光，它就会憋死！风再吹沙子，埋了它，它又把枝变成须，变成根，搂住沙子，拽住沙子，再拼命钻出来，长叶，抽枝，

开花！如此几十年，才拚成这样一个大沙丘。"您看，它有多难！"

望着沙丘，望着沙丘顶上的红柳，我陷入了深思。红柳，用它百折不挠的拼搏演绎了生命的艰难，也用短暂的蓬勃诠释了生命的价值。一丛红柳虽不高不壮，但它的每片叶子都给沙漠以绿，每朵花儿都给蓝天以红。假如红柳成群成片，开了花，那不就是绚烂的朝霞？

离开格尔木20年，我常常想起格尔木，常常说起格尔木，也常常用格尔木精神经营我的退休生活。如果说，退休后的文章想写成家乡的桃杏，既大又甜，那么，在格尔木草就的文章就比照着格尔木的红柳花写，虽小却精神矍铄。当然，我更明白，理想与现实总有不小的距离，我的一些文章还需打磨，但它们，终究是我生活的轨迹，融汇着我的思考。但愿它们能带给您愉悦，带给您启迪。

王嘉民

2022年1月